Susanne von Loessl

Mal Cashmere, mal Persil

Zur Erinnerung
an [illegible]
Weihnachten 1996

Susanne von Loessl

Mal Cashmere, mal Persil

Roman

Langen Müller

Die Verwendung des Warenzeichens »Persil«
im Buchtitel ist mit freundlicher Genehmigung der
Henkel KGaA, Düsseldorf gestattet.

in der F.A. Herbig Verlagsbuchhandlung GmbH, München

Schutzumschlaggestaltung: Kaselow Design, München
Satz: Uhl + Massopust, Aalen
Gesetzt aus 11/13 Punkt New Caledonia
Druck und Binden: Mohndruck, Graph. Betriebe GmbH, Gütersloh
Printed in Germany
ISBN: 3-7844-2486-4

Anna Sander stand mit ihrem Wagen an der Verladerampe des Autozuges in Niebüll. Regen klatschte an die Scheiben, der Wind tobte sich in den Silberpappeln aus. Die Tagestemperatur betrug 17 Grad, schließlich war Sommer. Genauer gesagt, Mitte August.

Es ist eigentümlich, wenn Katastrophen auf einen zukommen, herrscht, um dem Ganzen noch mehr Würze zu geben, nieseliges Herbstwetter, plötzlicher Wintereinbruch, ein mieser Sommer, oder man hat zumindest eine saftige Erkältung. Irgend etwas kommt mit Sicherheit als kleines Extra hinzu: das Sahnehäubchen des Schicksals. Bei Anna hatte sich das Schicksal für den miesen Sommer entschieden. Die lauen Sommerabende fanden in diesem Jahr im Pullover statt oder bei voll aufgedrehten Heizungen.

Anna wußte nicht, wie sie es bis Niebüll geschafft hatte, sie fühlte sich leer, hohl, ausgeheult. Ganz abgesehen davon, war sie in ihrem Zustand eine permanente Verkehrsgefährdung, aber in solchen Fällen setzt der liebe Gott offenbar einen pummeligen Schutzengel auf den Kühler, eine Art »Himmlischen Airbag«.

An Annas Scheibe wurde geklopft.

»Nun machen Se mal, daß Sie weiterkommen! Die Ampel ist grün, andere wollen auch noch mit! Ich hasse Frauen am Steuer und ganz besonders schwerhörige!«

Der Dicke im bischofslila Freizeitlook tippte sich an die Halbglatze und verschwand.

Anna hatte das Hupen nicht gehört, sie war immer noch unter Schock. Heinrich, Annas Heinrich seit über zwanzig Jahren, wollte sie verlassen. Wollte weg von ihr. Nicht mehr mit ihr zusammenleben.

Anna wurde in die untere Hälfte des Autozuges eingewiesen. Kein Gefühl von Freiheit und Abenteuer, bei der Fahrt über den Hindenburgdamm. Wieder so ein kleines Extra: unten. Fast dunkel. Viel Eisen und dicke Drahtseile.

Gedankenverloren betrachtete Anna ihren – was stand da – Autozug-Sylt-Beförderungsschein. Sie las, daß sie eine Preisberechtigungslänge bis 6 Meter hatte. Ihr Gehirn nahm langsam den Normalbetrieb wieder auf.

Was auf solchen und ähnlichen Scheinen an verquerem Deutsch zustande kommt, treibt einem die Nackenhaare zur fröhlichen Punkerbürste. Solche Sätze zu bauen muß doch mit einem enormen Zeitaufwand verbunden sein.

Anna faltete den Schein – großes N, Nummer 0243576 – zusammen, sah noch, daß oben rechts »Gültig zur Rückfahrt 2 Monate« stand, na dann.

Ratternd und schaukelnd verließen sie Klanxbüll. Klanxbüll, dachte Anna, da möcht ich nicht tot überm Zaun hängen. Na also. –

Der Zug durchfuhr die feuchten, dem Meer abgewonnenen Wiesen. In dieser territorialen Grauzone kämpfen Mensch und Meer seit ewigen Zeiten gegeneinander, mal gewinnt der eine, mal der andere. Hier hatte der Mensch gewonnen, es weideten Schafe auf der Wiese und – typisch Schaf – nicht eines sah zu dem vorbeirauschenden Zug hoch; aber wahrscheinlich fahren mittlerweile schon so viele Züge auf die Insel, daß die Schafe nicht mehr zum

Fressen kämen, wenn sie jedesmal hochgucken würden, dachte Anna.

Diesmal standen die Schafe zur Linken, Gott sei Dank! Jeder weiß, stehen sie rechts, können sie einem gleich zu Beginn eine Reise vermiesen. Der Einfluß des Schafes auf das menschliche Wohlbefinden.

Anna dachte zum ersten Mal in den letzten vierundzwanzig Stunden etwas ganz anderes. War sie auf dem Wege der inneren Erholung, Genesung, Besserung? Man wird sehen. Jedenfalls ganz so trist waren ihre Gedanken nicht mehr, ließen sie doch schon wieder »Allgemeines« zu.

Sie kramte in der Tüte, die ihr in Niebüll von einer Regenjacke mit Kapuze zugesteckt worden war. Darauf stand in großen Lettern: DAS LEBEN IN SEINER GANZEN FASZINATION GENIESSEN! Am liebsten hätte sie die Tüte aus dem Fenster gefeuert, aber das darf und macht man nicht. Aus purer Langeweile blätterte Anna in den beigelegten Zeitschriften, wohlbemerkt, keine neuen Zeitschriften, auch Remittenden müssen unter die Leute!

Sie las ihr Horoskop. Sie las es zweimal. STIER 21. 4.–20. 5. »Führt nach außen hin eine Vorbildehe, hat VENUS im Zeichen. Intern nervt...« – das stand da wirklich, so salopp »... nervt der Partner mit Lapalien; MARS: unterstützt Seitensprunggefahr. Den Tip, daß sie im Urlaub die Sonnencreme mit hohem Lichtschutzfaktor nicht vergessen sollte, den las sie schon nicht mehr. Das andere war das Wichtige und traf 100 % ins Schwarze.

Anna, die sonst solchen Astro-Schnickschnack gar nicht ernst nahm, war betriebsblind in ihrem Kummer. Denn sollte diese Voraussage allgemein zutreffen, müßte eine Welle von Trennungen und Scheidungen die Welt erfassen, zumindest bei den Stiergeborenen. Außerdem war die Zeitung vom 15. Juni und wahrscheinlich nicht einmal von diesem Jahr. Anna riß die Seite aus, um sie Christiane zu zeigen.

Christiane hatte Anna gestern abend telefonseelsorgerisch betreut, sie zu mindestens zwei Gläsern Rotwein verdonnert und befohlen: »Morgen kommst du auf die Insel. Aber schlaf dich aus!« Erst gegen Mittag war Anna dann aus der nächtlichen Rotwein-Narkose erwacht. Sie hatte drei Tassen Espresso gefrühstückt und versucht, sich das Blei von der Seele zu duschen; hatte sich sommerlich warm angezogen, Unnützes eingepackt, einen Zettel für Frau Becker, ihre Haushälterin, hingelegt und war wie in Trance nach Niebüll losgefahren.

Verschwommen konnte Anna durch den Regen die Keitumer Kirche ausmachen. Ihr war kalt, ihre Seele klamm. Sie nahm vom Rücksitz ihren Cashmereschal und wickelte soviel Anna wie möglich hinein. Der Zug erreichte Westerland. Dort, wo sonst Urlauber neu ankommende Freunde und Verwandte erwarten, stand heute nur ein bayerischer Regenschirm, plakatierte in Großbuchstaben: SAUWETTER.

Christiane war da. Eine rasche, nasse Begrüßung, schon wieder wurde gehupt – nichts wie einsteigen, durchstarten und ab nach KAMPEN.

Christiane war mit »Nachbars«, wie sie sich ausdrückte, nach Westerland reingefahren, um Anna abzuholen. Und das mitten in der Hochsaison, das war Freundschaft.

Anna heulte wieder, das war Rührung. Ab jetzt war sie nicht mehr allein mit ihrem Kummer.

»Anna Sander, ich habe wirklich keine Lust auf Nordseeklinik, laß mich mal ans Steuer. Es ist ja ein Wunder, daß du heil angekommen bist.«

Die Heckenrosen wucherten Anna ihr »Herzlich Willkommen« durch den Regen entgegen, und das Haus schluckte sie in seine reetdachgedeckte Gemütlichkeit. Es duftete nach Kaffee und frisch Gebackenem. Anna plumpste in den Sessel und ihre Seele auch.

Nicht nur Kinder, auch Tiere sind unberechenbar, lassen sie doch den Erwachsenen oftmals keine Chance zu ausgiebiger Freude oder Tränen. Sie sind da und erwarten, daß man sie beachtet. Und wie! So erging es Anna mit Fiete, Christianes »Sylter Mutation«, Heinrichs Worte. – Ach Heinrich. Weiter kam Anna nicht mit ihren Gedanken. Fiete ergriff Besitz von ihr. Ohne Rücksicht auf Sessel und Kleidung. Seine Freude war grundehrlich und kam aus vollem Hundeherzen – man konnte ihm also nicht böse sein.

Christiane und Frau Bahnsen, die gute Seele, zerrten mit vereinten Kräften an Fiete, doch je mehr sie zogen, um so mehr ergriff Fiete Besitz von Anna: Endlich ein netter Besuch, außerdem war Anna eine Lieblingsbekannte von Fiete. Sie war von seiner Anhänglichkeit gerührt, fast schon wieder zu Tränen. Endlich besann Fiete sich seiner in den Genen gelagerten englischen Vorfahren und rollte sich brav von einer Sekunde zur anderen an Annas Füßen zusammen. Im Haus war man von Fiete ganz andere Aktionen gewohnt. Es kam vor, daß er aus heiterem Himmel eines von zwei herumstehenden Damenbeinen umklammerte, um sich schonungslos und in aller Öffentlichkeit daran zu amüsieren. Hinzu kam, daß er ein Faible für ältere Semester, beziehungsweise deren Beine, hatte.

Jeder hat Phantasie genug, um sich dieses Fiete-Fiasko auszumalen, wenn die Damen so unauffällig wie möglich versuchten, den Hund vom Bein zu schütteln. Heinrich hatte immer gesagt: »Nicht hinsehen, Anna, wir KENNEN diesen Hund NICHT!« – Ach Heinrich!

Nach Fiete kam nun auch Frau Bahnsen dazu, Anna zu begrüßen. Sie sagte nichts weiter, nahm Anna stumm in die Arme, strich ihr über Wange und Haar, dann erreichte auch Frau Bahnsens Augen die Schneeschmelze. »Ich hol nur schnell die Sahne«, schnuffelte sie, und weg war sie in Richtung Küche.

»Sahne«, protestierte Anna.

»Sahne«, nickte Christiane, »meinst du, es bekommt dir und der gesamten Situation, wenn du aussiehst wie Rosinante in Jil Sander? Iß, mein Herz. Und danach reden wir.«

In einer Freundschaft darf es keine gesetzlichen Feiertage, keine Ruhezeiten oder einen Tag- und Nachtrhythmus geben. Richtige Freunde erreicht man rund um die Uhr. Ganzjährig. Genau so eine Freundschaft verband Anna mit Christiane.

Kennengelernt hatten sie sich 1972, Annas Philipp war noch kein Jahr alt, machte die ersten Kriechversuche im Sand.

Christianes Maximilian, fast vier Jahre alt und schon ein »kracheter« Bayer, hatte Philipp einen mit Schlick, Sand und Tang gefüllten Eimer über den Kopf gestülpt. Philipp schrie, so gut es der Eimer zuließ.

Aus der Ferne hörte man eine Stimme »Max!« rufen. »Max, wo steckst du? Max! Was hast du angestellt?«

Mit schnellem Schritt, so gut man eben durch Sand laufen kann, eilte die Stimme plus Flattermutter in Richtung Kindergeschrei. Es mußte sich um die Mutter handeln, Rufe von Müttern sind weltweit erkennbar, schon wegen der vielen Ausrufezeichen, die darin enthalten sind.

»Max!« Christiane sah erst auf Philipp mit dem Eimer,

dann auf die daneben stehende Mutter, die ohne Erfolg an dem Eimer zerrte. Flink erteilte sie aus dem rechten Handgelenk dem kleinen indianerbraunen Urbayern eine kräftige Ohrfeige, bevor sie mit der linken Hand, ohne Schwierigkeiten, Philipp den Eimer von den Ohren zog, Entschuldigung sagte und lachte.

Anna und Christiane standen sich gegenüber.

»Wenn es irgendwo schreit, ist meistens mein Max nicht weit. Ich rufe schon automatisch nach ihm, die Wahrscheinlichkeit, daß er der Übeltäter ist, liegt bei neunzig Prozent.«

»Halb so wild«, lachte Anna, »wer weiß, was mir mit meinem Sohn noch alles bevorsteht.«

Nebenbei säuberte sie ihren Philipp, pustete ihm Sand aus den Wimpern.

»Sie sind aber eine Ausnahme«, erwiderte Christiane. »Die meisten Mütter schreien und plärren genauso wie ihre Kinder, nur schriller und mit noch mehr Phon.«

»Mein Gott«, sagte Anna, »Phipps hat die Geburt überstanden, da wird er wohl noch mit einem Eimer Schlick fertig werden.«

Sie lächelte.

»Ich bin Anna Sander.«

»Ich bin Christiane Melchinger.«

Das war er: der Urknall einer wundervollen Freundschaft.

Beide Frauen verbrachten die Ferien in Kampen. Anna wohnte im Bergentenweg, Christiane in der Alten Dorfstraße. Anna kam aus Hamburg, Christiane aus München.

Sie rückten ihre Strandkörbe zusammen und hatten sich umgehend viel zu erzählen, viel zu sagen, während Max sich mit dem Kriechwurm, wie er Philipp nannte, arrangierte. Er zeigte eine völlig maxfremde Geduld mit dem Kleinen, denn Philipp kroch ihm überall hinterher.

Im nächsten Jahr ging es dann schon besser, und ungefähr drei Jahre später wurde es für Anna und Christiane ein richtiger Urlaub. Da scheuchten sie sich nicht mehr gegenseitig hoch mit: »Die Kinder!« Da war Ruhe, richtige Ruhe und nicht mehr verdächtige. Jeden Sommer lernte Philipp bayerisch, jeden Sommer etwas mehr.

Schon im zweiten Sommer hatten Christiane und Anna es so eingerichtet, daß Lorenz aus München und Heinrich aus Hamburg wenigstens für ein langes Wochenende dabei waren. Lorenz Melchinger, Architekt in München; Heinrich Sander, Pumpen und Filtertechnik, kam aus Hamburg. Es klappte bestens. Zu viert saßen sie im *Kamp-Kroog*, nahmen Drinks bei Karlchen – unvergeßlich sein Planter's Punsch – schwooften im *Pony* oder *Village* und tanzten Nächte durch nach der Musik von Barry White: »My first, my last, my everything.« Glückliche Zeiten.

Und auch die Kinder konnte man von Jahr zu Jahr mehr abends sich selbst überlassen. Erstens gab es Frau Bahnsen, die einen Narren an ihnen gefressen hatte, zweitens waren Max und Philipp Wachs in den Händen von Frau Bahnsen. Ein Wunder, daß weder Anna noch Christiane ansprachen, geschweige hinterfragen wollten. Wie oft hatten die Kinder gesagt: »Wir kommen nicht mit euch mit, Frau Bahnsen macht uns Kartoffelpuffer.

Und vorlesen tut sie auch«, zwitscherte Philipp dem schlechten Gewissen seiner Mutter hinterher.

»Seeluft macht müde, in längstens einer halben Stunde schlafen sie sowieso«, beruhigte Christiane ihre Freundin.

Anna wohnte mit ihrer Familie auch in dem Bendixschen Haus in der Alten Dorfstraße, umgeben von anderen netten, sandigen Urlaubern. Fast jeden Tag konnte man draußen frühstücken, herrliches Sylter Schwarzbrot mit dicker Butter, dazu Milchkaffee eimerweise, mit frisch unter der Henne weggezogenen Eiern und einer Leberwurst, bei der selbst Lorenz Melchinger seine bayerischen Augen verdrehte. Auch wenn Lorenz und Heinrich nicht jedes Jahr die gesamten Ferien auf der Insel verbringen konnten, für zwei lange Wochenenden klappte es immer.

Im Bendix-Haus kannte mit den Jahren jeder jeden, wußte um Freud und Leid der zugehörigen Festland-Mischpoche, man war sich sanft vertraut. Nur einmal kam es fast zum Eklat, dank der freundlichen Mithilfe von Max und seinem gelehrigen Schüler Philipp. Gräfin Werauchimmersiewar – von den Miturlaubern so betitelt – hatte sich samt Sohn, von Max kurz »Babygraf« genannt, auch bei Bendix einquartiert. Der arme kleine Graf mußte bei der Affenhitze Blazer und Flanellhosen tragen, was Christianes Max veranlaßte, die Gräfin im Vorübergehen mit »Kinderschänderin« zu betiteln.

Das Geschrei der edlen Dame war von Hörnum bis List zu hören. »Eine Stimme wie eine Sirene«, meinte Christiane später. »Aber keine griechische.« So Anna. Ihr Philipp hatte nämlich noch ein »Du Tierquäler« dazugesetzt, mehr wußte er noch nicht, in seinem Alter. Und Philipp fing auch die schallende Ohrfeige ein, von gräflicher Hand mit Wonne ausgeteilt. Geschrei auf der ganzen Linie. Alles, was Beine hatte im Bendix-Haus und in der Nachbarschaft, strömte zusammen. Phipps entrüstete sich lautstark und wütend: »Die Gräfin Scheißinteich hat mir eine geklebt!«, worauf sich der Rasen in

Windeseile leerte. Anna zog Philipp mit sich, Max war sowieso verschwunden, genauso wie die Gräfin samt Kind. Frau Bahnsen hatte das erledigt, das war sie »ihren Kindern« schuldig.

Mit Einschulung von Max Melchinger mußten die Ferien geplant werden. Mit Einschulung von Philipp Sander war das Generalstabsarbeit. Unterschiedliche Bundesländer, unterschiedliche Ferien, aber gemeinsame Strandtage.

Ein paar Jahre später kam für die Jungens die Reiterhof-Phase, dennoch ließen sich weder Sanders noch Melchingers von ihrem Sylturlaub abbringen. Wie immer ein Genuß ohne Reue.

Lediglich Frau Bahnsen fehlten die Kinder in diesen Jahren; die zähmten aber lieber Ponys.

»Hab ich beim Räumen gefunden«, sagte Frau Bahnsen und wedelte mit einem Foto von 1975. Jetzt war '82. Es zeigte Heinrich, Anna, Christiane und Lorenz lachend und beinebaumelnd auf dem Friesenwall vor dem *Gogärtchen*. Die Männer trugen Pullover aus *Uwe's men shop*, Lorenz in Rot, Heinrich in Blau. »Uwe's« stand in großen Buchstaben quer über der Brust. Herrlich bekloppt, aber damals war es »In«, ein absolutes Muß. »Forever in blue jeans«, sang Neil Diamond in diesem Sommer, und Anna und Christiane zeigten ihre langen, braunen Beine in franseligen Jeansröcken!

Heinrichs Mutter hatte bei Ansicht des teuren Stücks ihre hanseatische Nase in Falten gezogen:

»Das Ststück ist ja kaputt. Wie kann man nur« und irgend etwas von Schickimickiferienfummel gebrabbelt. Bevor Mutter sagen konnte: »Und dafür muß mein Heinrich arbeiten«, hatte Anna schnell die Schranktür geschlossen.

Das waren die Zeiten vor der großen Gelbjacken-Invasion. Kampen boomte unter sich. An Buhne 16 spielten nebeneinander Sachs, Orsini, Beitz und Flick im Sand. Durch die berühmte *Whisky-Straße* knatterten die internationalen Sportwagen, aber mit Niveau. – Es gab noch keine Ampeln, jedenfalls nicht so viele. Heute hat eine Drückampel durchaus ihre Berechtigung, kann doch ein in die Jahre gekommener Playboy hier eine kurze Rast einlegen, statt wie früher mit drei, vier großen Sprüngen zwischen den Flitzern durchzuhechten.

Auch die gemütliche *Kampener Sauna* hatte ihre Pforten geschlossen; der Eigentümer anders disponiert, schlicht mehr Miete verlangt und von anderen auch gerne bekommen. Dieser Immobilien-Hickhack war selten zum Vorteil der Insel.

Baschecks Sauna war Latschenkiefer mit Ambiente; Anna und Christiane hatten dort manchen Abend verbracht, waren zwischen den Saunagängen in das riesige Faß im Hinterhof getaucht, hatten mit Gott und der Welt geklönt und anschließend die verlorene Flüssigkeit mit trockenem Weißwein ersetzt.

Damals war Saunieren noch keine Weltanschauung, man durfte miteinander reden, heute erntet man bereits für einen harmlosen Lacher strafende Blicke, die signalisieren: Ruhe, hier tut man etwas für die Gesundheit!

Es war Ende der siebziger Jahre, da schloß auch der Milchmann, der mit den besten Frikadellen der Insel, seine Pforten. Auf dem Weg zum Strand hatten sie bei ihm ihren Proviant besorgt und nicht zu vergessen: die *Bild-Zeitung*. Jeder hatte sie damals unter dem Arm, im Strandbeutel, in der Bermuda, um sie später am Festland wieder schnöde von sich zu weisen. Aber in der Saison quollen gegen Abend die Papierkörbe am Strand davon über. Lesen und gesehen werden hieß die Devise, fast jeden Tag kraxelte ein Reporter durch die Dünen, um abends seine Beute im Hamburger Stammhaus abzuliefern. Die »schönen Reichen« war das Thema.

Zur nachträglichen Beruhigung: Auch die hatten normale Figurprobleme und waren nackt und abgeschminkt nicht leicht zu erkennen. Das gab dann den »Wissen-Sie-Sie-sehen-aus-wie«-Effekt. Manch langbeinige Blondine schmiß daraufhin die Löwenmähne – drei Kilo Haarteil – nach hinten, stackste von dannen, indigniert durch die Ganzkörper-Beleidigung.

1983 stieß Fiete zu ihnen. Max hatte ihn an der Sturmhaube gefunden. Er war mit Absicht vergessen worden.

Das bißchen Hund bekommen wir auch noch groß, hatte Christiane gesagt. Sie konnte zu dem Zeitpunkt nicht ahnen, zu welch stattlicher Höhe und Länge sich das Bündel Hund auswachsen würde.

Im nächsten Sommer bekam das Planungs- und Architekturbüro Melchinger, München, einen Großauftrag der Saudis. Es war das erste Jahr, als Christiane, sie war schon auf der Insel (wieso eigentlich?), Anna beim ersten gemeinsamen Abendessen im *Landhaus Stricker*, bei Hausente mit Pilzpiroggen, erklärte: »Anna, halt dich fest. Ganz fest! Ich bleibe für immer auf der Insel.«

Anna erbleichte unter ihrem Make-up. Wurde fast durchsichtig. »Bleib ganz ruhig« sagte Christiane. »Ich bin es auch. Der Hintertreppenroman, den ich dir erzählen werde, hat es in sich. Doch zuerst das Positive: Mir gehört seit gestern das Bendix-Haus in der Alten Dorfstraße.«

Um Haaresbreite hätte Anna, die auf den Schreck

einen herzhaften Schluck Rotwein genommen hatte, Christiane denselben ins Gesicht geprustet. Aus Freundschaft hatte sie sich lieber verschluckt. Nachdem sie einige Minuten in die Serviette gehustet hatte, konnte Christiane fortfahren.

Sie berichtete, daß Inken Bahnsen, der gute Hausgeist, sie in München angerufen hatte – aufgeschreckt wie drei Perlhühner, denen der Hackklotz drohte –, denn Bendixen wollten verkaufen!

Anna fragte dazwischen, wieso wollten sie so plötzlich verkaufen?

Bei Bendixen war es nicht anders, als in Hunderten von anderen Familien auch, erfuhr Anna. Sohn Hinnerk wollte dies, Tochter Sünje wollte das mit dem Haus machen. Der alte Bendixen sah sich schon in der Mansarde oder im Anbau sein Altenteil fristen. Kurzentschlossen sagte der olle Bendixen zu seiner Meta: »Weißt du wat, min Deern, wi verköpt dat Huus, un wie god nach Majorka. Jawoll!«

»Da habe ich zugegriffen. Ich hatte noch einiges Geld zur Verfügung. Ein Dannenbergsches Erbe schlummerte still vor sich hin auf einer bayerischen Bank.« Sei bemerkt, Christiane war eine geborene von Dannenberg, mit Brauerei, Wald und Forst im Hintergrund sowie einigen jungfräulichen Großtanten.

Nachdem Friederike, Elisabeth und Clara, die Tanten, viel Gutes für verlassene Tiere und die katholische Kirche getan hatten, blieb dennoch ein »richtiges Geld«, wie die Bayern sagen, für Christiane übrig.

Anna sah ihre Freundin an: »Christiane, warum bleibst du auf der Insel? Das ist doch nicht einfach nur so.« Sie wischte mit der Hand durch die Luft.

»Nein, nein, durchaus nicht. Da ist noch die Hintertreppe. Das Negative – das Haar in der Suppe.« In diesem Moment betrat eine größere Gruppe Rhein/Ruhr lautstark mit viel Kettengedöns, die Damen und Herren waren geschmückt wie die Schellenbäume, das friedliche *Landhaus Stricker*. Gegacker, Gekicher, bis einer meinte: »Jupp, sach doch watt.«

Jupp besann sich seiner Eigenschaft als Maître de plaisir. »Tja«, strahlte er den Ober an: »Mir haben'ne Tisch beschtellt, auf Direktor Schmitz, Herrenhausen. Für zwanzisch Uhr dreisisch, datt isset doch. Woll?«

»Wir zahlen«, sagte Anna, »zu Hause ist es gemütlicher.«

Christiane nickte. »Ich habe einen wunderbaren Rotwein, der steht schon seit drei Sommern im Bendix-Keller. Der ist heut grad recht. Komm.«

Schweigend fuhren sie zurück. Das Haus war erleuchtet, Frau Bahnsen, die gute Seele, hielt Stallwache.

Als hätte Christiane Annas Gedanken erraten, sagte sie: »Frau Bahnsen bleibt. Ich bin sehr froh.«

»Ich auch«, sagte Anna. »Sie ist schon ein Teil der Familie geworden, findest du nicht?« Christiane nickte.

Frau Bahnsen hatte sich noch nicht hingelegt. Sie ließ es sich nicht nehmen, »den Mädchen« noch das Feuer im Kamin anzuzünden. »Nee, nee, Sie beiden machen mir da immer zuviel Wirtschaft.« Mit »Gute Nacht, Kinners« war sie dann verschwunden.

Anna und Christiane waren allein, den Rest der Hausgäste hatte das Kampener Nachtleben geschluckt.

Das Licht der flackernden Scheite im Kamin, dazu der Schein der Lampe verbreiteten Behaglichkeit, Christiane erzählte:

»Es war ungefähr vor zwei Monaten, mittags, ich saß in meiner kleinen Werkstatt und arbeitete«, Christiane war studierte Restauratorin. Ihr Beruf war immer noch wichtig für sie, sie nahm nur soviel Arbeit an wie »Rind und Kind« (O-Ton) es zuließen.

»Anna«, hatte sie einmal gesagt, »es ist wundervoll, wenn du eigenes Geld verdienst, um dir eventuell damit einen Hut zu kaufen, den du gar nicht brauchst.«

An jenem Tag, Christiane hatte eine pfriemelige Arbeit vor sich, eine Miniatur aus dem 18. Jahrhundert, da läutete das Telefon; da sie allein im Haus war, hob sie ab.

Eine fröhliche Stimme meldete sich:

»Guten Tag, Reisebüro Cook, Ihre Tickets sind da.«

»Tickets?«

»Ja, nach Hongkong. Haben Sie das vergessen? Sie waren doch letzte Woche mit Ihrem Mann bei uns«, flötete die Stimme. »Sollen wir die Tickets schicken, oder holt Ihr Mann sie ab?«

Christianes Gehirn startete durch.

»Nein, bitte ins Büro schicken.«

»Huch«, kickste die Stimme. »Hier steht es, auch noch mit Textmarker notiert; manchmal ist man auch zu blöd. Ich schicke sie per Boten ins Büro. Entschuldigen Sie die Störung. Trotzdem gute Reise.« Der Uppercut saß.

Sehr oft bringen arglose Wesen, wie in diesem Fall Fräulein Unbekannt aus dem Reisebüro, ganze Leben zum Einsturz, ziehen den Boden unter den Füßen weg, schieben einen auf Nebengleise; und das alles mit weichgespülten Stimmen.

»Christiane«, erwiderte Anna. »Manchmal bringen diese arglosen Wesen, wie du sie nennst, auch Klarheit in Hochnebelfelder, durch die man schon länger orientierungslos tappert.«

»Mit meinem Elchgeweih paßte ich in keine Münchner Tram«, lächelte Christiane tapfer. »Die Insel wird mir guttun, der Wind wird mir den Kopf freiblasen. Bitte halte mich nicht für kleinkariert, spießig oder ähnlich bürgerlich zugemauert. Anna, wir leben in einer Konsumgesellschaft, das weiß ich, aber das überträgt man doch nicht auf eine Beziehung, nicht auf die Liebe. Anna, ich weiß nicht, wie lange ich das Telefon angestarrt habe. Ich weiß es nicht.«

Mehr hatte Christiane nicht dazu gesagt. Tapfer und »preußisch« ist sie ihren Weg »durch den Wind« gegangen.

Anna bewunderte sie sehr.

Ende der achtziger Jahre. Nach einer Ehrenrunde machte Max Melchinger ein glänzendes Abitur, ging anschließend zum »Relaxen« auf große Tour durch Amerika.

»Mein Gott, Christiane, hast du keine Angst um ihn?« fragte Anna.

»Um meinen Wurschtl muß ich mir keine Gedanken machen, der ist viel zu sehr Bayer, um sich ins Bockshorn jagen zu lassen; außerdem konnte ich ihm wenigstens das Motorrad ausreden, das nennt man in der Politik einen Teilerfolg, oder?«

»Bei Philipp hätte ich keine ruhige Minute«, erwiderte Anna.

»Erstens hast du noch Zeit, zweitens weißt du nicht, was zu dem Zeitpunkt das Nonplusultra ist, um sich vom Schulstreß zu erholen, drittens, liebe Glucke Anna, scheinst du nicht zu bemerken, daß du nur noch mit der halben Popobacke auf deinem Ei Philipp sitzt.«

»Was willst du damit sagen?«

»Klosterschwester Anna, dein Sohn wird sechzehn! Da steht die erste große Liebesgeschichte ins Haus. Je nach

Lage der Dinge kann es dir passieren, daß dein Herr Sohn in dunklem Nappa oder per Schlips und Kragen einhergeht, alles aus Liebe, um der Dame seines Herzens zu imponieren. Von allem anderen ganz zu schweigen. Erinnerst du dich noch an Maxis wallende Haare, Batik-Flatterhemden und Holzketten? Es war eine grauenvolle Phase. Aber keine Bange, mit ausklingender Liebe werden sie wieder normal.«

»Baue mich nur weiter auf, zudem gießt es in Hamburg wieder mal aus Kübeln.«

»Komm auf die Insel, hier knallt die Sonne vom Himmel, in nur einer Stunde war die Wäsche trocken geflattert.«

Anna versprach bald zu kommen, mindestens für ein langes Wochenende. Komtess Dannenberg an den Waschtrögen, lächelte Anna, nachdem sie den Hörer aufgelegt hatte. Mal Cashmere, mal Persil.

Christiane Melchinger hatte nicht nur den Ferienhotelbetrieb übernommen. Sie hatte zusätzlich ein kleines, exquisites Geschäft aufgemacht. Interieur aus Frankreich und Italien. Sie importierte die schönsten Stoffe, machte Fabriken ausfindig, die zum Teil nach ihren Entwürfen herstellten. Sie ließ Möbel schreinern und in Farben lackieren, die nirgendwo anders zu finden waren; und ihre Adresse wurde bereits runter bis Süddeutschland als Geheimtip gehandelt.

Ein halbes Jahr nach Hongkong hatte Lorenz wieder an ihrer Tür gescharrt. Vergeblich. Aber sie wurden nicht geschieden. Lorenz lebte in München, Christiane auf Sylt. Sie sahen sich zu Familienfesten, besuchten sich gegenseitig, nun auf freundschaftlicher Basis, wie Christiane sich ausdrückte. Lorenz war ihr als hundertprozentiger Freund lieber, besser als ein fünfzigprozentiger

Ehemann. Wer weiß, wie viele Affären dieser M. M. – das stand für Melchinger Macho – noch mit der Ausrede, man muß sich um die Baustellen kümmern, vertuscht hätte. O-Ton Christiane.

Max studierte inzwischen in Siena, sprach ein tolles Italienisch mit bayerischem Unterton und war Vaters Stolz und Mutters Freude, oder auch umgekehrt.

*

Der Dezember graupelte sich durch Hamburg. Die ganze Stadt war klamm, und die Menschen sahen auch so aus. Obgleich in jeder zweiten Passage »O du Fröhliche« oder »Bald nun ist Weihnachtszeit, fröhliche Zeit« gedudelt wurde, hatte Anna das Gefühl, daß die Menschen hier zu Weihnachten immer besonders miesepetrig waren, vielleicht lag das an dem fehlenden Schnee? Nicht, daß sie sich nicht um Weihnachten bemühten, aber es war immer Lichterkette mit Krampf.

Anna war noch deutlich das Erlebnis des letzten Heiligen Abends in Erinnerung. Sie waren in die Elbchaussee gefahren, um in der schönen Nienstedtener Kirche zum Gottesdienst zu gehen. Frei nach dem Motto, Weihnachten gehen sie alle und sei's nur wegen der Musik. Schwiegermutter Sander hatte gesagt, besser einmal im Jahr als keinmal im Jahr. Es bezog sich in ihrem Fall nur auf die Kirche.

Vor ihnen in der Kirche saß ein Ehepaar, zum Schluß des Weihnachtsgottesdienstes schmetterten sie aus vollem Halse mit allen anderen »Tochter Zion, freue dich«, selbst der pubertierende Sohn kieckste kräftig mit.

Doch unmittelbar nachdem sie die Kirche verlassen hatten, noch mit dem Weihnachtssegen auf dem Kopf, beschimpfte die Dame Heinrich. Warum? Nur weil er seinen Wagen halb auf dem Bürgersteig geparkt hatte. Weihnachten! Friede auf Erden! Philipp hat wundervoll reagiert, er rief ihnen »Halleluja, ihr Arschlöcher« hinterher.

Selbst Großmutter Sander fand seine Reaktion völlig legitim.

Schon wieder war Dezember, Halleluja . . .!

Zu Hause angekommen, machte ein nervös blinkender Anrufbeantworter auf sich aufmerksam. Anna wollte in aller Ruhe Mantel und Regenstiefel ausziehen, doch sie hatte das Gefühl, heute blinkte er anders, machte stärker auf sich aufmerksam.

»Jaja, ich komm schon.« Anna hinkte zum Telefon, einen Stiefel am Fuß, den anderen hatte sie bereits ausgezogen in der Hand. Er tropfte das restliche Islandtief auf den Velours. Sie drückte auf Wiedergabe, hörte die flatterige Stimme von Frau Bahnsen. »Frau Sander, Bahnsen, o Gott, ich weiß gar nicht, was ich machen soll, es ist furchtbar, Herr Melchinger ist nicht da. Max, der Max ist beim Skifahren.«

»Liebe Frau Bahnsen, reden Sie«, dachte Anna.

»Die Frau Melchinger ist zusammengebrochen, was soll ich machen.«

»Reden Sie, reden Sie«, dachte Anna.

Nein, besser sie schaltete aus, wählte die Kampener Nummer. Eine zittrige Frau Bahnsen meldete sich. Wie sie Annas Stimme hörte, kullerte Frau Bahnsen eine Lawine von der Seele. »Anna, Gott sei Dank.«

Sie erfuhr, daß Christiane ohne ersichtlichen Grund heute Morgen zusammengebrochen war. »Sie liegt auf der Intensivstation in der Nordseeklinik.«

Anna fragte nicht weiter nach, sagte nur: »Ich komme.«

Nachdem sie den Hörer aufgelegt hatte, atmete sie durch, pfiff sich zur Ordnung, sagte Ruhe, du schaffst es, sprach mit Heinrich im Büro, telefonierte mit dem Flughafen, charterte eine Maschine, telefonierte zum dritten Mal, diesmal nach einem Taxi, schrieb Philipp eine Nachricht. So einfach gehen Dinge von der Hand, wenn man sich nicht selber verrückt macht.

Drei Stunden später saß sie bei Christiane auf der Bettkante.

Anna war dank Heinrichs Pumpen und Filtertechnik finanziell in der Lage zu chartern, aber auch ohne die finanzielle Unterstützung hätte sie bestimmt einen Weg gefunden.

Es geht alles, wenn man nur will.

Christiane hing an diversen Schläuchen und Apparaten. Kindlich, schmal, zerbrechlich lag Annas Freundin, die nichts aus der Bahn werfen konnte, oder etwa doch?, in den Kissen. Nicht heulen, Anna Sander. Sei stark, du kannst Kraft abgeben. Bitte keine hysterischen Ich-kann-es-alles-gar-nicht-fassen-Reaktionen, sagte sie sich.

»Christiane, ich bin da... Anna...« Mit liebevoller Geste strich sie ihr die Haare aus der Stirn. »Hörst du?«

Anna spürte, daß jemand gekommen war, drehte sich um. »Frau Sander.« Mehr konnte Frau Bahnsen nicht sagen. Ununterbrochen liefen dicke Tränen aus ihren himmelblauen Hans-Albers-Augen. Anna legte ihre Arme um sie. »Es wird alles gut, Frau Bahnsen.«

Inken Bahnsen hatte leise die Station betreten, unbemerkt auch von Anna. Es war ihre Art, niemals in all den Jahren hatte sie sich in den Vordergrund gespielt. Sie war sich selbst nicht wichtig, dafür war sie für alle, die ihr am Herzen lagen, ununterbrochen im Einsatz.

Eine Schwester tauchte auf.

»Meine Damen, Sie gehen jetzt am besten nach Hause. Hier können Sie doch nichts machen.«

Anna hörte sich reden. Ruhig und sachlich erwiderte sie der zickigen Schwester: »Was am besten ist, entscheiden in diesem Falle nicht Sie. Ob wir etwas machen können oder nicht, fällt auch nicht in Ihren Kompetenzbereich.« Sie fügte noch hinzu: »Ich hoffe, ich habe mich unmißverständlich ausgedrückt.«

Die Schwester war nur noch ein weißer Kittel von hinten.

»Bravo, Frau Sander.«

Vor lauter Respekt hatte Inken Bahnsen aufgehört zu weinen. Die resolute Anna hatte ihr glatt die Tränen verschlagen.

Es folgten Nächte und Tage, an die sich später weder Anna noch Frau Bahnsen erinnern konnten, alles ging ineinander über.

Lorenz kam, hielt fast vierundzwanzig Stunden Händchen, um letztlich völlig irritiert wieder abzufliegen. Am vierten oder fünften Tag nach Christianes Zusammenbruch, Anna hatte sich völlig übermüdet in einen Sessel gelegt, klingelte es Sturm. Entnervt schoß sie hoch, öffnete. Vor Anna stand, ihre Augen mußten an ihm hochklettern, ein großer, nein, ein sehr großer Mann.

Mit einem: »Wir vermieten zur Zeit nicht«, wollte sie die Tür schließen.

»Vermieten ist gut«, sagte er. »Ich wohne hier. Rainer Wolfson«, stellte er sich vor, ging an Anna vorbei ins Haus. »Bitte lassen Sie den Schlüssel nicht wieder stekken, dann werden Sie auch nicht wieder geweckt.«

Fehlt nur noch, daß der Muttchen zu mir sagt, dachte Anna. »Was erlauben Sie sich!« sagte sie laut.

»Was ist hier los?« So der Mann, der aussah wie eine dänische Bierwerbung, nur viel attraktiver. »Wer sind Sie?«

»Anna Sander, eine Freundin von Frau Melchinger.«

»Mmh, gut.« Er nahm Anna näher ins Visier, grinste, schien einverstanden. »Wo steckt sie? Sicher rast sie mit einem überfüllten Terminkalender kreuz und quer über die Insel, weil jeder UNBEDINGT seinen Klötterkram noch vor dem Fest hängen, liegen oder stehen haben will. Es ist verrückt.«

Anna bat ihn, sich zu setzen, sein Hoppla-jetzt-komm-ich-Ventil ein wenig zu drosseln, sie hätte ihm einiges zu sagen, sie war inzwischen wieder hellwach, berichtete von den Ereignissen der vergangenen Tage.

Der Wikinger wurde immer kleiner und hilfloser. Fast hätte Anna ihn in die Arme genommen und getröstet, dabei fiel ihr auf, daß sie nicht wußte, wer er war, in welchem Zusammenhang er zu Christiane stand. Sie fragte.

Rainer berichtete Anna, er sei Christiane im letzten Sommer zugelaufen, er sei freier Mitarbeiter, kümmerte sich überwiegend um die Festlandsaufträge.

Jetzt erinnerte sich Anna, daß Christiane bei einem Telefonat davon gesprochen hatte. Anna hatte natürlich gedacht – natürlich? –, es handelt sich um eine Frau.

Frau Bahnsen betrat das Haus.

»Herr Wolfson, wie schön.«

Zuerst berichtete sie ausführlich von Christiane. Später entschuldigte sie sich, Herrn Wolfson völlig vergessen zu haben.

»Er ist auch so klein, das kann schon passieren.« Zum ersten Mal seit Tagen wurde wieder in diesem Haus gelacht. Zaghaft noch, aber es war ein Anfang.

Es sollte nicht bei einem Mann im Hause bleiben. Gegen 22 Uhr stürmte Max durch die Tür.

»Was ist mit Mami?« Anna und Frau Bahnsen berichteten in Kurzform. Erst dann schälte sich Max aus seiner dicken Lederkluft. Max war mit nur zwei Pinkelpausen nonstop auf die Insel gefahren, und zwar mit dem Motorrad.

München, das große Dorf, wenn es um Gerüchte und Meldungen geht, hatte auch in Christianes Fall erstklassig funktioniert. Irgend jemand hatte von irgend jemandem die Geschichte von Lorenz Melchingers Frau aufgeschnappt und weitergeleitet. Bis sie schließlich bei Max mit »Das ist ja furchtbar mit deiner Mutter« gelandet war.

Nach kurzem Kontakt zum Büro seines Vaters gab's für Max nur eins: Durchstarten auf die Insel.

Im Auto auf dem Weg zur Klinik erzählte Anna ihm die Geschichte noch einmal von Anfang an. Anna hatte Max erneut beruhigt, daß es glimpflich verlaufen war: Nach dem Frühstück mit Frau Bahnsen hatte Christiane urplötzlich rasende Kopfschmerzen bekommen, von einer Sekunde zur anderen wurde ihr speiübel, dann wurde sie bewußtlos. Inken Bahnsen hatte fabelhaft reagiert, ohne Hysterie. Sie rief den Notarzt. Zehn Minuten später stand er im Haus, um Christiane bis zur Klinik mit dem Nötigsten zu versorgen. Dort angekommen wurde sie in die Innere Notaufnahme gebracht. Diagnose: Subarachnoidal-Blutung. Zwei Tage war sie bewußtlos. Die Ursache sei ein Aneurysma gewesen.

Max erfuhr, daß seine Mutter, dem Himmel sei Dank, unter die zehn Prozent jener Patienten gefallen war, bei denen man die Blutung nicht röntgenologisch darstellen konnte. Das hieß, es handelte sich um die Aussackung eines Gefäßes, das zwar geplatzt, aber so klein und minimal war, daß keine Schäden blieben oder Spätfolgen eintreten konnten.

Stumm und blaß hatte sich Max alles angehört.

Neben Anna ging einmeterneunzig Kinderunglück, als sie das Krankenhaus erreichten. Anna kraulte ihm mit der Hand den Nacken. »Es wird schon, Maxi, komm.«

Maximilian drehte sich um und fiel Anna in die Arme. Max war gar nicht mehr »cool«, er zeigte Verwundbarkeit. Die angestaute Spannung schaffte sich ein Ventil. »Mensch Anna, schön, daß es dich gibt.« Max ergriff Annas Hand, küßte sie während sie nebeneinander durch den Flur gingen.

Vor der Tür angekommen, streckte er sich und atmete durch. »Wie sehe ich aus, geht es so, oder muß ich mir die Nase pudern?« Er lächelte so gut es ging.

»Komm, Maxi, es ist alles bestens.«

*

Das war der schnellste Dezember für alle. Anna blieb auf der Insel, arbeitete sich bei Christiane ein und war Rainer Wolfson eine große Hilfe. Sie lernte kalkulieren, Kostenvoranschläge zu machen, sie konnte Gardinen vermessen, sogar mit »Rapport«! »Rapport nennt man das Stück, das entfällt, wenn Muster mit Muster Anschluß haben muß«, erklärte Rainer.

Zwischendurch, wenn Frau Bahnsen mit Einkäufen für die Feiertage beschäftigt war, füllte Anna die Waschmaschine, warf den Tümmler an und lernte faltenfrei mangeln. Während Anna Laken durch die Mangel zog, saß Rainer daneben, um den nächsten Tagesplan zu besprechen. Wer mußte womit beliefert werden. Die Weihnachtshektik machte auch vor der Insel nicht halt. Dazwischen gab's immer wieder Zwischenstops bei Christiane, die sich sichtlich erholte und ihre Besucher anfrozzelte: »Ich sehe von Tag zu Tag besser aus. Ihr werdet immer weniger. Laßt doch alles liegen. Bitte. Es ist so schön, daß ihr da seid. Was nicht fertig ist, ist eben nicht fertig.«

»Sie still, mein Kind«, sagte Anna. »Iß ein Plätzchen und lies die Weihnachts-Vogue, ich muß nach Keitum, die letzten Leuchter liefern.«

»Ich liebe dich, Anna«, lächelte Christiane ihrer Freundin hinterher.

In Hamburg wurden Heinrich und Philipp Sander bestens von Frau Becker betreut. Außerdem gingen sie ab und zu essen. Es tat der Vater-Sohn-Beziehung gar nicht schlecht, einmal auf sich gestellt zu sein. An einem der langen Samstage saß Heinrich Sander mit seinem Sohn am Gänsemarkt und aß, man staune, einen Big Mäc, dazu Milchshake. Er fühlte sich wunderbar, jung und unbeschwert. Sein Magen übrigens auch.

Max war auf der Insel geblieben. Auch er war im Einsatz der Firma Melchinger tätig, brachte Vorhänge an, die im letzten Moment noch bestellt worden waren, um die anreisenden Familien zu Weihnachten mit neuem Look zu überraschen.

Max wurden die schwierigen Fälle, sprich die Eppendorfer-Baum-mit-Sahne-Hamburgerinnen, zugewiesen. Er war durch nichts aus der Ruhe zu bringen, zudem sah er blendend aus. Durchtrainiert und wintersportbraun.

»Ach bitte, kann der nette Herr Melchinger noch einmal vorbeikommen, es gibt da noch ein kleines Problem, aber nichts Wildes. Ein Problemchen.« So flöteten die Hanseatinnen nach dem ersten Besuch von Max, wo sie sonst mit einem zickigen »Also hören Sie mal!« begonnen hätten.

Auch Anna kam in viele Wohnungen, von uiih über olala bis oha! »Was sag ich, wenn ich in eine Wohnung komme und vor geschmacklosem Interieur nicht weiß, wo ich hin- oder besser wegsehen sollte?« fragte sie Wolfson.

»Dann sagen Sie den Satz, den Frau Melchinger immer sagt. Ich habe ihn übernommen. Er ist Firmeneigentum.« Er zwinkerte Anna zu. »Wie schön, daß Sie so wohnen können.«

Anna sagte diesen Satz sehr oft im Laufe der Zeit. –

Die letzten Tage vor dem Fest. Frau Bahnsens Ofen wurde nicht mehr kalt. Es wurde gebacken, gebraten, vorgekocht, Inken hatte hochrote Wangen vor Freude und Hitze. In der Friesenküche herrschten Hochofentemperaturen. Sie erwarteten Lorenz, Heinrich, Philipp und Schwiegermutter Sander. Vor ihr fürchtete sich Anna ein bißchen. »Keine Bange, Frau Sander, wenn die uns brägenklütterig macht, trichtern wir ihr einen ordentlichen ›Pharisäer‹ ein und setzen sie außer Gefecht, zur Not kriegt sie zwei, dann schläft sie ein.« Inken lachte. Pharisäer ist so etwas wie Grog, nur viel schlimmer.

Am 20. Dezember holten sie Christiane nach Hause.

Rainer Wolfson hatte zur Feier des Tages einen besonders guten Champagner kalt gestellt. Der kennt die Lieblingsmarke von Christiane, stellte Anna unterbewußt fest. Max, Spezialist im Anbringen schwieriger Objekte, hatte eine dicke Tannengirlande anfertigen lassen. Schleifen, Sterne, Kugeln, Äpfel, Pustebackenengel mit und ohne Trompeten und in der Mitte mit schnörkeligen Buchstaben stand: Wir lieben dich.

Alle heulten, jedenfalls die Frauen. Es war zu schön. »Wenn es gleich noch schneit, kommen wir aus der glücklichen Sülze nicht mehr heraus«, wischte Max die Sentimentalität aus der Luft, entkorkte den Champagner. Prost!

Abends saß man am Kamin, erzählte, lachte, war froh, daß alles gutgegangen war.

Die Festländer trafen am 22. Dezember ein. Oma Sander hatte Gepäck wie Liz Taylor für eine Kreuzfahrt dabei.

»Wenn das Geschenke sind, hab ich nichts dagegen.« Philipp stubbste seinen Freund Max in die Seite.

Der legte die Stirn in Falten. »So wie die Dame ausschaut, sind das Klamotten. Für jede Mahlzeit ein anderes Outfit, wart's nur ab, ich kenn mich mittlerweile mit den hanseatischen Herrschaften aus.«

Wolfson, der die letzte Hälfte des Satzes gehört hatte, sagte im Vorbeigehen zu Phipps: »Max ist unser Dekogroupie und bei der weiblichen Kundschaft sehr beliebt.«

»Dafür kennen sich andere wiederum gut in Champagnermarken aus«, flachste Max zurück. Philipp sagte kurz und bündig »Bahnhof« und ging zu Frau Bahnsen, um seine Hilfe anzubieten. Anna, seine Mutter, hatte ihm beim Frühstück zugezischelt: »Steh nicht so rum – mach dich nützlich.« Jetzt machte er sich nützlich, indem er bei Frau Bahnsen rumstand. So einfach war das.

Lorenz hatte einen bayerischen Weihnachtsbaum per Dachgepäckträger auf die Insel transportiert. Heinrich, er und eine Trittleiter waren dabei, ihn zu schmücken.

»Papi, bitte nicht stylen, wir wollen einen gemütlichen Baum«, rief Max durch die halboffene Tür.

Zuvor hatten sie zu viert, Väter und Söhne, jede Menge Zeit damit zugebracht, den Tannenbaumfuß zu finden. Später war Rainer Wolfson noch dazugekommen. Keine

Ecke, kein Winkel, der von den Männern nicht durchsucht wurde. Ergebnislos.

»Mir reicht's eh«, grantelte Lorenz, er hatte sich an einer Schräge recht kräftig seinen Schädel gestoßen. »Wir machen es mit Sand. Max, hol einen Eimer. Philipp, nimm einen Spaten und bring Sand aus dem Garten.«

Heinrich gab zu bedenken, daß leichter Bodenfrost war.

»Himmelsackelzement!« donnerte Lorenz. »Man wird doch hier noch Sand auftreiben.«

»Der ganze Strand soll voll davon sein, lieber Lorenz.«

»Mensch, Heinrich, entschuldige, aber Festtagsvorbereitungen machen mich immer nervös, ich hol uns mal 'n Schnaps.«

Max und Philipp wuchteten erst eine Plastikwanne und dann eine zweite in die Diele, randvoll geschippt mit feuchtem Nordseesand. Es wurde umgefüllt, festgetreten, jeder gab sein Bestes. Endlich, nach einer Stunde »stand« der Baum.

»Jetzt brauch ich noch 'n Schnaps.«

»Wer hat die Riesenschweinerei gemacht?« Inken Bahnsen stand auf knirschendem Sand in der Haustür.

»Wir.« Die Männer sahen sich hilflos an. »Der Baum mußte doch verankert werden. Wir haben das ganze Haus nach dem Fuß abgesucht und nichts gefunden.«

»Der steht seit vierzehn Tagen links unter der Spüle, den hab ich schon vom Boden geholt.«

»Und jetzt trink ich noch 'n Schnaps«, sagte Lorenz.

»Wir auch«, antwortete der Rest.

»Und ich nehm einen Doppelten«, lachte Inken Bahnsen.

Philipp und Max übten zweistimmig – zu etwas muß der Musikunterricht nützlich gewesen sein: »Am Weihnachtsbaume ...« »Ist da draußen alles in Ordnung?«

Christiane guckte besorgt Rainer an. Sie hatte sich »wenigstens eine Stunde« Büro erbettelt.

»Reine Vorfreude«, beschwichtigte Rainer Wolfson.

Das Bauernfrühstück mit viel Speck, von Frau Bahnsen serviert, neutralisierte den Schnaps nur etwas. Der Baum wurde geschmückt, alles lief in bekannter Heiligabend-Hektik weiter. Auch Oma Sander beteiligte sich, indem sie klebrige Kringel auf Zwirnsfäden zog.

Um 18.00 Uhr war Gottesdienst in der St.-Severin-Kirche in Keitum, aber mit Rücksicht auf Christiane blieben sie alle zu Hause. An diesem Tag hätte die Kirche das Fassungsvermögen des Petersdoms haben müssen, um die vielen »Christen« aufzunehmen.

Großmutter Sander war auch nicht wild auf das »Geschubse in der Kirche«, und Philipp und Max boten an, falls ihr »die Musik fehlte«, zu singen.

»Nein, danke, dann lieber 'ne volle Kirche.« Oma Sander hatte, wenn sie wollte, durchaus Humor.

Ihr Gepäck entpuppte sich als eine Mischung aus Kleidung und Geschenken. Mit viel Liebe hatte sie für alle etwas ausgesucht, außerdem bekam jeder ein Buch.

»Zu den besinnlichen Feiertagen gehört einfach ein gutes Buch, es paßt schön zu Weihnachten: Musik, Kerzen, na, ihr wißt schon, was ich meine. Da hat man Lust zum Lesen!«

»Allein acht Bücher hat die Gute auf die Insel gekarrt. Respekt«, stellte Max fest, »Respekt«, und packte, wie er sagte, sein »sinnliches« Buch aus.

Ein tüchtiger Verkäufer hatte Frau Sander sen. einen

dicken Hochglanzwälzer aufgeschwatzt, voller Bilder mit Schnee, im Weitwinkel, und Sonne, Mond und Sternen. »Gotthilf Knügg: Ohne Schlitten durch die Arktis. Eine Kameraerzählung«, nur weil die alte Dame wohl gesagt zu haben schien, daß der junge Mann, für den es sein sollte, Wintersport betreibt.

Philipp empfahl ihm später, den Scheiß soll er einfach umtauschen. Er wollte sein Buch auch zurückbringen, denn das gleiche hätte er schon zweimal von ihr bekommen. Er bot Max an, das seine mitzunehmen.

Auch bei Melchinger und Sander sen. fand der jährliche Krawattenaustausch statt, seidig, bunt und immer wieder nett. Trotz der Krawatten schenkte Heinrich Anna, Christiane, seiner Mutter und Frau Bahnsen je einen Traum von Cashmereschal, der Trägerin entsprechend wählte er die Farben beige, apricot, wollweiß und hummer.

»Er hat in Cashmere gewildert«, pflaumte Philipp.

Die Weihnachtstage waren mit die schönsten, die alle je erlebt hatten. Gespräche, Spaziergänge, Musik, jede Menge Köstlichkeiten aus der Bahnsenschen Küche, die besten Weine und dazu ging es Christiane von Tag zu Tag besser, sie erholte sich schnell. Selbst Fiete war rundherum zufrieden, er lag vollgefressen vor dem Kamin. Bei so vielen netten Menschen fand sich immer eine freie Hand, die ihn einmal kurz oder lang kraulte.

Nach einem rauschenden Silvesterabend ging das Inselidyll seinem Ende entgegen. Jeder tat sich schwer bei der Abreise. Laut, zur Entkrampfung der Abschiedsstimmung, sang Max während er die Gepäckstücke in den Wagen verstaute: »Alles hat ein Ende, nur die Wurscht hat zwei ...«

»Mein Max besingt sich selber.«

»Ich weiß«, sagte Anna. »Er ist doch auch ein bißchen mein Sohn.«

»Genau wie dein Philipp ein bißchen mir gehört.«

Auf bald, Anna. – Auf ganz bald!

*

Das war im vergangenen Dezember gewesen. Jetzt trommelte der Sommerregen ohne Unterbrechung an die Scheiben. Die Heckenrosenbüsche wurden vom Wind gebeutelt, die Blüten schüttelten trotzig ihre Köpfe. So, als würden sie sagen, nicht mit uns und bitte nicht den ganzen Sommer.

Anna genoß die Behaglichkeit des großen Hauses, es beschützte, nahm auf, ließ wohl fühlen, wie ein verscheuchtes Kind, das sich unter die Röcke der Mutter flüchtet und Halt findet.

Wie gut, daß Inken Bahnsen so backen konnte. Anna hat ein großes Stück Apfelkuchen gegessen, Christiane hatte ihr einen dicken Klecks Sahne dazugegeben, zwei Tassen Milchkaffee wärmten Anna wieder durch.

Eine Stunde später drückte Christiane ihrer Freundin einen wetterfesten Mantel in die Hand und sagte: »Wo die Gummistiefel stehen, weißt du, bind dir ein Tuch um. Wir gehen zum Kliff, da ist ordentlich Wind.«

Leicht gegen die Böen gelehnt, stapften die beiden Frauen durch den Heideweg, sie gingen den schrägen Trampelpfad am Leuchtturm entlang hinunter zum Strand. Das Meer zeigte, was es »drauf hatte«, was in ihm steckte; wütend attackierten die Wellen den Strand. Grün war es, wie Glas, mit viel Gischt obenauf. Leere Strandkörbe gähnten für Langeweile. Die Möwen machten kurze Rast auf ihnen, um dann mit einem Flügelschlag, der sagen konnte, da kann man halt nichts machen, weiterzufliegen.

Kein Mensch am Strand. Nur Anna und Christiane.

Christiane war viel zu klug, zu behutsam, um Anna zum Erzählen aufzufordern. Und Anna war froh darüber. Fast drei Stunden sind sie gelaufen, beinah bis zum Ellenbogen.

Zurück im Haus – Christiane zog ihre Gummistiefel aus – sagte Anna, während sie ihre nassen Haare, die ihr der Wind ins Gesicht geklebt hatte, ordnete: »Mein Gott, hab ich einen Hunger.«

»Komm mit, wir plündern die Küche«, erwiderte ihre Freundin. Frau Bahnsen mußte es geahnt haben. In dem kleinen Vorraum zur Küche hatte sie gedeckt. Käse, kaltes Huhn, Krabben und Salat. Im Kühler eine Flasche Pinot Grigio.

Die Freßwelle ergriff Anna. Ein Stück Käse, ein Hühnerbein, Prost Christiane, ein Teller Krabben, noch ein Stück Huhn, noch ein Glas Wein. Prost!

Da studieren Menschen mit einem enormen Aufwand an Zeit, Geld und Hirn Psychologie, bieten einem die Couch an, nur Inken Bahnsen denkt aus dem Bauch, hilft schneller und effektiver als alle anderen, dachte Christiane. Die Flasche war fast leer, der Käse war verputzt, Krabben waren auch keine mehr da, und von dem Huhn ragten nur noch das Gestell in die Luft.

»Das sieht aus wie Gaby«, sagte Anna. »Wie Gaby Krause aus Altwarmbüchen.«

Hier prallten Tragik und Komik aufeinander. Das Huhn. Gaby Krause. Altwarmbüchen. Christiane erfuhr im Vorraum der Friesenküche von Kampen die Geschichte, die Annas Leben auf Umleitungskurs gebracht hatte.

Heinrich Sander, »Pumpen und Filtertechnik Hamburg«, war jedes Jahr auf der Hannover-Messe mit einem Stand vertreten. Wie üblich engagierte man Standhilfen, die ausgedörrten Messekunden mit einem freundlichen Lächeln Kühles, Kaltes und Warmes servierten.

Im Laufe der Jahre überboten sich die Firmen. Wer hatte die Langbeinigsten, wer die Blondesten? Jetzt hießen sie auch nicht mehr Standhilfen, sondern Messehostessen. Mit der Zeit hatte jede Firma ihre eigene Barbiepuppensammlung. Annas Heinrich auch.

Wenn Anna, was gelegentlich vorkam, Heinrich während der Messetage in Hannover besuchte, flachste sie mit ihrem Mann darüber, fragte, ob die Mädchen automatisch funktionieren oder noch per Hand aufgezogen werden müssen.

»Anna Sander, was soll das, du bist doch nicht etwa eifersüchtig?« hatte Heinrich gefragt.

»Erstens, lieber Heinrich, ist Eifersucht ein Beweis von Zuneigung und sollte dir guttun. Außerdem haben diese Mädels so viel nicht vorhandenes Fett, man könnte darüber grün werden. Dazu kommt, ich habe nur läppische 32 Zähne und nicht wie die mindestens 156! So, daß du nur weißt, das sind meine Sorgen.«

Und was hatte Heinrich, der Verräter, geantwortet? »Anna, du bist zauberhaft.«

Ja, und nun war es passiert. Heinrichs Midlife-crisis-Sucher-Sensor hatte getickt: Gaby sollte es sein. Dieses gußeiserne Reh. Anna war verletzt, traurig, wütend; ausgetauscht gegen eine Blondine Anfang Zwanzig. Aus Altwarmbüchen! Sie konnte Philipps Schwester sein.

Bereits über drei Messen übte sich Heinrich im Minnedienst, von den anderen Zeiten ganz zu schweigen.

»Dieses verlogene Weihnachtsfest im letzten Jahr auf der Insel, diese Cashmere-Orgie seinerseits, o ja«, entrüstete sich Anna weiter, »da muß man nicht Psychologie studiert haben, einwickeln wollte er uns.«

Christiane war froh, daß Anna redete, sie fragte nur einmal, während sie Anna Wein nachschenkte: »Seit wann weißt du es?«

»Seit vorgestern abend.«

Nein, nicht in den häuslichen vier Wänden hat er gebeichtet, nein, ganz chic beim Nobelitaliener.

»Anna, Liebes, einen Champagner als Aperitif?« hatte er honigsüß gefragt. Es war zum Zuckerallergie-kriegen. »Süßholzraspler«, schimpfte Anna.

Beim Hauptgang, Ironie des Schicksals (»Ich habe auch noch Flugente gegessen«), hat Heinrich ohne Umschweife gesagt: »Anna, du erinnerst dich doch noch an Gaby, Fräulein Krause.« Und ob Anna sich erinnerte. »Anna, ich will nicht lange drumherum reden, Gaby und ich wollen zusammenleben.«

Anna stand unter Schock, fragte im Kammerton Boulevard: »In Altwarmbüchen?«

An den weiteren Verlauf des Abends erinnerte sie sich nur noch fragmentarisch. Von den diversen Möglichkeiten, ihre Wut zum Ausdruck zu bringen, die innerlich an ihr vorbeizogen, wie Heinrich die Spaghetti auf den Kopf zu knallen, schreien oder ohnmächtig werden, wählte sie keine. Sie saß da, wartete, wartete, daß der Wecker klingelte, sie sich in Heinrichs Arme rollen und sagen konnte: »Hab ich einen Blödsinn geträumt.« Statt dessen fragte ein freundlicher Ober, ob alles in Ordnung sei.

Fast alles, hatte sie ihm geantwortet.

Irgendwann seien sie zu Hause gewesen, sie haben noch miteinander über einiges geredet, aber Anna wußte nicht mehr, worüber. Sie hatte einen vierfachen Wodka getrunken und war in die Arme von Prinz Valium geflüchtet ...

Nach solchen gravierenden Abenden ist der nächste Morgen das Schrecklichste überhaupt. Stundenlang habe sie dagesessen und nur vor sich hingestarrt.

Dem Himmel sei Dank, daß Philipp gerade Ferien in Frankreich machte, so war er wenigstens aus der Schußlinie. Gegen Mittag habe sie dann Heinrichs Brief gefunden.

»Christiane, ich muß dir nicht erklären, was darin stand, geschweige denn, wo Heinrich war. Ich habe nicht gewußt, daß man sich hohlweinen kann. Ich habe nur so dagesessen, dann habe ich die Wohnzimmervorhänge abgenommen und gewaschen; bis sie wieder gehangen haben, sind fast vier Stunden vergangen, in denen ich beschäftigt war. Tja, ich griff zum Telefon, habe mit dir telefoniert, du warst der erste Mensch seit Stunden, mit dem ich gesprochen habe. Und jetzt bin ich hier.«

»Anna, geh ins Bad, leg dich hin, du bist im Giebelzimmer einquartiert. Ich komme mit einem Schlummertrunk an deine Bettkante.«

Durch den gelben Seidenschirm fiel mattes Lampenlicht in das Zimmer, eine verlorene Anna lag in dem viel zu großen Bett. Christiane kam mit einem Glas Latour à Pomerol und einer Tablette. »Trink, Anna, soviel und so schnell du kannst, morgen sind wir einen Tag weiter. Schlaf gut. Wir sind da.«

Christiane blieb bei Anna, bis sie eingeschlafen war. Sie dimmerte die Lampe klein, schloß leise die Tür.

Die ersten acht Tage waren schwierig für Anna. Sie fühlte sich ausgesetzt wie ein Hund ohne Hütte. Sie zählte die Tage.

Christiane, Frau Bahnsen, später auch Rainer Wolfson, nahmen Rücksicht, lenkten sie ab, waren für Anna da. Die Sonne hatte sich entschlossen, nun doch bis auf eine kurze Nachtruhe zu scheinen. Anna ging viel spazieren, Fiete schloß sich ihr an und kuschelte in den Wanderpausen Zärtlichkeit in ihre Kniekehlen.

Das Bendix-Haus war von mehreren Seiten erreichbar, manchmal benutzte Anna den Hintereingang, direkt an der Küche, um bei Frau Bahnsen, die meistens dort anzutreffen war, entweder an den Töpfen oder an der Mangel, einen kurzen Plausch einzulegen. Auch heute hatte sie wieder den Weg unter der flatternden Wäsche zum Kücheneingang genommen, um in aller Ruhe mit Inken, zu der sie sich hingezogen fühlte, bei einem Kaffee zu klönen.

Anna wußte im Grunde von Inken Bahnsen nichts Privates, nichts Persönliches, lediglich, daß sie auf Sylt in Braderup geboren war. Inken machte kein Aufhebens um sich, sie war für die anderen da, und die nahmen es selbstverständlich hin in ihrem Alltagsegoismus, ohne böswillig zu sein. Anna dachte auf einem ihrer Spaziergänge darüber nach, nahm sich vor, Inken nach ihrer Familie zu fragen.

Im Grunde war es Inkens Geschichte, die Anna aus ihrem seelischen Mustopf holte.

1944 hatte Inken ihre Eltern bei einem Tieffliegerangriff verloren. Ihr Verlobter, Jörn, war 1945 in den Ardennen gefallen.

Während des Krieges – Weihnachten '43 – verlobte Inken sich mit Jörn Hansen, der auf dem Festland lebte und dort den elterlichen Hof übernehmen sollte. Es war Mai '44, als Jörn seine Einberufung erhielt. Sie war mit den Eltern nach Brekendorf in Schleswig-Holstein gefahren, um wenigstens noch einige Tage vor seinem Abmarsch bei ihm zu sein.

An einem Nachmittag sind Peter und Fiene Bahnsen ein bißchen an die Luft gegangen. Der Mai machte sich mit frischem Grün und Vogelgezwitscher breit, die Luft war lau, schon richtig warm. Bei Hansens wartete frischer Streuselkuchen, mit richtiger Butter gebacken, der Kaffee stand unter einer dicken Mütze. Der Krieg war weit weg, so dachten sie jedenfalls.

Erst war es ein leises Summen in der Luft, es wurde lauter, verstärkte sich.

Fiene und Peter gingen einen Feldweg entlang, Maschinengewehrsalven, dann Totenstille.

Warum der verirrte Flieger auf die beiden alten Leute geschossen hatte, wird man nie erfahren. Der Krieg macht sich seine eigenen Gesetze. Inken flüchtete zurück auf die Insel.

1945 kam dann bei Wind und Wetter Briefträger Jochimsen die Chaussee nach Braderup geradelt. Er hatte ein Telegramm in der großen Posttasche. »In Pflichterfüllung für Volk und Vaterland...«

Ja – dann sei sie zu Bendix gegangen, hatte Meta mit den Kindern geholfen, später mit den Gästen. Nun sei sie immer noch da. So ist das Leben, liebe Anna.

»Gut, daß es Sie gibt, Inken Bahnsen, schön, daß wir Sie in der Familie haben.« Anna lächelte. Seit Tagen zum ersten Mal.

»So, nun aber Schluß mit Schicksal, ich muß die Wäsche abnehmen.«

»Ich helfe Ihnen«, sagte Anna.

Fiete ging auch mit.

Das Leben schluckte Anna mit einem tiefen Atemzug. Der Zug hieß Ottoardo Fernando von Weißenfels. Anna hatte es sich zur Gewohnheit gemacht, nachmittags bei *Leysieffer* einen Milchkaffee zu trinken. Täglich, zwischen 16 und 17 Uhr, schlenderte sie mit Fiete durch den Ort, sah in die Schaufenster, ratschte hier ein bißchen, klönte da, um letztlich bei *Leysieffer* zu landen.

Rainer und Christiane sahen das Wiedererwachen der Anna S., wie sie sich ausdrückten, mit großer Freude.

»Hört sich an wie'n Filmtitel, nicht?« Rainer, der Wikinger, lachte.

»Du warst großartig gestern, ich fand es schlicht prima, wie du mit Heinrich dem Achten umgesprungen bist.«

»Das ist doch die einfachste Sache der Welt: von Mann zu Mann, mitten in die blauen Augen.« Rainer lachte dieses Lachen, das Christianes Rekonvaleszenz um Monate verkürzt hatte.

Heinrich hatte sich nach Tagen per Telefon gemeldet. Er war zuerst besorgt, kleinlaut, zaghaft gewesen. Im Laufe des Telefonats meinte er jedoch, Land unter den Füßen zu haben, nach dem Motto, ja, aber Anna kann doch nicht so einfach wegfahren ... ihn alleine lassen.

Wie hatte Rainer Heinrich betitelt? »Ein menschlicher Gefrierbeutel.« Himmlisch. Heinrich hatte sich tatsächlich empört, daß Anna alles stehen und liegen gelassen hatte.

Rainer hatte Heinrich gefragt, ob er so naiv gedacht hatte, eine Frau für die Buntkarierten zu haben und eine, die die Flagge des Hamburger Haushalts hochhält?

»Es müßte doch alles noch geklärt werden, das Wie und das Was. Und überhaupt«, erwiderte Heinrich.

»Anna wird sich melden, wenn ihr nach ›überhaupt‹ zumute wäre. Da können Sie sicher sein. Bis dahin Ihnen einen schönen guten Tag, Herr Sander.«

Dösig stierte Heinrich auf seinen Schreibtisch. Er fühlte sich gekränkt, aber nur kurzfristig, denn Gaby platzte in sein Büro und nahm ihm mit ihrer ein Zentimeter oberhalb der Pobackenenden abgeschnittenen Levis die Tiefschläge aus dem reifen Gesicht.

Drei Tage später, bei *Leysieffer*, Anna saß beim Milchkaffee, dröhnte eine Stimme vom Nachbartisch zu ihr herüber.

»Grüß Gott, Kaffeeschwester.«

Kaffeeschwester war bei Anna auf dieselbe Schnur gefädelt wie Muttchen und Gute Frau.

Wer war das? Sie guckte in Richtung gewaltige Stimme, wollte sich furchtbar empören – und lachte. Dieses sympathische Männergesicht mit den jeansblauen Augen forderte direkt dazu heraus.

»Wir sind heute aber spät dran«, meinte der Herr.

»Ich war in Westerland, um ...« – Anna! Anna! Vorsicht! funkte ihr Hirn dazwischen, beinah hätte sie gesagt: ›Um meine Brille abzuholen‹ – »... um eh, um eh, also ich, ich war mit Fiete beim Tierarzt.« Das war knapp.

»Dann handelt es sich bei Fiete um einen Hund, wenn ich richtig vermute, nicht um einen Mann«, so der Herr am Nachbartisch, der mit seiner allgewaltigen Stimme dafür gesorgt hatte, daß alle Anwesenden sich nun brennend dafür interessierten, wie das Gespräch zwischen den beiden weiterging. Andächtige Ruhe war auf dem Vorplatz des Hauses *Odin* eingekehrt, entfernt hörte man Porzellangeklapper, gemischt mit Eros-Ramazotti-Klängen aus dem Haus.

Die Bedienung tauchte auf, fragte: »Wer bekam den

Pflaumenkuchen mit Sahne?«, erntete strafende Blicke, fast hätte man schtschtt gemacht, um zu sehen, beziehungsweise zu hören, wie die Chose weiterging, mit Fiete, Mann und Westerland. Das macht den Urlaub aus. Man lernt wieder Zuhören.

»Ja, Fiete ist der Hund«, antwortete Anna.

»Hab ich schon gesehen, aber kann eine Frau wie Sie sich nicht einen anderen ständigen Begleiter suchen?«

Ach, wurde das schön spannend, leise rührten die übrigen Leute in ihren Tassen, schoben geräuschlos die Kuchengabeln in den Biskuit. Mit einem: »Flott genug sehen Sie doch aus!« wurde ihre Andacht endlich belohnt.

Die Leute, die Anna bis dahin den Rücken zugekehrt hatten, drehten sich nun in einheitlicher Choreographie um. Fiete kam als Deus ex machina um die Ecke gehechelt, bellte dazwischen.

Anna zahlte, grüßte, ging.

»Für 'n kranken Hund ganz munter...«, prallte es von hinten noch zwischen Annas Schulterblätter!

Mit: »Was machen wir heute abend?« betrat Anna das Büro von Christiane. »Wir sollten einmal etwas unternehmen, wie wär's, wenn ich euch zum Essen einlade?«

Was keiner wissen konnte: Anna hatte vor zirka einer halben Stunde einen Dornröschenkuß bekommen, aber das wußte sie zu diesem Zeitpunkt auch noch nicht.

Das Leben hatte Anna Sander wieder.

Drei Tage später kam Philipp nach Kampen. Im Bendix-Haus traf er nur auf Christiane. Die anderen waren ausgeflogen.

Die Begrüßung war: »Die spinnen. Total...«

»Die nicht. Der!« erwiderte Christiane. »Schön, dich zu sehen, Philipp, fabelhaft siehst du aus.«

»Aber nicht mehr lange, mir ist schon ganz schlecht, was soll das zu Hause, welcher Film läuft da ab?«

Christiane hatte eine Weile zu tun, dem dampfenden Philipp den Überdruck zu nehmen.

»Willst du einen Saft?«

»Gern. Ist zufällig noch Kuchen da?«

Kinder dachte sie, eben ging noch ein Teil seiner Welt aus den Fugen, nun war ihm schon wieder nach essen.

Philipp verdrückte mit großem Appetit vier Stücke von Inkens Rosinenpuffer. Dazwischen krümelte er den Protest über das Verhalten seiner Eltern.

»Papi spielt mit Puppen. Mami flieht auf die Insel, man kann nicht einmal in aller Ruhe in die Ferien fahren. Dabei wäre meine Erholung so wichtig, es ist mein letztes Jahr in der Schule. Ich brauche meine Nerven für Cicero und Konsorten, nicht für Klein-Gaby. So was Doofes.«

Meinte er das nun situationsbezogen oder persönlich? Christiane fragte lieber nicht nach, mußte innerlich über den verzweifelten, kindlichen Egoisten lächeln.

Nein, nicht Mami, er, ihm tat man etwas an. Die eingefahrene Philipp-Welt drohte sich zu verändern, das könnte seiner Bequemlichkeit Schaden zufügen. Also wirklich! Und alles. Und so. Er sah sich seiner Annehmlichkeiten beraubt.

Inken kam mit Fiete durch den Garten. Fiete hechtete mit zwei Sprüngen auf Philipp zu, dem eine Balgerei auf dem Rasen folgte. Mittendrin sah er hoch, weil ein paar Füße durch das Gras auf ihn zukamen. Die Füße gehörten zu zwei langen, braungebrannten Beinen, die in Radlerhosen steckten, zusammen mit einigen anderen Extras gehörte das ganze zu Vera Garber, die mit ihren Eltern Sommergast im Bendix-Haus war. Philipp rappelte sich eiligst hoch.

Im Vorbeigehen strich Vera den Hund mit ihrem von mindestens zehn Klingelarmreifen beringten Handgelenk durch das Fell.

»Hi.« Sie lächelte Philipp an und verschwand mit kühnem Hüftschwung zwischen den Stockrosen im Hauseingang.

»Hi«, grüßte Philipp mit Verspätung.

»Hi«, sagte Inken Bahnsen.

»'tschuldigung. Hi, ich meine guten Tag, Frau Bahnsen.« Philipp war immer noch leicht unter Vera-Schock.

»Ich nehme an, du bleibst ein paar Tage, es steht doch einiges an. Philipp, hast du gehört?«

»Bleiben?« schusselte Philipp. »Gerne.«

»Und wie«, flüsterte Inken Christiane zu.

Eine schlanke Frau, in beigem Overall, das Beige unterstrich ihre Bräune noch, ein Hermès-Flattertuch um den Kopf, mit Sonnenbrille, nahm Kurs auf Philipp, auch Fiete lief auf sie zu, um sie zu begrüßen.

»Philipp, o Philipp, wie schön!« Die Dame streckte die Arme aus.

»Mami?«

»Ich freue mich, mein Gott, wie schön, daß du hier bist.« Anna umarmte ihn, ließ einen Arm auf seinen Schultern. »Da schaust du, Christiane, wir haben Söhne, was?«

Philipp sah aus den Augenwinkeln auf seine Mutter, großartig sah sie aus. Meine Mutter! Aber es wird sich alles ändern, signalisierte sein Unterbewußtsein. Sein Gesicht bewölkte sich.

Im Laufe des folgenden Gesprächs, das Mutter und Sohn führten, machte Anna ihm klar, sie wolle dem neuen Glück seines Vaters nicht im Wege stehen. Philipp gab zu bedenken, ob es nun wirklich das Glück wäre, müßte sich noch erst herausstellen. »Egal, wie dem auch sei, auf diese Art und Weise bekommst du eine große Schwester.«

Philipp war entrüstet, daß seine Mutter alles so locker vom Tisch fegte. Anna sagte ihrem Sohn, sie dächte nicht daran, wegen Gaby ins Kloster zu gehen oder Missionsschwester im Hindukush zu werden. Das Leben geht weiter, sie sei verletzt, tief traurig, aber wäre dabei, sich zu berappeln. In dieser kritischen Gesprächsphase schickte ein guter Engel Vera vor's Haus. Sie trödelte gelangweilt durch den Garten.

»Weißt du, Mami, das bringt nichts, so zwischen Tür und Angel. Wir müssen in Ruhe über die ganze Angelegenheit reden.« Philipp stand auf, küßte seiner Mutter die Wange und verschwand eiligst im Garten.

»Ihr werdet viel Zeit zum Reden haben. Vera mit Familie bleibt drei Wochen«, schickte Christiane ihm seelenruhig hinterher.

Nein, heute wäre sie nicht zum Essen da, sie wäre eingeladen, erklärte Anna ihren staunenden Freunden.

»Von wem? – Von einer Frau?«

»Nein, nicht von einer Frau, auch von keinem Bagger-Typ Marke: Ich-bin-allein-du-bist-allein-nachts-da-sollte-man-zu-zweit-sein. Es handelt sich um einen sehr netten Freund, einen Gentleman.«

»Holt er dich ab?« fragten alle gleichzeitig.

»Das, meine Lieben, habe ich abgebogen, weil ich euch kenne. Ihr hättet euch doch hinter den Gardinen gestapelt.« Wie hieß es doch immer? »Befreiung von der männlichen Feudalherrschaft, Wort mit zwölf Buchstaben: EMANZIPATION.«! Anna war auf dem Weg zu einem »Date«, wie man heute lässig eine Verabredung zu nennen pflegt.

Täglich hatte sie weiter ihren Kaffee bei *Leysieffer* getrunken. Schon am nächsten Tag wurde Anna an einem reservierten Tisch erwartet. Ihre Unterhaltung hatte nicht mehr Freilichtbühnen-Charakter. Sie wurde gedämpfter, leiser. Bis auf die »Lache« von Ottoardo Fernando; die hatte barockes Ausmaß und ließ die *Whisky-Straße* erbeben.

Ottoardo Fernando von Weißenfels hatte eine Zweitwohnung in Strandnähe, wohnte ansonsten in Düsseldorf und war Anwalt. Gerda, seine Frau, hatte das viele Geld mit in die Ehe gebracht, er brachte den Adel. Gemeinsam hatten sie einen Sohn und eine Tochter. Der Sohn war für ein Gastsemester in den Staaten, die Tochter ging in ein renommiertes Internat und lebte ansonsten noch zu Hause.

»Nein, Gerda ist nicht mit auf der Insel.«

»Nein, mein Mann ist diesmal in Hamburg geblieben, es gibt da so einiges zu tun!«

Sie verschwieg, daß »einiges« ein Rauschgoldengel aus Altwarmbüchen war, der sie, Anna, schnöde entthront hatte.

»Dann können wir morgen doch in aller Ruhe mit Eimer und Schaufel buddeln gehen«, schlug Ottoardo vor.

Anna hatte sich gedrückt, hatte erzählt, sie könne nicht tagsüber. Er freute sich über ihre Bemerkung, war sie doch abends frei. Abends ging schon, aber man würde sehen ...

Drei Tage hat Ottoardo Fernando dieses Man-würde-sehen hingenommen. Am vierten Tag empfing er Anna nachmittags zur gewohnten Kaffeestunde mit: »Ich habe heute für neun Uhr einen Tisch drüben bei *Tappes* bestellt.«

Tappes war hell, klar und übersichtlich. Jede Hand am Knie würde man sehen. Selbst von draußen. Anna nahm die Einladung an. Nein, abholen solle er sie nicht, sie käme ihm entgegen. Es war ja alles in der Nähe. Von Weißenfels dröhnte wieder sein Lachen.

Anna mußte sich in die Situation finden, daß sie eine Verabredung traf, sie betrat Neuland. Seit Heinrich hatte sie keine Verabredung mehr getroffen. Gut, hin und wieder ein Flirt über rutschende Sonnenbrillengläser oder so, natürlich, aber sich richtig treffen, nein. Wenn Ottoardo nicht wußte, wo sie wohnte, konnte sie sich das Ganze noch überlegen. Sie mußte ja nicht hingehen. Verabredung mit Sicherheitsfaktor 12, dachte sie.

Längst wußte der Weißenfels, in welchem Haus Anna wohnte. Er war einfach Fiete gefolgt, wenn dieser durch den Ort streunte und Stammbäume begoß.

Anna stand vor dem Spiegel. Haare, Make-up, alles okay, aber was sollte sie anziehen? Sie war mit kleinem Gepäck gekommen, und das war auch noch das falsche für die Insel, geschweige um abends zum Essen zu gehen. Was sollte sie anziehen? Was soll's, Anna Sander, du willst essen, mach nicht so ein Theater. Jeans, ein T-Shirt, der Blazer. Aus, fertig. Sie griff nach ihrem Cashmereschal. Nein, den heute nicht! Das war Heinrichs weihnachtlicher Verräter-Schal. Oder doch? Ja, nun gerade. Mit gekonntem Schwung schmiß sie ihn um, zog ihn vorne wieder lässig, locker zurecht; Anna war mit dem Ergebnis zufrieden. Auf Sylt rüscht und mandelt man sich nicht auf und war mit einem schnellen »Tschüß« aus der Tür. Sie wollte sich den Segen, die wohlgemeinten Ratschläge der Familie ersparen. Handelt es sich doch nicht um Jungfer Anna auf dem Weg zum ersten Rendezvous. Überdies war er überhaupt nur ein netter Freund. Mit dem sie essen ging. Anna bog aus dem Gartenweg.

»Guten Abend, meine Schöne. Ich freue mich.« Sie prallte in Weißenfels. Sein Lachen haben alle im Haus gehört.

Sie haben köstlich gegessen, Zander mit eingelegten Tomaten, einen staubtrockenen Chablis getrunken und geredet. Sich über Kunst und Musik, über blödsinnige Serien im Fernsehen, Politik und über Hollywood, von Mae West bis Sharon Stone, unterhalten. Mindestens zweimal hat er dazwischen zu Anna gesagt, daß sie eine bemerkenswerte Frau sei. Und Anna genoß es, in seiner Gesellschaft zu sein. Hinzu kam, daß er nicht ohne Charme war.

»Müssen Sie die Stechuhr bedienen oder trinken wir noch etwas?« fragte er. »Wir können weiterziehen ins *Gogärtchen* oder so, Sie haben die freie Wahl.« Anna ging die Nase pudern. Weißenfels bezahlte.

Draußen wehte ein lauer Inselwind. Die Luft war herrlich. Anna fühlte sich gut, so leicht, wie schon lange nicht mehr.

»Wir können auch noch zu mir gehen auf einen Drink, es ist nur ein Steinwurf von hier.«

Es wäre mehr als verklemmt gewesen, jetzt zu sagen, nein danke, das möchte ich nicht. Wenn sie sich schon emanzipierte, dann richtig, dann mußte sie auch konsequent bleiben. Weißenfels war kein Aufreißer. Würde sie auch nicht als heiße Ware nach Tanger verkaufen, also: Entwarnung. Warum nicht zu ihm? Obendrein war er nicht ihr Typ. Basta!

Sie bogen in die *Kurhausstraße*, gingen schweigend einige hundert Meter, waren vor seiner Tür, kamen in eine wirklich schöne, überaus geschmackvolle Wohnung.

»Hat Ihre Frau sie eingerichtet?«

»Nein, Melchinger und Partner.«

Es bleibt alles in der Familie, dachte Anna.

Daß Ottoardo Fernando »und Partner« gesagt hatte, registrierte sie zu diesem Zeitpunkt noch nicht. Die Familienstücke, ein traumhaft schöner Barockschrank, diverse Kommoden, hoch und mit vielen Schüben, waren wohlgefällig in die Gesamteinrichtung eingegliedert. Christiane hatte offensichtlich ein Händchen. Toll.

Vor ihr stand Ottoardo Fernando mit einem Glas Champagner. »Das ist ein würdiges Getränk, um eine hoffentlich schöne Freundschaft zu beginnen.« Seine himmelblauen Augen wurden ernst. »Auf Ihr Wohl, Anna.«

»Prost, Ottoardo Fernando.«

Schön ist es hier, dachte Anna. Sie war immer noch von dieser unerklärlichen inneren Leichtigkeit. Er kann mir überhaupt nicht gefährlich werden, wie angenehm, säuselte es in Annas Hirn. Wie angenehm.

Weißenfels machte eine »Schloßführung«. Von dem anschließenden weiteren Wohnraum mit Blick in die Dünen ging eine Wendeltreppe in den ersten Stock.

»Meine Frau hat die obere Wohnung.«

Anna war leicht angealbert. »Sie wohnen getrennt?«

»Ja.« Mit der Antwort hatte Anna nicht gerechnet. »Oh.« Mehr fiel ihr im Moment zu dem Thema nicht ein.

*

Sechzehnter September, Flugnummer 1557, Hamburg/Paris-Charles de Gaulle, Transfer nach Nizza, Ankunft 15.10 Uhr. Die Maschine der Air France ließ mit freudigem Hüpfer das regnerische Hamburg unter sich, zog ab in die blauen Wolken.

Angegurtet, die Sitze hochgestellt, saßen nebeneinander Anna und Ottoardo Fernando von Weißenfels!

Nachdem sie die Flughöhe erreicht hatten, bestellte Ottoardo Fernando Champagner. Und den konnte Anna sehr gut vertragen. Es war schrecklich viel passiert und vor allem so schnell. »Prost!«

Zum Wohle, cheers, skol, na sdrowje, le chaim, dachte Anna, ließ ihre Seele in die dicken Wattetürme, die sich rechts und links der Maschine bauschten, fallen.

Anna Sander, verheiratet, wenn auch mit Heinrich, dem Verräter, aber immerhin noch verheiratet, Mutter eines Sohnes, saß neben einem anderen Mann freiwillig im Flugzeug, mit Ziel Cannes. Oh, là, là! A votre santé. Verheiratet war *er* auch noch.

Wie das Leben so spielt. Der barocke »VW« – von Christiane so betitelt – lächelte sie von rechts an, als ob er Annas Seelenflattern gespürt hätte.

»Schön, daß Sie mitkommen, Anna.« Er ließ sein Glas an das ihre klingen.

Anna lächelte sich Mut zu. Sie war mit dem Segen der gesamten Sylter Truppe unterwegs, man hatte sie fast gezwungen, zu ihrem eigenen Wohlergehen, wie sie sagten, diese Reise mitzumachen. Selbst Philipp hatte gemeint: »Mami, wir leben nicht mehr Anno Zwieback, hab dich nicht so, fahr mit! Außerdem ist er attraktiv, gescheit und charmant. Dir kann doch nichts passieren, jedenfalls nichts, was du nicht willst.«

Philipp, der Übervater. Seine Bemerkung »gescheit und charmant« ließ Anna lächeln. Ihr Sohn! Dabei war er gerade mit sich und Vera zum Dauerwalzer auf Wolke sieben. Hatte Plüschaugen, gab sich wie menschlicher Himbeersaft, fast zu süß, für seine Umgebung leicht zähfließend. Genauso Vera.

Garbers, die Eltern Veras, wurden nathlos mit in die Familienclique aufgenommen, es war unumgänglich; zum Glück waren es sehr nette Leute, es hätte auch anders kommen können. So aber paßten sie fabelhaft, denn Vera und Philipp waren wie siamesische Zwillinge. Jede Trennung, sei es auch nur für eine Mahlzeit, hätte gegen die Menschenrechtsklausel verstoßen.

Der liebe Gott meinte es gut mit den beiden: Vera kam nämlich aus Hamburg. »Komisch, Mami, wir haben uns noch nie gesehen, dabei haben wir viel gemeinsame Bekannte, wir hätten uns längst einmal treffen können, oder?«

»Gottes Regie geht wundersame Wege«, sagte im Vorübergehen Christiane. »Eure Seite war noch nicht dran, Phipps.«

Sie strubbelte ihm durch seine vielen, gerade eben sorgfältig gezähmten Locken und drehte sich noch einmal kurz um: »Das heißt aber nicht, daß ihr jetzt besonders schnell blättern müßt.« Christiane war in der Türfüllung verschwunden.

»Selbstverständlich, ehrwürdige Mutter«, rief Philipp ihr hinterher. »Oh, entschuldige Mutter«, rief Philipp ihr hinterher. »Oh, entschuldige Mami, Vera wartet.«

Raus war er. Fiete stürzte im Galopp in die Diele, bremste, legte den Teppich in Falten, saß vor Anna und legte seinen Kopf schief.

»Ich komme schon Fiete, also, gehen wir.«

Fiete hechelte aus der Tür, ohne Rücksicht auf kreuzende Zweibeiner, sollten sie doch an die Seite springen, jetzt kam er, Fiete!

Eine Stunde später bogen beide in den Strönwai ein zu *Leysieffer.* »Die Schöne und das Biest«, begrüßte Ottoardo Fernando Anna.

*

Die Maschine flog ohne Turbulenzen ihre Strecke. In Annas Kopf tobte ein Orkan, ausgelöst durch die sich überschlagenden Ereignisse der letzten Tage, die Anna Revue passieren ließ. Eine mandeläugige Stewardeß servierte den Lunch. »Bon appétit.« Anna beobachtete VW interessiert aus den Augenwinkeln. Er sagte: »Merci.« Damit war für ihn alles erledigt. Kein Lächeln, keine Big Boss- oder Macho-Geste, kein Flügelschlagen in Richtung fliegende Zaubermaus.

Das Rätsel Mann in seiner Urform versuchte den Plastikbeutel mit dem Besteck erfolglos zu öffnen.

Anna half ihm. Jetzt wäre ihm klar, wozu die Damen ihre langen Fingernägel hätten, stellte er befriedigt fest.

»Ja, sie sind eine zusätzliche Hilfe im Haushalt und ausschließlich dafür gedacht«, parierte Anna. VW donnerte seine Lache durch die Maschine. Die Dame in der Reihe vor ihm fuhr heftig zusammen, schwappte sich ein halbes Glas Evian auf ihr Reisekostüm. Alles blickte in seine Richtung; er bemerkte es nicht. Zur Sicherheit trank die Dame vor ihm nur noch kleine Schlucke aus einem viertelgefüllten Glas.

Das Naturell des barocken VW verlangte jedem in seiner Nähe ein gerüttelt Maß an Selbstsicherheit ab. Er war, wie er war, manchmal der Punktum-nichts-geht-mehr-Typ, scheuchte Kellner, Zimmermädchen und Taxichauffeure, lachte eben diese Lache, um sich im nächsten Augenblick als ein Gentleman der allerersten Kategorie zu zeigen. Wolfson hatte etwas spöttisch gemeint, VW lebe seine Herrenreitervergangenheit aus – aber das nicht ohne Charme.

Last not least tat er Anna genau aus eben diesen Gründen gut. Ihre Selbstsicherheit war durch Gaby »Langbein« reichlich ramponiert...

⁎

Anläßlich ihres ersten gemeinsamen Abendessens hatte Anna erfahren, daß auch Weißenfels getrennt lebte. Setzt man nun getrennt oder leben in Parenthese, überlegte Anna. – Sie hatte laut gefragt damals. VW hatte nicht gelacht, diesmal nicht.

Sie tranken den Champagner zu Ende, an jenem ersten Abend, mehr oder weniger schweigend, aber das Schweigen war nicht unangenehm. Es war vertrauensvolles Schweigen. Weißenfels hatte das Windlicht auf der Terrasse angezündet und in der Ferne klatschte die Nordsee ihre Wellen an den Strand, ein leichter Wind fächelte über das Dünengras, während aus dem Haus ein Violinkonzert sanft herüberwehte. Es muß Boccherini sein oder so ähnlich, ist auch egal, jedenfalls ist es wunderschön. Anna schmiegte sich mit einem wohligen Gefühl tiefer in die Polster des Gartensessels.

Es war weit nach Mitternacht, als Anna in Begleitung von Weißenfels zum Bendix-Haus zurückging. In der *Whisky-Straße* tobte das Leben, röhrende Sportwagen schossen an ihnen vorüber, kichernde, johlende Nachtschwärmer strömten ins *Pony* oder *Gogärtchen.*

Anna erzählte Weißenfels, daß der frühere Barkeeper des *Gogärtchens* zu ihnen gesagt hatte, von dem vielen Bussi rechts und Bussi links müsse er sich jeden Abend abschminken. Weißenfels belohnte ihre Bemerkung mit einer Dröhnlache, die alle Geräusche überbot.

Am Gartentor verabschiedete sie sich.

»Gute Nacht, Anna, ich danke Ihnen für den Abend. Er

war wunderschön.« Selbst im Halbdunkel der Straßenlaterne konnte Anna seine hochglanzpolierten, blauen Augen erkennen. Im Film, dachte Anna, setzen da immer die Geigen ein ... bevor es dazu kam, war sie mit einem eiligen »Auf Wiedersehen, Herr von Weißenfels, danke, es war sehr schön«, verschwunden. Leise öffnete sie die Tür.

»Na, war's schön?« fragte eine Stimme aus dem Sessel, der ihr in trotziger Gemütlichkeit den Rücken bot. Christiane schob ihren Kopf um die rückwärtige Lehne, strahlte Anna an.

»Wieso wußtest du, daß ich es bin. – Ja, es war sehr schön«, antwortete Anna.

»Du bist das Schlußlicht des heutigen Abends, alle anderen schlafen schon längst – oder so ähnlich. Erzähl, wie war es – besser, wie war er? Nett, freundlich oder ist er ein Spätmacho mit Macke?« Christiane zog ihre Freundin auf die Sessellehne. Anna erzählte vom Essen bei *Tappes*, über ihre Gespräche, seine Wohnung, wie schön sie eingerichtet war und wie wohl sie sich gefühlt hatte.

Unvermittelt strahlte ein Kronleuchter in Annas Kopf: Melchinger und Partner!!!

»Christiane, was bedeutet: Melchinger und Partner?«

»Eben – und Partner.« Das war's.

Christiane und Anna haben die halbe Nacht verquatscht. Es war wichtig und schön.

Zur Feier des Tages stiftete Christiane noch einen weiteren Champagner, später bekamen beide Hunger, gingen lachend in die Küche, um Inken Bahnsen ein wenig den Kühlschrank zu plündern. Anna trällerte: »Warum soll eine Frau denn kein Verhältnis haben, kein Verhältnis haben ...« Christiane fing schallend an zu lachen. Anna, bereits durch Weißenfels' Champagner und den Wein zum Essen niedlich betütert, fing wieder an zu singen. »... kein Verhältnis haben. Stellt euch vor, sie hat keins, wär es besser, sie hat eins.« Christiane und Anna wollten sich totlachen. Jetzt sangen sie zu zweit, glockenrein und sauber: »Warum soll eine Freu denn kein Verhältnis haben?«, unterbrochen von ihren Lachsalven. Da erschien Inken Bahnsen, guckte leicht verschlafen aus frischgewecktem Gesicht.

»Was um alles in der Welt ist hier denn los?«

Die Antwort erhielt sie postwendend. Christiane und Anna intonierten erneut den Hit des heutigen Abends.

»Ihr seid nicht dicht, in die Federn mit euch, es ist fast halb vier.« Inkens erster Blick fiel auf die Uhr, dann raus in die Puschen, um nachzuschauen, woher, weshalb und alles ... Sie hatte ihre Mühe, die Mädels ins Bett zu bekommen bzw. aus ihrer Küche.

»Ab nach oben, aber ohne Gesang«, ordnete sie an.

»Aye aye, Sir!«

Anna und Christiane legten die Hände an nicht vorhandene Mützen und verschwanden prustend auf ihre Zimmer.

Inken sah ihnen mit liebevollem Blick nach, schüttelte den Kopf, sagte »Gören!« und schlurfte endlich zurück ins warme Bett.

Geschlafen haben alle wunderbar. Anna und Christiane hatten eine etwas kürzere Nacht, aber gegen neun erschienen auch sie am Frühstückstisch. Die anderen saßen noch alle, es war immer so gemütlich, Klönfrühstücks dauerten eben ihre Zeit.

»Habt ihr das auch heute nacht gehört?« empörte sich Philipp. »Da haben welche gesungen. Im Kanon Zarah Leander.«

»Nein, zweistimmig nennt man das, mein Philipp«, antwortete Inken.

»Siehste«, sagte Philipp zu Vera, »du mit deinem Kanon.«

Alle hörten den Flügelschlag der Engel.

»Warum hast du heute eine getönte Brille auf, Annachen?« unterbrach Christiane die Stille.

»Bindehautentzündung«, sprang Inken hilfreich ein.

Durch Garbers »Damit hat meine Frau auch an der See ihre Last« kam wieder Fluß in die Unterhaltung.

»Na, jetzt weiß ich, warum Mami die Brille trägt«, mischte sich Philipp ein.

Inken schickte Philipp, bevor er noch mehr anrichten konnte, mit Vera in die Küche, der Toastnachschub mußte gesichert sein.

»Aber bitte toasten«, rief Christiane ihnen nach.

Der Nachbartisch neutralisierte die Runde mit der Bitte um eine weitere Kanne Kaffee. Es waren zwei Ehepaare aus dem Thüringischen, sie genossen Freiheit und Seeluft.

Links vom Familientisch saßen zwei Tänzer aus Wuppertal, schön, gepflegt, eingehüllt in eine Wolke *Fahrenheit* und warm wie die Wüstensonne. Auch sie waren seit drei Jahren Stammgäste im Bendix-Haus. Günther Beck und Klaus Bergmann, hier Günni und Klausi, die Tanzmäuse aus Wuppertal.

Diese Bemerkung hatte Max gemacht; und so hießen sie bei jedem im Hause.

Die Feriengäste waren fast alle Stammgäste. Wer einmal die Atmosphäre des Hauses genossen hatte, kam immer wieder, war auch bereit, sich terminlich »schieben« zu lassen, wenn das Haus bis unter den Giebel belegt war.

*

Flug 1557 nach Paris hatte die Grenze überflogen. VW erkundigte sich, ob bei Anna alles in Ordnung sei, sie wäre so schweigsam.

»Ich betätige meine gedankliche Rückblende, eben habe ich noch in Kampen am Frühstückstisch gesessen. Es war der ›morning after‹.«

»Ich erinnere mich, der Tag der Sonnenbrillenschlangen-Anna. Dennoch waren es die schönsten roten Augen, die ich je gesehen habe. Noch etwas Champagner?«

»Danke, nein. Wir landen doch schon in einer halben Stunde in Paris. Vor dem Gewusel von Terminal zu Terminal habe ich leichten Horror, da möchte ich sicheren Schrittes gehen.«

»Dann träumen Sie man noch ein bißchen, ich schaue in meine Akten.« Anna träumte sich wieder hinein in die Wolkenberge.

Die Akten, die VW einsehen mußte, waren der Anlaß für die Reise nach Frankreich gewesen. VWs Kanzlei hatte ihn, weil alles ganz dringend, im Urlaub angerufen. Er solle für einen langjährigen Klienten, Bernd Ganske, einen Kaufvertrag rückgängig machen, ihm außerdem die Anzahlung von immerhin 500 000 DM wiederbeschaffen. Ganske, sonst ein cleverer Geschäftsmann, war hübsch reingelegt worden. Er hatte sich ein Traumhaus zwischen Antibes und Juan les Pins mit Meeresblick und eigenem Strand gekauft. Den Vertrag unterschrieben und besagte Summe à conto überwiesen. Bis zu diesem Zeitpunkt kannte Ganske sein Haus an der Côte d'Azur nur per Bild. Man muß der Gerechtigkeit halber sagen, es war außerordentlich gut fotografiert. Innen entsprach alles den Fotos, war sogar zum Teil noch schöner, hingegen das Drumherum ließ schwer zu wünschen übrig: Pfüad di God, schöne Gegend!

Ein weißes Haus, türkisfarbene Fensterläden, Balkon und Terrassengitter ebenfalls türkis abgesetzt, um das Haus gruppiert herrlich exotische Bäume, die sich zum Himmel reckten. Alles ein Traum. Ein Alptraum aber waren Standort und Lage. Die Villa *Vignon* klebte direkt an einer Durchgangsstraße, direkter konnte sie nicht liegen, mit Meeresblick ab der zweiten Etage, der Rest des Blickes war mit einem Hotel, das dem Massentourismus Tür und Tor geöffnet hatte, verbaut. Gleich daneben schloß sich eine Großtankstelle an, in der auch Brummis plus Fahrer ein gemütliches Dach über dem Kopf fanden. Die Tankstelle schien noch dazu beliebt zu sein, zirka jeder fünfte Laster rumpelte in die Einfahrt. Die Ritter der Landstraße begrüßten sich laut, herzlich, südländisch und das rund um die Uhr. Linkerhand lag malerisch in Schutt und Scherben eine gewesene Gärtnerei. »A vendre« schaukelte ein schlaffes, halbseitig befestigtes Schild in Wind und Sonne.

Die verbliebenen Pflanzen wucherten in ungestümer, blühender Heiterkeit in den Tag. Nicht ohne Ambiente, sicher. Es war furchtbar, der eigene Strand war nur durch einen dunklen, einen sehr dunklen Tunnel zu erreichen.

Von den Gerüchen im Inneren wollen wir nicht reden, lediglich das Meer hörte man am anderen Ende rauschen, hatte Ganske berichtet.

Genaueres zum Tunnel: Er führte unter der vierspurigen Fernstraße durch, an den gegenüberliegenden Häusern vorbei und schließlich, das war *Jacobs Krönung*, unter der Gleisanlage der Zugverbindung Nizza–Marseille zum Strand.

Dieser Bericht erreichte von Weißenfels in Kampen und machte eine Vorort-Klärung nötig.

»Anna, wollen Sie nicht mitkommen?« hatte er sie gefragt. »Ich muß ungefähr acht Tage unten bleiben. Eine Traumgegend, viel Kultur, das gute Essen und der Wein verstehen sich von selbst. Es wäre für Sie nicht verkehrt, für mich wär es schön, wenn Sie mitkämen.«

Inzwischen wußte auch VW, warum Anna auf der Insel war.

»Bewegen Sie meine Worte in Ihrem Herzen«, hatte er ihr durch den Heckenrosenweg, der zum Bendix-Haus führte, nach einem gemeinsamen Essen nachgerufen. Und seine Lache zur Untermauerung hinterhergeschickt.

Im Haus wurde sie sofort von allen bestürmt, was sie in ihrem Herzen bewegen sollte. Sie guckte in Fragezeichengesichter. Eigenartig, sonst war niemand abends in der Diele, heute waren fast alle angetreten, in jedem Sessel, auf jedem Sofa saß jemand. Anna mußte erzählen, ob sie wollte oder nicht, die anderen waren einfach in der Überzahl.

Die Truppe erteilte einstimmig ihren Segen. Anna meinte, sie wären alle plemplem, er wäre zwar sehr nett und charmant, aber...

Die Gegenseite walzte sie nieder, erteilte erneut ihren Segen, verbreitete die berühmte Was-soll-denn-schon-passieren-Philosophie. Verwirrt ging Anna ins Bett.

Am nächsten Morgen wurde Ottoardo Fernando von Weißenfels von Christiane zum Abendessen eingeladen. Gegen 19.00 Uhr.

»Wie schön, daß die persönliche Besichtigung mit einem Essen belohnt wird«, lachte VW.

»Wieso, ich kenne Sie doch schon, Herr von Weißenfels«, staunte Christiane.

»Jaa, als Kunden. Aber nicht als Menschen.« Weißenfels lachte. Christiane wäre fast das rechte Ohr weggeflogen. »Ich freue mich, also bis heute abend.«

Es wurde ein toller Abend. Gutes und Köstliches aus Inkens Küche, sie saßen draußen, tranken leichten italienischen Wein.

»Ich habe für heute abend einen Italiener genommen, französische Weine bekommt ihr in der nächsten Zeit reichlich.«

Damit hatte Christiane für Anna beschlossen. So simpel lassen sich manchmal die Dinge regeln.

»Kinder, geht es uns gut«, sagte Rainer Wolfson. Mit sehr glücklichen Augen sah er zu Christiane.

»Wie wäre es, wenn getanzt würde – am besten hier draußen?« schlug Philipp vor. »Tanz unter dem Kampener Sternenhimmel, genießen wir die Leichtigkeit des Seins, meine Freunde«, sagte er in gut gespielter Fernsehmoderator-Manier.

Ja, es wäre schön, aber mit viel zuviel Aufwand verbunden.

»Nö, wir müssen nur die Musik einschalten, alles andere haben Vera und ich schon heute nachmittag erledigt.« Damit stand Phipps auf. Um endlich die »Orgel« anzuschmeißen.

Im Laufe des weiteren Abends gesellten sich sämtliche Hausgäste zu den Tanzenden, auch die Spätheimkehrer konnten noch mitfeiern.

So kam es, daß Anna zum ersten Mal bei dem Song »When you were sweet sixteen«, in den Armen von VW lag. – herrlicher irischer Schmalztopf –

»I love you as I never loved before . . . I love you as I love you« . . . dazu der laue Wind, der sternenklare Himmel . . . das Leben ist schön . . . Das Lied wurde der Song des

Abends, zu vorgerückter Stunde sangen alle mit: »When you are sweet, when you are sweet sixteeeen.«

»Ein Inselabend, an den ich mich noch im Altersheim erinnern werde«, hatte Rainer Wolfson mit Strahleraugen gesagt.

*

Anna, VW und die übrigen Passagiere wurden dreisprachig per Bordmikrophon aufgefordert, ihren Belt faster zu ziehen, ihre Sitzelöhnön 'ochzustöllön, da sie in »quelques minutes« in Paris, Charles de Gaulle, landen würden.

VW stopfte die Akten in die Tasche, Anna korrigierte ihr Make-up. Nachdem sie gelandet waren, brach die flugübliche Hektik in der Maschine aus, die später am Gepäckband durch langes Warten belohnt wurde.

Anna und VW mußten zum Terminal B, hatten genügend Zeit, um alles mit der nötigen Ruhe geschehen zu lassen. Die Flutwelle der Passagiere spülte sie zum Ausgang A, dann konnten sich VW und Anna befreien, trabten den Pfeilen nach. Letztendlich hatten sie sich doch verlaufen, weil sie sich intensiv unterhalten haben. Nun doch verunsichert, stoppten sie an einem Informationsschalter, die Schlange davor war relativ kurz.

Durch die Automatiktür würgte sich etwas Kleines, Dunkles. Ihre Füße steckten in froschgrünen Lacklederpumps. Die hohen Absätze machten ungefähr ein Drittel ihrer Körpergröße aus.

Dieser Schokocrossi landete mit 1000 Plastiktüten, einer Umhängetasche, die der Stolz eines jeden Landbriefträgers gewesen wäre, in Nabelhöhe von VW.

»De flight to Rio, please.«

Weißenfels deutete ihr an, sie könne vor.

»Tank you.«

Sie ließ alles unterhalb des Tresens liegen. Die Frage der freundlichen Groundhostess nach ihrem Gepäck beantwortete sie mit: »only handlaguage« zu haben. Sie verschwieg, daß es ein Container »handlaguage« war.

»Für soviel Handgepäck muß sie die Arme einer indischen Gottheit haben«, lachte VW mit der Wirkung, daß »Rio« fast senkrecht aus ihren high heels gefahren wäre. Die Gute bekam ihre Bordkarte, sammelte auf, stakste davon.

Auch VW und Anna mußten per Rolltreppe in den ersten Stock. Am Zoll blockierte »Rio« mit Tüten Ein- und Ausgang. Da konnte man erleben, wie schnell sich ein Stau bildet. Doch Anna und VW hatten Zeit. »Cracklin Rio« verschwand in der Menge mit eiligen Schritten, so schnell die Pumps es zuließen; ihr Flug wurde bereits zum letzten Mal aufgerufen.

So möchte und könnte ich nicht reisen, stellte Anna für sich fest. Anna war auch jetzt mit leichtem Gepäck unterwegs, diesmal mit besonders leichtem. Erstens hatte sie so gut wie nichts mit auf die Insel genommen. Aufwendiges schon gar nicht. In ihrer Reisetasche waren lediglich diverse T-Shirts, Jeans, ein schwarzer Seidenblazer, Leihgabe von Christiane, ein bißchen Kettengeklüngel, ein Hauch Morgenmantel, das war es auch schon; um ihre persönliche Rache etwas zu füttern, war auch Heinrichs Cashmere-Schal dabei; – es könnte ja kühl werden. – Kein kleines Schwarzes, kein Rock, kein Kleid, nichts. Im Grunde ein Rucksacktourist der Edelmarke. Sie fühlte sich wunderbar. Sollte sie wirklich etwas benötigen, konnte sie sich mittels Ritsche-Ratsche, sprich Creditkarte, etwas besorgen. Voilà.

VW ergriff ihre Hand, dahinten war Schalter 72, der Check-in für Nizza. Sie legten ihr Handgepäck zum

Durchleuchten auf das Band, durchschritten die Kontrollschleuse. Bei VW war alles in Ordnung, bei Anna schrillte die Alarmglocke. Anna entleerte ihre Taschen, Jeans und Blazer. Erfolglos. Sie nahm ihre Clips ab. Nun bildete sich hinter Anna eine Menschentraube. Obgleich es immer noch weiterklingelte,durfte sie endlich passieren.

»Haben Sie lockere Schrauben, oder woher kam der infernalische Lärm?« VW lachte klingelüberdeckend.

Es klingelte schon wieder – wieder bei einer Dame. Sie mußte ihren Gürtel aus der Jeans ziehen. Dann war eine Weile Ruhe, es passierten nur Männer die Schleuse. Eigenartig.

Die beiden Zollbeamten schienen Klingelstreiche am weiblichen Objekt zu machen. Anna und VW sahen dem Jux zu, denn sobald eine optisch uninteressante Frau erschien, klingelte es nicht.

»Der hat eine Fußglocke unter dem Schreibtisch«, schlußfolgerte VW. »Die wird nur bei Attraktivität bedient.«

Vive la France!

Der Warteraum der Abflughalle füllte sich schnell und bunt gemischt. Zwei Schwalben, die eine durchgestylt in Chanel, die andere in MCM, schienen zum Einsatz an die Côte d'Azur zu fliegen. Die extra dunkle Ray Ban auf den klassisch operierten Nasen fieberten sie der Küste entgegen.

Eine Amerikanerin knatterte in pinkem Plastik an ihnen vorbei, der ebenfalls pinkgetönte Pudel saß mit leicht verblödetem Gesichtsausdruck in ebenfalls pinkgeblümter Plastiktasche. Frauchen hatte flache Cowboystiefeletten an den Füßen, dafür waren ihre Beine dankbar; kurzsichtig blinzelte sie auf den Abflugcomputer. Ein

Herr eilte zu Hilfe, Marke Heiratsschwindler und Co. KG. Tatsächlich war er dem Heiratsschwindler in Pünktchen und Anton nicht unähnlich. Sie hörten ihr »So very, very kind, Missjöh«, dann drehten Anna und VW dem Elend den Rücken und wandten sich anderen Reisenden zu.

Ein Ehepaar, zusammen mit viel Liebe alt geworden, es rührte an, wie sie miteinander umgingen, ließen den Eincheckfluß zum Stocken kommen. Sie blätterten in ihren Flugscheinen, waren unsicher. »Nein, Paul, es fehlen welche, sieh mal dahinten, vielleicht haben wir sie verloren.«

Der alte Herr ging zurück, fragte höflich, in bestem Schulfranzösisch nach ihren Billets. Verständnislosigkeit allüberall. – Non, non, allez, allez.

Paul kam zurück, sie kramte ihre Handtasche durch, erfolglos. VW ging zu ihnen.

»Wir sind Landsleute, kann ich Ihnen behilflich sein?«

»Oh, Monsieur«, sagte im freudigen Schreck die Dame. »Wie schön, wissen Sie, wir haben anscheinend die Tickets verloren, sehen Sie doch mal.«

VW blätterte die Abschnitte durch, es waren lediglich die Duplikate des Hinflugs im Ticketheft. »Es hat alles seine Richtigkeit«, erklärte er, die Rückflugoriginale wären noch darin. Er wünschte eine gute Reise, wandte sich wieder Anna zu.

»Merci beaucoup«, hatte der alte Herr noch gesagt. »Merci beaucoup . . .«

»Meine gute Tat für den heutigen Tag habe ich getan, Frau Sander, die Ihre steht noch aus.«

Endlich im Flieger, hatte Anna bereits dreimal auf die Uhr gesehen, der Airbus rührte sich nicht von der Stelle, sollte aber schon längst in der Luft sein, dann endlich rollte er los. Fast eine Viertelstunde rollten sie über das Flugfeld zum Start. Jetzt ist mir klar, warum das Ding Airbus heißt, stellte Anna fest. Was nicht geflogen wird, wird gefahren. Dann waren sie aber doch in der Luft via Nizza.

»Wollen wir reden, oder wollen Sie noch ein wenig träumen?«

»Träumen, wenn ich darf.«

»Sicher, wenn ich auch ein bißchen darin vorkomme.« VW küßte Anna die linke Hand und griff wieder nach seinen Akten . . .

. . . Die Bucht von Nizza grüßte mit laissez faire durch die Mittagssonne, das Meer schwappte sein Bienvenue dazu.

Segelboote, die von oben wie Badewannenschiffchen aussahen, wurden überflogen. Anna hatte Schmetterlinge im Bauch. Worauf hatte sie sich eingelassen. Acht Tage Cannes, dort hatten sie ihre Zimmer gebucht. Mit einem Mann, der, der . . . was, Anna Sander?

Na ja, der immerhin doch nicht unattraktiv ist. »Denk nur weiter«, flüsterte ihr die bleichgefärbte sogenannte GUTE Hälfte ihres Gewissens zu. Da kam ihr aber die leicht angedunkelte Seite entgegen, mit ganz anderen Vorstellungen, die sie sich energisch verbat. Anna!

Ihr Unterbewußtsein ließ sie Halt suchen, daß es nun ausgerechnet oder zufällig die Hand von Weißenfels war, nahm sie offiziell nicht einmal wahr. Ihr Kopf war mit der Landung beschäftigt. Es ist eine faszinierende Sache, eine große Schleife über dem Meer, dann liegen unerwartet zwei Landebahnen, umgeben von Wasser, unter einem.

»Schiß vor der Landung?« fragte VW, denn Anna hielt noch immer seine Hand.

»Ja«, log sie und hielt sich weiter fest.

Die Erde hatte sie wieder, ihre Reisetaschen waren vom Förderband genommen, da eilte Weißenfels schon, seinen Leihwagen in Empfang zu nehmen – jedenfalls die Schlüssel dazu –, dann raus aus der klimatisierten Flughalle – buuff –, sie waren in Frankreich.

Die mediterrane Sonne strahlte, warm war es wie in einer Backstube, sich wohl fühlen und gute Laune lagen in der Luft.Gegenüber der Flughalle war der Parkplatz, dort stiegen sie in den Wagen, und ab nach Cannes.

»Cannes denn wahr sein, Sie mit mir zusammen, Anna; manchmal denke ich, einen Traum zu träumen, den man nur nach einer guten Flasche Champagner träumt.«

»Ich könnte Sie zur Not einmal kräftig kneifen.«

Vor ihnen rechts machte ein Schild mit PEAGE 2000 M auf sich aufmerksam.

»Du heiliger Vater, ich hab noch keine Francs, das habe ich glatt vergessen.«

»Wenn Sie Geld auch von einer Dame nehmen, kann ich aushelfen; die Bank hat mir noch Francs besorgt.«

»Anna, wir sind ein Traumteam.«

»Das war meine gute Tat für heute«, gab Anna VW zur Antwort.

»Ach, könnte Ihnen nicht 'n bißchen was Netteres einfallen?« VW machte eine Pause, sah Anna an. »Na?«

»Der Fahrer hat zur Sicherheit der ihm anvertrauten Fahrgäste sein Augenmerk nur und ausschließlich auf den Verkehr zu lenken.« Anna dachte, o Gott, was rede ich denn da! Ein guter Geist war behilflich, schickte einen Motorradfahrer vorbei, der zu einem halsbrecherischen Überholmanöver ansetzte.

»Hundesohn!! – Entschuldigen Sie, Anna, ich habe eben nicht richtig zuhören können. Ich sah diesen Idioten hinter mir im Affentempo auf uns zurasen – was haben Sie gesagt?«

»Ich sagte nur, wie schön es hier ist. Ich freue mich, daß ich hier bin.«

»Ja, und die gute Tat?«

»Ottoardo Fernando, ich lade Sie zum Essen ein. Ins Restaurant Ihrer Wahl.«

»Da habe ich eine glänzende Idee, es wird Ihnen gefallen, es ist nicht oder gerade typisch für Cannes. Eine Surpriseparty von Ihrem Geld! Aber ich nehme die Einladung nur unter einer Bedingung an, ich zahle den Wein.«

»Gucken Sie mal«, kicherte Anna. »Da heißt ein Hotel *Villa Kassandra*. Legen die zum Frühstück als Extraservice die Karten?«

»Möchten Sie wissen, was die Zukunft bringt, Anna?«

Sie stand schon wieder auf sehr dünnem Eis. Weshalb manövrierte sie sich laufend in zweideutige Situationen, es war innerhalb von zehn Minuten bereits das dritte Mal. Sie nahm sich vor, wachsamer zu sein, sonst dachte Weißenfels am Ende noch, er wäre ihr Typ, man könne die Reise zu einem kleinen Urlaubstechtelmechtel ausarbeiten. Nein, die Reise war für Anna als Ablenkung von ihrem persönlichen Elend gedacht. Außerdem war da die wunderschöne Côte d'Azur! Sie wollte mit neuen Eindrücken zurückkommen, um Heinrich anders, gestärkter gegenübertreten zu können. Ehrlich und wahrhaftig, nur das waren ihre Gründe.

Sie bogen in die Croisette ein, rechts lag das Festspielhaus. Anna kannte es nur durch die Berichte über die Filmfestspiele; wie sie überhaupt alles hier nur aus Filmen und Fernsehberichten kannte. Weißenfels kannte die Côte d'Azur wie seinen Weinkeller, er hatte ihr versprochen, wenn die Verhandlungen es zuließen, für Anna ein wenig den Fremdenführer zu spielen. Noch auf der Insel hatte er geschwärmt, von kleinen Orten erzählt, wo trotz des Massentourismus die Zeit stehengeblieben zu sein schien; hatte Weißenfelssche Sterne an ihr unbekannte Restaurants verteilt, von der Einsamkeit gewisser Landschaften geschwärmt, von den Malern, die ein besonderes Auge für eben diese Schönheit der Natur hatten und vieles mehr.

»Wir sind da, Prinzessin.« Weißenfels bremste.

»Prinzessin? Ich bin eigentlich mehr Königinmutter.«

»Wenn Königinmutter knallenge Jeans trägt, Kreolen in den Ohren, ein irres Make-up zu bieten hat und ein Parfüm benutzt, daß man vor Freude schielt, dann stimmt es. Raus mit Ihnen.«

Sie standen vor dem *Miramar*, jetzt nicht mehr Hotel, es wurden die ehemaligen Suiten und Zimmer als Appartements vermietet. Jedes Appartement hatte eine kleine Küche, so daß man selbst sein Frühstück, Brunch oder Lunch zubereiten konnte, auch ein Souper wäre möglich, da ausreichend Porzellan in jedem Appartement zum Inventar gehörte.

Weißenfels hatte durch seine Kanzlei zwei Studios mit Meeresblick in der vierten Etage anmieten lassen.

Bonjour, Monsieur von Weißenfels, enchanté de vous voir. Bonjour, Madame.«

Eine Dame, alterslos, strahlte VW an. Sie hatte versucht, ihre üppige Haarpracht durch Hochstecken zu zähmen, ihr etwas Seriöses zu geben. Doch die Locken machten, was sie wollten, quollen unter Kämmen und Nadeln hervor, gaben ihr den Bardot-Look, ein bißchen Spätbardot, aber die war ja auch nicht mehr wie ihr Original. Während sie Weißenfels die Schlüssel übergab, flirtete sie heftig aus meergrünen Augen. Das macht diese Menschen so interessant, sie scheren sich einen Teufel um ihr Alter oder Konventionen, sie leben einfach gern. Jedenfalls die meisten von ihnen.

»Bonne journée, Madame, bonne journée, Monsieur von Weißenfels.« Anna und er wurden von dem Aufzug geschluckt.

»Ich weiß, was Sie jetzt denken; das denken alle, die ihre Jugend im Kino verbracht haben. Das hier sieht aus wie in dem Film ... man überlegt, auf Rita Hayworth kommt man sofort, aber dann, dann fehlt es einfach ...«

»Das hier sind Spiegel wie in *Die Lady von Shanghai*«, entgegnete Anna lässig.

Es gibt Aufzüge, die sind so illuminiert, erhellt, beleuchtet, daß man denkt, man ist zum Verhör in einem Marlowe-Film geladen, ganz kurz vor dem Geständnis. Bei diesem Licht werden selbst Sechsjährige zu Greisen, von den Menschen, die hoch in den Neununddreißigern sind, ganz zu schweigen, da hilft nur noch die goldene Kugel. Aber was machen die Franzosen? Ohne lange zu fackeln, nehmen sie Rauchglasspiegel, und siehe da, man ist nicht mehr verdammt, über soundsoviele Stockwerke krampfhaft auf den Boden zu starren. So einfach ist das.

Anna hatte das Appartement 406 und Cannes, das Meer und die Croisette zu ihren Füßen. Sie war sehr glücklich, ihr Heinrich und Altwarmbüchen waren Lichtjahre entfernt.

Über Frau Becker, ihre treue Seele im Hamburger Haushalt, hatte sie erfahren, daß Heinrich ausspannen, abschalten mußte, die Situation sei ihm über den Kopf gewachsen; er wollte mit Fräulein Krause in die Karibik. Diese Tatsache war im Grunde schon genug für Anna; wenn einer umschalten, abschalten oder wie auch immer was mußte, war es in diesem Fall Anna.

Sie hatte Frau Becker telefonisch über ihre Reisepläne informiert, Philipp blieb noch auf Sylt, so war alles geregelt. Auch Frau Becker konnte abschalten, sie fuhr mit ihrer Schwester nach Ischia, eine Badekur zu machen. Sie versprach lachend, wiederzukommen und keinem Latin Lover zu erliegen.

Unter Annas Balkon tobte das Leben, sie entschloß sich, kurz zu duschen, dann zu bummeln, bis 19.00 Uhr hatte sie noch genügend Zeit. Nebenan hörte sie Weißenfels telefonieren und lachen. Morgen würde er mit ihr zur Villa *Vignon* zwecks Besichtigung fahren, vorausgesetzt, sie hätte Lust. Anna hatte eingewilligt.

Im *Who is who* saß eine halbe Stunde später Anna Sander bei Milchkaffee mit einem Stück tarte au citron und ließ die Croisette auf sich wirken. Das Leben in seiner ganzen Fülle, oft im wahrsten Sinne des Wortes, flanierte an Anna vorüber.

Viel Knubbelknie in wenig Bermuda, Leggins mit Auslaufmuster, Latex dehnte, spannte sich, Amerika in seiner ganzen Farbenpracht war oft vertreten; viel Angegrautes im munteren Freizeitlook, die Baseballmütze keck übers Haarnetz gezogen. Ab und an konnte das Auge ein wenig auf Chanel oder Hermès ausruhen. Die Mädchen mit den schönen langen Beinen hüllten diese in ebenso lange Flatterröcke. Die Damen mit den kurzen Beinen zeigten diese hinauf bis zur Taille. Innerhalb einer Viertelstunde war an Anna bereits der zehnte Pudel vorbeistolziert. Es gab sie in allen Farben von Schwarz bis Weiß, über Apricot zu Puderrosa, mit und ohne Schleife, mit Glitzerhalsband oder kleinem Seidenkarree. Diese armen Kreaturen. Der ungestüme Fiete war ihr lieber. Bei Fiete fiel ihr ein, sie müsse Christiane anrufen.

Da Anna in der Dunsthöhe einer Davidoff (!) – schließlich war man ja in Cannes – saß, beschloß sie zu gehen. Zigarren, ob nun Davidoff oder Castro-Brösel, Anna fand's immer scheußlich.

Sie polierte ihr Französisch auf, indem sie sich zum Postamt durchfragte, fand es ohne Schwierigkeiten in der Parallelstraße und hielt per Telefonkarte Christianes Stimme ans Ohr.

Gegen 19.00 Uhr verließen Anna und VW bester Laune das Miramar. VW brachte Anna zu *Edoard*, es war kein Restaurant der Nobelklasse, eigentlich war es überhaupt nicht einmal ein Restaurant. *Edoard – Degustation* stand über dem Eingang, dem Eingang zu einem Fischladen! Aber was für einer. Man schob sich vorbei an einem länglichen Bassin, gefüllt mit Hummer, Krebsen etc., die ihrem letzten Stündchen entgegenkrabbelten. Anna mochte so etwas nicht sehen, hatte Heinrich damit so manche Forelle blau vergällt. Ehe Anna weiter darüber nachdenken konnte, wurde VW bereits von Edoard und seinen zwei Söhnen herzlich und wie ein Einheimischer begrüßt; aus der Art ihrer Begrüßung entnahm Anna, daß sie nicht die erste Dame war, die VW zu ihnen brachte. Doch was soll's, VW war für Anna eine männliche Neutralzone; wieder einmal bestätigte sie sich selber, er wäre üüüberhaupt nicht ihr Typ, ganz einfach nur charmant und nett. Hätte sie den Gedanken zu Ende gedacht, wäre ihr sicherlich aufgefallen, daß manche Männer weder das eine noch das andere waren, geschweige denn beides.

Edoard bugsierte seine Gäste in den daneben liegenden Raum. Was von draußen wie ein Schaufenster gewirkt hatte, war die *Degustation*! Sieben oder acht kleine, weißgedeckte Tische. Der Maître empfahl Bouillabaisse, dazu einen Rosé de Bandol, très frais serviert. Anna nickte ihr Einverständnis.

Die Fischsuppe konnte man nur als Ereignis sehen, heiß! köstlich! lecker! mit anderen Worten: eine Granate der Bouillabaissen schlechthin. Zum Schluß noch einen Espresso, und mit vielen à bientot verschwanden die beiden in den weiteren Abend.

VW häkelte sich bei Anna unter.

»Na, Frau Sander, gefällt es Ihnen?«

»Sehr.«

»Wollen mal sehen, was ich noch bieten kann, oder sind Sie schon müde?« erkundigte sich VW.

»Keine Spur, ganz im Gegenteil.«

Sie schlugen den Weg zur Croisette ein. Die Croisette war gleißend hell, die Restaurants voll, ein Fußgängerlindwurm schlängelte sich vom Hotel *Martinez* bis in die Altstadt. VW zog Anna auf die Meeresseite, da war zwar auch Getümmel und jeder blaue Metallsessel an der Promenade belegt, aber es war weniger touristisch.

Hier und da standen die Staffeleien der Maler, um ihr Gepinseltes an den Mann, besser gesagt, an die Amerikanerin zu bringen. Denen konnte es nicht bunt genug sein. So manche Bermuda hatte später Farbflecke, irgendwann hatten die Damen vergessen, die frischen Produkte von sich weg zu halten, gingen mit etwas mehr Landschaft auf der Hose und etwas weniger Gegend auf dem Bild, aber happy anyway, in ihre Hotels oder auf ihre Kreuzfahrtschiffe zurück, die in der Bucht von Cannes dümpelten. Täglich wurden sie an Land geschwemmt, sie ließen die Küste »boomen«.

Anna und VW gingen in Richtung Festspielhaus. Auf dem Vorplatz im Halbdunkel gut ein paar Dutzend Menschen. Alle hatten die Köpfe gebeugt, blieben stehen, palaverten miteinander, um dann in gebückter Haltung weiterzugehen.

»Was soll das, ist das eine Sekte?« fragte Anna.

»Ja, die Sekt der Cineasten. Filmfans, die den Handabdruck ihres Idols im Asphalt suchen. Vor dem Festspielhaus gibt es ringsherum und rechtsherum ›Starpatschen‹ in Stein«, erklärte VW.

Eine Minute später gingen auch sie im Troß der Gebückten, waren einhellig der Meinung, daß so mancher Star das Patschen lieber hätte lassen sollen.

»Voran die spinnenfingrigen Weiber«, kam das Statement von VW. Aber Belmondo, Lanvin und Eastwood kamen in ihrer Beurteilung gut weg. Die Loren sowie Meryl Streep auch.

VW schlug den Weg in Richtung Mole ein, hier war es touristenmäßig schon etwas ausgedünnt. Sie setzten sich auf eine der Bänke, hörten dem Meer zu, hingen ihren Gedanken nach, besprachen morgige Tagespläne.

»Wie wäre es mit einem Nightcap, Anna?«

Was und wo, bekam VW zur Antwort.

»Nicht was und wo – ja oder nein.« Jetzt erschütterte seine Lache zum ersten Mal Cannes und Umgebung.

Macht nichts, sie sah ja niemand, es war ja dunkel. – Anna sagte artig: »Ja, bitte.«

Sie gingen langsam zurück. Wo wollte VW hin? Steuerte er rüber in Richtung *Carlton*? Das machte einen tollen Eindruck. Livriertes Personal, die glänzenden Bentleys und Rolls-Royces in der Auffahrt.

»Bin ich dafür auch richtig angezogen?« dachte Anna.

VW sah fabelhaft aus. Flanellhosen, schickes Oberhemd, umgeknoteter Pullover, nackte Füße in italienischen Schuhen. Frauen tun sich da etwas schwerer. Aber auch Anna kam in ihrem Edellässiglook gut weg, zumindest in den Augen von VW. Alles andere war jetzt auch unwichtig.

In der Halle angekommen, forderte VW sie zu einem kleinen Rundgang auf, er kannte auch hier fast sämtliche Ecken. Er zeigte Anna das Restaurant, wo reiches Unglück sich hölzern gegenüber saß, lustlos in den Tellern stocherte, so gut wie keine Unterhaltung führte. Im Grunde waren sie nur reich, aber schiach und langweilig. »Die bringen locker ein paar tausend Jahre auf die Uhr«, hätte Max Melchinger gesagt. Das taten sie wirklich. Für diese Umgebung fühlte sich Anna zu jung, sie wollte reden dürfen, wollte weg von den Klunkerstatuen. Aber wohin? Zufällig hätte er einen vollen Kühlschrank, meinte VW. Sie könnten ins Hotel zurück, auf den Balkon mit Meeresblick und Palmenrauschen ...

»Alles, nur raus hier.« Anna zog ihn am Ärmel.

Der Kühlschrank von VW ließ keine Wünsche offen. So saßen sie bei Weißwein mit Meeresblick. Die Schiffe in der Bucht hatten Lichterketten über die Masten gezogen, die Stege der jeweiligen Hotels waren erleuchtet, die Croisette gleißte und glitzerte, die Augen von Anna und VW auch.

Nach einer knappen Stunde trennten sie sich.

»Gute Nacht, ich freue mich auf morgen.«

Am nächsten Morgen mußte Anna sich erst einmal berappeln. Wo war sie eigentlich? Sie zog den Rolladen hoch, Palmen, Palmen, Palmen, eine ganze Straße voller Palmen. Wo hatte sie gestern nur ihre Augen? Das Meer rauschte zu ihren Füßen. Sie warf die Arme in die Luft, sprang auf ihr Bett, zog die Beine zum Schneidersitz. Geschlafen hatte sie himmlisch. Die Uhr zeigte 9.30 Uhr, also nicht nur himmlisch, sondern auch lange. Sie suchte sich einen Sender im Radio. Pop sollte es sein, aber nicht zu poppig, das paßte nicht zur Gegend. Bei *Radio Monte Carlo* hielt sie inne. Monte Carlo, richtig, das ist gleich nebenan. Sie nahm sich vor, an einem der Tage eine Stippvisite zu machen.

Annas Telefon läutete. Sie wurde freundlich, schnell und französisch begrüßt. Es war eine Männerstimme.

»Bonjour, Monsieur. Oui, je suis Madame Sander.« Mensch, französisch, und so früh.

»Dann kommen Sie zum Frühstück, Madame Sander; es ist alles fertig. Keine Restaurierungsarbeiten, dafür haben Sie nachher genügend Zeit. Ich habe Hunger. Bis eben.« Damit legte Weißenfels auf.

Anna sprang auf die Füße, rein ins Bad. Zähne putzen wird noch erlaubt sein. Ein bißchen Nasepudern auch. Sie ordnete ihre Haare, fertig, das heißt fast fertig, was sollte sie anziehen? – T-Shirt und Jeans. So. Halt! Ein Hauch Eau de Cologne. Da klopfte sie bereits an VWs Tür. »Bonjour.«

»Guten Morgen, Sie sprechen ganz flott französisch. Das ist mir gestern schon aufgefallen. Kommen Sie rein, ich will von alledem hier, was ich bereits vor einer Stunde besorgt habe, endlich etwas essen.«

Der Tisch bog sich, auf französisch. Dreierlei Konfitüre, diverse Sorten Käse, Saft, Baguette, frische Croissants, heiße Milch und Kaffee. Dazu ein offenes Fenster mit Meeresblick.

»Danke, lieber Gott«, sagte Anna laut.

»Das wäre nicht nötig«, meinte VW. »Bleiben Sie doch bei VW, es genügt, der Mensch sollte nicht unbescheiden sein.«

Wieso weiß er, daß wir ihn VW nennen? Sie hatte es

bisher vermieden, ihn anzureden, aber Ottoardo Fernando war in der Tat zu lang. Herr von Weißenfels ebenfalls zu lang und für ihre Beziehung zu geschraubt. Ja, wie sollte sie ihn anreden?

»Woher wissen Sie das mit VW?«

»Durch Philipp. Ich habe versucht, Sie anzurufen. Sie waren aber nicht im Haus. Ich habe ihn fragen hören: Weiß einer, wo Mami ist, ihr VW ist an der Strippe.«

»Ist doch schön, daß man Kinder hat. Sie lösen manche Probleme schnell und unkompliziert«, lächelte Anna. »Jetzt hätte ich bitte gern einen großen Kaffee, lieber VW.«

Anna entschied, heute noch nicht mit zum »Unwesen« zu fahren, sie wollte die Stadt ein bißchen kennenlernen. Sie verabredeten sich wieder für den späten Nachmittag.

»Gehen Sie nur, ich mache das hier schon, ich komme sonst so aus der Hausfrau- und Mutterrolle. Ab mit Ihnen und Hals- und Beinbruch für Ihre Verhandlungen, oder was sagt man bei Anwälten?«

»Auf jeden Fall lieb Aufwiedersehen.«

Anna schob ihn aus der Tür. Wer weiß, was der unter »lieb Aufwiedersehen« verstand, – jedenfalls hatte er wunderschöne Augen. Sie wechselten ihre Farbe von jeansblau bis grün. Anna hielt den Brotkorb in den Armen. Meistens waren sie blau, aber bei gewissem Licht, ja, da waren sie eher grün. Er ist ein sehr gut aussehender Mann ...

Das Telefon schrillte, fast hätte sie vor lauter Reflex den Brotkorb auf die Croisette geworfen.

»Bonjour«, sagte sie statt dessen.

»Herrn Dr. von Weißenfels, bitte«, verlangte eine weibliche Stimme.

»Der ist seit, seit (wie lange, Anna? fragte sie sich) seit

geraumer Zeit (geraumer Zeit kann viel heißen, wunderbar) weg. Gegen Abend ist er zurück.«

»Bitte sagen Sie meinem Mann, ich rufe wieder an, andernfalls soll er zurückrufen. Bonjour, Mademoiselle.«

»Madame«, sagte die verdatterte Anna, aber es wurde schon aufgelegt. »Guter Wurf« wären jetzt die Worte von Philipp gewesen. In der Tat.

Auf dem Weg in die Altstadt von Cannes lief sie wieder in etliche angegilbte, gerüschte Blondinen mit Pudel an der Leine. Mal hatten die Damen einen, mal zwei von der Sorte, manche tatsächlich drei dieser Hunde an der Leine. Eigentlich sind Pudel aus der Mode, aber die Côte hatte ihre eigenen Gesetze. Es kann durchaus sein, daß sie demnächst bei uns all das andere Kleingartengemüse wie Westhighlands und Yorkshire verdrängen.

Vereinzelt waren auch einige sehr distinguierte Herren unterwegs mit eben einer solchen Kampftöle unterm Arm. Ganz entzückend!

Anna erreichte die Altstadt, stieg bergan, denn auf dem Gipfel der Anhöhe erheben sich der Suquet-Turm und die Reste einer aus dem 12. Jahrhundert stammenden Burg. Sie kam vorbei an dem Turm des alten Schlosses, in welchem die Eiserne Maske gefangengehalten wurde, nachdem man ihn von den vorgelagerten Inseln, den Iles de Lerins, auf denen er ursprünglich gefangengehalten wurde, verlegt hatte.

Oh, kalter Schauer der Geschichte.

Oben auf der Plattform lag einem Cannes zu Füßen, so weit das Auge reicht. Anna durchschritt die engen Gassen und Gäßchen, Bougainvilleatöpfe waberten ihre Üppigkeit in den Weg. Und wo auch nur ein Ziegel fehlte, blühte es. Oleander, Hibiskus, Geranien sämtlicher Farbe und Größe.

Anna entdeckte Restaurants, die die Größe einer wahnsinnig gewordenen Streichholzschachtel hatten, aus denen es um so mehr nach mediterraner Küche duftete. Selbst diese kleinen Restaurants hatten Gerichte anzubieten, bei denen in Hamburg oder München mindestens ein halbes Dutzend versnobter Ober dazugehören würden.

Anna trödelte die Promenade am alten Hafen entlang, sah sich die Jachten an, einige stolze Drei- und Viermaster unter ihnen, blieb an der Eisbude stehen. Eine Eistüte in der Hand schlenderte sie weiter zum Karussell. Das Karussell war old fashioned, eben wie Karussells sein sollten: Pferde, Gondeln, springende Tiger luden zum Mitfahren und Träumen ein, dazu jubilierte ein ebenso altes Orchestrion. Anna verweilte auf eine Eislänge. Sah zu, träumte, dachte an VW ... VW! Sie sah auf die Uhr, was ist mit ihrer Verabredung, Frau Sander?

Im Hotel angekommen, hörte sie VW schon in seinem Appartement rumoren. Gegen fünf saß eine frisch polierte Anna neben einem strahlenden VW im Auto. Mit Ziel Mougins.

Es gibt Orte, denen kann Tourismus absolut nichts anhaben. Sie sind entweder beschwerlich zu erreichen, schon dadurch, daß manche Parkplätze einen Kilometer entfernt liegen. Wenn der Mensch zu Hause schon mit dem Auto zum Briefkasten fährt, warum sollte er ausgerechnet im Urlaub sich den Strapazen des Gehens unterwerfen? Für Kunst und Aussicht laufen? Nein, danke!

Dann gab es die unermüdlichen Filmer und Fotografierer, die tapperten dem Rest der wirklich Interessierten hinterher. Gewisse Orte nehmen nicht zur Kenntnis, was täglich an ihnen vorbei oder durch sie durchläuft. Mougins ist so ein Ort.

Picasso verbrachte dort die letzten Jahre seines Lebens. VW hatte seinen Wagen unterhalb geparkt, langsam spazierten beide durch schmale Gassen, in Richtung Ortsmitte, guckten in diverse Galerien, die es dort in jeder Größe gab. Anna verliebte sich in ein Bild von Bernard Calvet. »Schauen Sie nur genau hin, lieber VW, es ist *das* Bild gegen den Alltagsstreß.« Tatsächlich.

Eine träge Nachmittagssonne verbreitete wohlige Atmosphäre, setzte spielerische Reflexe auf Fenster und Mauern. Die Zeit schien stillzustehen.

Anna ging einen Schritt zurück, um das Bild aus einem anderen Winkel zu betrachten. Sie landete direkt in VW. Sie war so auf das Bild konzentriert, daß sie es nicht bemerkte.

»Es ist schön, VW, wunderschön.«

»Ja, Anna, es ist wunderschön.« Er legte seine Arme um die vor ihm stehende Anna.

Sie standen ein ganze Weile so, bis eine kleine schnatternde Dame auf sie zukam und ihnen quelques details zu dem Maler berichtete. Mit vielen très bien und très joli gingen Anna und VW aus der Galerie.

»Anna, Sie sind mein Gast, ich habe drüben in dem Restaurant einen Tisch bestellt, haben Sie Hunger?«

»Hunger und Durst.«

Umwuchert von Bougainvillea, unter Farn und Hibiskusblüten saßen beide im *Feu Follet*.

Weißenfels hatte das Menü zusammengestellt: Gänseleber, Jacobsmuscheln, Entenbrust, Dessert würde man sehen, dazu einen Haut-Médoc Latour de By sowie eine große Flasche Badoit Mineralwasser.

Was war es? War es das Ambiente, der Wein, die laue Luft, die Hintergrundmusik Pavarottis, dabei konnte sie diesen Pizzabäcker eigentlich nicht leiden, aber richtig eingesetzt ...

Annas Blick verlor sich in dem Gesicht von VW.

Die Gläser gefüllt mit einem Rotwein der Sonderklasse, er lag im Glas wie eine samtene Pluderhose.

»Le chaim«, sie prostete sich zu, beiden war so, daß sie am liebsten »auf immer und ewig« gesagt hätten. Sie sagten nichts, sahen sich nur an.

Gegen ihre Gewohnheit aß Anna ein Dessert, damit der Abend noch länger dauerte. Alles andere war weit, weit weg.

»Wenn an diesem Abend die Erde explodierte, rauschen wir gemeinsam in die Ewigkeit«, dachte Anna.

Geredet haben beide kaum. Später sind sie noch einmal durchs nächtliche Mougins gegangen, unterhalb beleuchtete sich Cannes.

Wenn die richtigen Menschen zusammentreffen, können sie auch wundervoll miteinander schweigen. VW und Anna konnten das.

VW schloß Anna die Tür zu ihrem Appartement auf, sah Anna sehr lange an.

»Schlafen Sie gut, Anna – danke für diesen Abend.«

Er schob sie hinein, zog die Tür zu.

Wie auf Wolken ging Anna ins Bad; als sie sich in die Kissen kuschelte, hörte sie ihn nebenan telefonieren.

Einschlafen mit Meeresblick und der Gewißheit, IHN in ihrer Nähe zu haben, war schön. Der Wind wehte die Geräusche der Straße und der ans Ufer klatschenden Wellen direkt in ihr Bett.

»Ottoardo Fernando von Weißenfels«, seufzte eine glückliche Anna, aber da schlief sie fast schon.

Ein Knall! Anna schreckte hoch. Der Wind fauchte mit Böen durch ihr Zimmer. Um Himmels willen, was war hier los? Sie versuchte ihre Gedanken zu ordnen, sprang aus dem Bett, um das Fenster zu schließen. Es blitzte infernalisch.

Zur gleichen Zeit knallte und donnerte es. Anna schrie auf. Es herrschte Weltuntergangsstimmung. Das Meer peitschte wild und wütend an das Ufer.

An Annas Tür wurde geklopft. Sie hörte VWs Stimme und fiel ihm schlotternd in die Arme. Es knallte schon wieder, bläuliche Blitze erhellten das Zimmer. Die Balkontür sprang auf, wurde fest von Männerhand verschlossen.

»Ich habe schreckliche Angst«, zitterte Anna.

VW beruhigte sie.

Die Natur spielte verrückt. Anna hatte ein Unwetter dieser Stärke noch nie erlebt.

»Ich bin doch bei Ihnen.« VW zog sie in seine Arme. Und Anna hat sich in ihnen verkrochen.

Sturm, zuckende Blitze, aufgebrachtes Meer, alles in einer Nacht ...

*

Die Sonne schien unverfroren ins Zimmer, weckte Anna, sie lag in den Armen von VW und ließ Gestriges, Nächtliches Revue passieren ...

Als hätte er ihre Gedanken erraten, sagte er: »Tja, Anna, jetzt sind wir sozusagen verlobt. Guten Morgen.«

»Guten Morgen«, Anna strich mit ihrem über die Schulter gewinkelten Arm durch seine Frisur. Umdrehen traute sie sich nicht. Alles war neu, höchst angenehm und schön.

Hätte das Telefon in seinem Zimmer nebenan nicht so

penetrant geschrillt, wären sie wohl noch länger so liegen geblieben. Er rannte zur Tür, drehte sich noch einmal um. »Jetzt kann ich dich endlich duzen, Anna Sander.«

Das Telefon läutete weiter, VW drehte sich ein zweites Mal um: »Ich liebe dich.«

✻

»Ach, Sie versuchen, mich den ganzen Morgen zu erreichen?« VW legte sein Croissant aus der Hand. »Richtig, ich sitze noch beim Frühstück. In einer Stunde? Ja, das klappt. Bis nachher.«

»War das wichtig?« fragte Anna.

»Nein, das Wichtigste seit Wochen sitzt endlich mit mir beim Frühstück. Kommst du heute mit?«

»Nee, mein Herz, ich sehe viel zu glücklich aus. Jeder wüßte alles – sofort.«

»Sei nicht bürgerlich. Komm mit, wenigstens nach Antibes, wir können uns später treffen.«

Das Telefon klingelte schon wieder. Es war VWs Frau.

Anna räumte unauffällig und leise ab. Sie stellte ohne Geklapper die Teller ineinander. VW griff mit der telefonfreien Hand nach ihr, machte grüne Augen, küßte ihr die Fingerspitzen.

»Himbeermarmelade, du hast Himbeermarmelade an den Fingern«, sagte er leise und verdrehte die Augen.

In der kleinen Küche mußte Anna sich anlehnen vor lauter Glück.

Später, in Antibes überlegte Anna: Picasso-Museum oder nicht? Da es in der Grimaldiburg aus dem 16. Jahrhundert lag, sollte sie eigentlich; sie entschloß sich für uneigentlich, ließ lieber die Beine von der Mauer baumeln, die mal höher, mal niedriger um ganz Antibes lief, hing ihren Gedanken hinterher, konnte vor allem nicht fassen, daß sie, Anna Sander, mitten im Honigtopf saß; sie ging in die Kathedrale und stiftete dem lieben Gott und sich eine dicke Kerze, um dann erstmal Christiane anzurufen.

Was hatte ihre Freundin gesagt?

»Gott sei Dank! Außerdem paßt ihr fabelhaft zusammen, fabelhaft mit drei a.«

Gegen drei Uhr kam VW, bis Viertel nach drei haben sie sich umarmt, dann sind sie nach Vence gefahren und weiter nach St. Paul de Vence. Ni vitesse, ni bruit stand unter dem Ortsschild, und das war gut so. Gleich am Ortseingang lag der große Boule-Platz, auf dem auch Yves Montand die Kugel geboult hatte. Boule ist kein Spiel. Es ist eine Philosophie. –

Selbst das von Menschen überlaufene St. Paul überraschte mit touristenfreien Zonen, schmal, sonnig, winkelig, blühend und schön. Sie verbrachten den Rest des Tages dort, ni vitesse, ni bruit.

Am späten Abend bummelten sie händchenhaltend über die Croisette. Anna zeigte ihm ihr Karussell. Er tat, als hätte er es noch nie gesehen. Drei Runden sind sie gefahren. Sie waren glücklich, fühlten sich jung, zum Palmen ausreißen. »Eichen kann jeder«, hatte er gesagt.

Sie alberten durch die Straßen, gingen in Geschäfte und wieder raus.

»Alle sollen sehen, daß wir in Cannes waren«, sagte VW. Er drückte Anna eine von diesen dämlichen Baseballmützen auf den Kopf, schwarz mit goldener Aufschrift »Festival de Cannes«. Er beteuerte, noch nie dergleichen Touristenzeug gekauft zu haben. »Aber für dich ist mir natürlich nichts zu teuer.«

»Und nun mein Beitrag zum heutigen Abend, setz die

Mütze auf, vor allem laß sie auf.« Anna zog VW ins feine *Noga-Hilton-Hotel*, von beiden sofort zum *Nugget Hilton* umgetauft. Anna zog ihn durch die sterile Halle, Art Deco, leider nicht schön, bis in die Bar.

»Zwei Gläser Champagner, bitte.« Mit Seitenblick auf VW zischelte Anna: »Behalt ja die Mütze auf.«

Den Barkeeper schien es nicht im mindesten zu irritieren, er servierte den Champagner mit freundlichem Lächeln.

»Ich glaube, die sind hier allerhand gewohnt, es wirft sie so leicht nichts um.«

Da tauchten einige Amerikaner auf, verbreiteten optische Karneval in Rio Stimmung.

»Siehste«, feixte VW.

»Hier ist es gemütlich wie in einer Abflughalle. Fühlen sich lebende Menschen hier wohl?« fragte Anna.

»Lebende schon, aber schau dich um, laut heißt nicht gleich lebendig«, antwortete VW.

»Laß uns hier weg, ich will in deine Arme«, sagte Anna. Glückliche Anna, glücklicher VW.

Mit einem weiteren Champagner – schließlich war man in Frankreich! – standen sie auf dem kleinen Balkon von Annas Appartement, sahen dem Leben und Treiben unter ihnen zu. Das Meer klatschte wie immer an den Strand, heute war es besonders sanft. Fast leise. Die schwer mit Touristen beladene *Ville de Cannes* tuckerte im Glanz ihrer Außenbordscheinwerfer dem Liegeplatz entgegen, Flugzeuge zogen ihre Landeschleife, ab und an machte sich eine Kawasaki oder Harley auf der Croisette lärmend wichtig. Alles war schön. Alles war weit weg. Sie genossen das Hoch ihrer Lebenskurve, wünschten sich, sie möge oben verweilen.

Gegen zehn Uhr, beim Frühstück, besprachen sie ihren Tagesplan. Ganske wollte aus Deutschland kommen.

»Wie sieht es aus? Hat er eine Chance, seine Brezelbude wieder loszuwerden?« fragte Anna.

»Durch mich schon. Ein As habe ich noch im Ärmel. Wir werden die Sache heute lockerer angehen. Außerdem bin ich durch dich stark wie ein Löwe.« VWs Augen leuchten über der Kaffeetasse.

Anna hatte heute das Auto; sie wollte über St. Raphael bis nach Fréjus fahren. Der Wagen stand gegenüber der *Carlton Garage*, hatte VW ihr zwischen zwei Umarmungen erklärt. »Du findest ihn schon.« Mit Blick auf die Uhr war er wie Schmidts Katze aus der Tür gerannt.

Aber das war doch seine Stimme? Anna stellte das Tablett mit dem Frühstücksgeschirr zurück. Sie rannte auf den Balkon. Mitten auf der Croisette stand VW und schmetterte in die vierte Etage hinauf: »Anna Sander, ich liebe dich!«

Er war total irre. Sie lachte. »Ich liebe dich auch.« Es ist wie ein schöner Traum, dachte sie. Da steht ein erwachsener Mann auf der Croisette, Gott sei Dank nicht mehr zwanzig, und hält wegen dir den Verkehr auf! Vor fünf Wochen hatte ihre Welt noch anders ausgesehen.

Auf dem Weg durch die Halle des *Miramar*, sie grüßte freundlich zur Portiersloge, klackerte ihr eine Wortkaskade der »BB« entgegen.

Was hatte sie gesagt? »Sie sind immer noch sehr verliebt, Ihr Mann und Sie ...« Anna übersetzte sich die Sätze während des Weges zum Auto. Franzosen reden immer so schnell ... »Votre marie et vous ...« – Mein Mann und ich nicht, dachte Anna ... Es gab ja noch Heinrich, an ihn hatte Anna schon seit zwei Tagen nicht mehr gedacht. Heinrich ... sie hatten einen gemeinsamen Sohn! ... Wo war Heinrich? War er schon auf Reisen? ... Sie wollte später in seinem Büro anrufen ... Gibt es das, daß man einen Menschen so schnell vergißt? ... Das muß es wohl, sonst wäre es ihr nicht passiert. Fast wie ein Szenenwechsel im Theater, ist das normal? fragte sich Anna. Sie schämte sich ein bißchen. Und Gaby Krause, ist das normal?

»Anna, Aannaa!« – Drüben auf der anderen Straßenseite standen eine Frau und zwei Männer, sie winkten heftig gestikulierend zu ihr herüber. »Kennst du uns nicht? Wir sind es.«

Schorse, besser: Georg Büttner mit Tina, sowie Hausfreund und Narr Benjamin Knott aus Bad Pyrmont. Mußte das sein? Hier in Cannes. Anna war überrumpelt. Aber da waren sie schon drüben.

»Was machst du denn in Cannes?« Bussi, Bussi.

»Toll siehst du aus!« Bussi, Bussi.

»Wo ist dein Mann?« Bussi, Bussi.

Anna erwiderte die überaus freundliche, etwas besitzergreifende Begrüßung, die sie sonst nur von Fiete kannte, so gut es ihre Stimmung zuließ. Sie erklärte, Heinrich wäre nicht abkömmlich gewesen – ja, dies entsprach den Tatsachen. Sie wäre in Cannes, in Cannes ...

»Um dir einen Wahnsinnstyp aufzureißen«, ergänzte Knott und wollte sich totlachen.

Idiot, dachte sie. »Genau, Benji«, erwiderte Anna herzlich gefroren. Eigenartig. Sagt man manchmal in so einem Fall die Wahrheit und nichts als die Wahrheit, glaubt einem keiner.

Alle drei fingen erneut an zu lachen.

»Wir müssen uns sehen. Heute ist unser letzter Tag hier. Laß uns essen gehen. Wollen wir in die *L'Ondine* heute abend?«

»Absagen ertragen wir nicht«, zwitscherte Benji.

»Ich schlage zwanzig Uhr vor.« Auch Schorse durfte mal etwas sagen.

Mit »Tschaui, Tschüssi, Beychen!« waren sie endlich verschwunden. – Eine Begegnung der Dritten Art. Sie können einem so nett den Tag vermiesen. Erst mußte sie ausgiebig an Heinrich denken, dann auch noch das Trio Infernal aus Bad Pyrmont.

Georg Büttner war Heinrich anläßlich der Hannover-Messe über den Weg gelaufen, hielt sich seitdem zur Familie gehörig. Schorse, die treue Seele, war erträglich, aber Ehefrau Tina, das war verschärfte Folter. Hinzu kam dieser unsägliche Benjamin Knott. Keiner wußte so recht, zu wem er gehörte. Zu ihr? Zu ihm? Zu allen beiden? Schorse Büttner war eine Trantüte, außer in geschäftlichen Dingen. Das Geld lief ihm hinterher. Tina und Benjamin hatten ihre Mühe, es auszugeben. Er machte Geschäfte mit Silikon und hatte den Markt fest in niedersächsischer, manikürter Hand.

Anna hatte nie genau zugehört, womit und wodurch die Kasse im Büttner-Haushalt klingelte, es interessierte sie auch herzlich wenig. Aber für Büttners und Knott waren sie »unsere besten Freunde in Hamburg«. Manche Menschen wird man ein Leben lang nicht mehr los. Hat man sie einmal, hat man sie auf ewig am Hals. Man kann nichts dagegen machen.

Die Bussi-Bussi-Büttners hatten Anna für diesen Vormittag leicht aus der Bahn geworfen. Plötzlich war in den Kokon von Anna und VW ein Fremdkörper eingedrungen. Sie dachte an Hamburg und Heinrich. Es breitete sich ihre gesamte Situation vor ihr aus, dabei war alles so schön in die Ferne gerückt. Anna hatte in den Tag hineingelebt, Unschönes verdrängt, Atem geholt. In ihrem Kopf stapelten sich nun die Gedanken, Sätze fingen bleischwer mit »Und was ist, wenn ...« oder »Wie soll es weitergehen?« an.

Meer und Sonne taten ihr Bestes, von Anna unbemerkt. Sie fuhr die Küstenstraße entlang, vorbei an La Napoule, Théoule sur mer, vorbei an schönen Häusern mit Gärten, in denen Palmen, Zedern, große Oleanderbäume zum Himmel wucherten. Rechts von ihr lag das Esterel-Massiv mit Bergen, deren Zacken jedem John-Wayne-Film Ehre gemacht hätten. Vorbei an abgebrannten Kiefern- und Korkeichwäldern. Die Straße war schmal, kurvenreich, aber zum Gück nicht sehr befahren.

Anna passierte St. Raphael.

Ihr Kopf war voller Gedanken, sie fuhr an allem, was sie sich ansehen wollte, vorüber, bis sie den Wagen auf dem Parkplatz von Fréjus anhielt. Mechanisch stieg sie aus, an ihr vorbei ratterten durch die Gassen offene Lastwagen, hochbeladen mit prallen, süßen, erntefrischen Trauben; die Weinlese hatte begonnen.

Sie ging über den Domplatz geradewegs zur Kathedrale, in der sich eines der ältesten kirchlichen Gebäude Frankreichs befand, immerhin war die Taufkirche, das Baptisterium, aus dem fünften Jahrhundert. Unkonzentriert ließ Anna Geschichtliches an sich vorüberfließen, lediglich der doppelköpfige Hermes im Archäologischen Museum riß sie aus ihrem Gedankenknäuel: – Heinrich!

Anna verließ die Führung, eilte zurück; sie wollte im Büro anrufen, außerdem mit Philipp telefonieren. Anna war verheiratet und Mutter eines Sohnes!

»Oh, Frau Sander«, nach höflich-unsinnigem: »Wie geht es Ihnen? – Ja ... (Pause ... Pause) Ja, Ihr Mann ist auf See ... er macht eine Seereise ... ich, eh, ja ...«

Anna wurde das Gestammel zu dumm, sie ergriff die Initiative. »Fräulein Körner, ich weiß über die Reise Bescheid; ich wollte nur wissen, wann er zurückkommt.«

Kleinlaut, aber erleichtert: »In vierzehn Tagen, Frau Sander. – Kann ich etwas für Sie tun?«

Anna dankte, sagte noch etwas Nettes, legte auf.

Von Inken Bahnsen erfuhr Anna, daß Philipp mit Vera am Strand war. »Ja, es geht ihm blendend; nächste Woche fährt er zurück nach Hamburg. Geht es Ihnen auch gut?« Leichte Sorge war aus Inkens Stimme zu hören.

»Doch, sehr sogar.« Da schnüffelte Anna schon. »Ach Inken, ich weiß gar nicht, was heute mit mir los ist; dabei ist alles so schön. Bin ich so kompliziert?«

»Nicht Sie, Anna, Ihre Situation ist es. Genießen Sie die Tage in Cannes. Wann bekommen wir Sie wieder?«

»Ich muß erst einmal in Hamburg bleiben, nach meiner Flucht auf die Insel war ich nicht mehr da. Ich muß mich in Hamburg um einiges kümmern.«

»Anna, Sie sind heute wieder so zaghaft, ist etwas passiert?«

»Im Grunde nur Schönes, vielleicht schwappt es nur über mir zusammen. Ach Inken . . .«

Inken befragte sie nach VW.

Da sprudelte es nur so aus Anna heraus, *wie* wunderbar, wie herzlich, ein Gentleman, einfach umwerfend!

Zufrieden legte Inken den Hörer zurück auf die Gabel. Ihre Anna hatte nur eine kleine Krise, vor Glück, das kommt vor und vergeht schnell, dachte sie. Eine ganz natürliche Reaktion, und wie sie von VW geschwärmt hatte! Eine Anna, deren bisheriges Leben nur auf Heinrich ausgerichtet war, ist jetzt an der Côte d'Azur mit einem anderen Mann. Da bleibt ein seelischer Wirbelsturm nicht aus. Meine Mädels, Inken dachte mit mütterlicher Zärtlichkeit an beide, an Anna und Christiane. Heute klatschte der liebe Gott so richtig in den himmlischen Sahnetopf.

Auf der Rückfahrt machte Anna bei einem Bistro an der Plage halt.

»Slowly ends the day...« Ian Cussick Song vermischte sich mit der sonnenwarmen Brise, schaukelte auf den Wellen des Mittelmeeres hinein in Annas Seele. Heinrich... wieviel Kilometer wohl zwischen ihnen lagen?... Ihr Kopf weigerte sich zu rechnen, das hätte auch nicht zu der Atmosphäre gepaßt, geschweige denn zu dem schönen Bedauern. »Slowly ends the day...«

Ein Vater amüsierte sich und seine Kinder mit und auf einem gelben Tretboot, die am Strand verbliebene Mutter winkte ihnen mit ölglänzender Hand zu, rieb dann wieder ausgiebig Schenkel und Keulen mit Lichtschutzfaktor 12 ein. Viel Masse für wenig Bikini.

Ein Paar mit strammem Kurzhaarschnitt, Typ Geschichtslehrerin, Marke Wanderschuh, trifft auf blockflötenambitionierte Handarbeitslehrerin, lagen Seite an Seite in gerader Haltung und ließen das Ozonloch auf sich wirken.

Ein anderer französischer Vater brachte seinen greinenden Frischling zum Windelwechsel in den Campingwagen. Am Nachbartisch verputzten zwei dickliche Holländerinnen unter vielen Gutturaltönen einen Eisbecher, der einer Normalfamilie von ungefähr sechs Personen als Nachtisch gereicht hätte.

Eine Amerikanerin fragte den Kellner nach den Örtlichkeiten, stand auf, griff auf ihren Schoß, schob ihrem Mann über den Tisch etwas Hundeähnliches mit Glitzerhalsband und Schleife zu. Mit ihrem Mann hatte sie die ganze Zeit nicht ein Wort gewechselt, erklärte aber der degenerierten Zahnbürste, daß »Mummy soon back« wäre. Anna dachte bei Ansicht des Knäuels: Auch sein Urururahn war ein Wolf. Die Gipsy Kings streuten per Band andalusisches Ambiente über die Gäste.

Annas Blick fiel auf einen Mann, so breit wie ein Hering zwischen den Augen, der doch tatsächlich quer über seine Hühnerbrust mittels T-Shirt stehen hatte: »I am a Sex machine«. Anna hätte sich beinahe verschluckt. Gute Werbung ist alles.

Ja, Anna Sander, das Leben um dich herum geht weiter in seiner ganzen Vielfältigkeit, ob du dir nun den Kopf schwer machst und an Heinrich denkst, der es doch überhaupt nicht verdient hat. Er hat Gaby, ist in der Karibik, läßt es sich gutgehen. Dein Sohn Philipp ist in Kampen am Strand, läßt es sich ebenfalls gutgehen, nur du sülzt dich ein. Wozu???

Plötzlich vermißte sie VW schmerzlich, fühlte sich scheußlich ohne ihn. Ob er schon im Hotel war?

»Kann man hier telefonieren?«

Der freundliche Ober geleitete Anna in das Lokal. Eine Stimme in der Leitung.

»Du bist da? Gott sei Dank! Wie ist es gelaufen?« Annas Stimmung schlug schlagartig um.

»Wart nur ab, ich erzähle dir ausführlich die ganze Geschichte, wenn du wieder da bist. Wo steckst du denn ohne mich?« Eine ganz andere Anna fuhr zurück nach Cannes. Das schöne Bedauern war vorbei. Sie wußte, sie liebte – und wurde wiedergeliebt. Glückliche Anna.

»Komm schnell, aber fahr vorsichtig. Ich sitze mit zwei leeren Armen im Hotel...« Das war der Sommer...

*

Anna sah sich um. Die Wohnung sah ziemlich gerupft aus, Kisten und Kasten waren gepackt. Um neun Uhr morgen früh erwartete sie die Umzugsleute. Heinrich war zur Hannover-Messe, die Scheidung war eingereicht, man trennte sich in Freundschaft.

»Nimm von den Möbeln mit, was dir gefällt, Gaby will andere Möbel«, hatte Heinrich gesagt.

Anna ging zum Kleiderschrank, um die letzten Kleider in den Umzugskarton zu hängen, das rote Abendkleid rutschte vom Bügel und legte sich Anna zu Füßen. Ungeordnet hängte Anna die restlichen Kleider zurück, hob das rote Kleid auf, hatte Tränen in den Augen ...

⁕

»Ein glückliches Jahr, Anna.« VW legte den Arm um sie.

»Ein glückliches Jahr.« Annas Augen funkelten. »Ich liebe dich! Danke für die vergangenen Monate.« Silvesterböller knallten, Raketen flogen in die Luft, um dort farbenprächtig zu explodieren. Es zischte und rauchte wie bei Luzifers. Anna und VW standen sich gegenüber, plumpsten in des anderen Augen. VW drückte Anna ein Glas Champagner in die Hand, schrie über das Inferno: »Ex, Anna – dann gehen deine Wünsche in Erfüllung!«

Anna wollte trinken, da rempelte sie ein oberfröhlicher Feiermeier von hinten an, das Glas flog im hohen Bogen in die Menge.

»Tschuldigung, frohes neues Jahr.« Die tosende Gesellschaft schluckte ihn wieder.

VW zog Anna in eine ruhigere Nische, um ihr ausgiebig mit allen guten Wünschen für das neue Jahr Make-up und Frisur zu zerstören. Leicht ramponiert, aber glücklich tauchten sie nach einer Weile wieder auf. Es knallte und feuerwerkte immer noch.

»Hier seid ihr; ein frohes neues Jahr, Mami.« Philipp nahm seine Mutter in die Arme, danach umarmte er mit gleicher Herzlichkeit VW.

Kulleräugig stand Vera daneben, wurde auch umarmt, erst von Anna, dann von VW, zuletzt wieder von Philipp.

»Ein glückliches Jahr!« VW hatte frischen Champagner besorgt.

»Ihr Kleid ist irre, die Farbe ist super. Sie sehen schön aus, sehr schön. Gar nicht wie eine Mutter.«

»Vera, wie soll eine Mutter aussehen? Etwa im Kittel zum Ball? Ich weiß, was Vera andeuten wollte, Mami. Du bist richtig sexy. Tschüß, bis später.« Philipp tobte mit Vera davon.

»Das stimmt, du bist sogar sehr sexy. So, Mutter, jetzt tanzen wir.« VW zog Anna auf die Tanzfläche.

⁂

Anna legte das Kleid auf einen Sessel, ging in die Küche, um nachzusehen, was der Kühlschrank außer Milch, Saft und Mineralwasser zu bieten hatte.

Da lag eine Flasche, in Seidenpapier gedreht. Anna las: Laurent Perrier. Die ist mir grad recht, dachte sie.

Mit kleiner Fontäne ploppte der Korken auf den Boden.

Sie goß sich ein, sagte: »Ex, Anna, dann gehen deine Wünsche in Erfüllung.« Mit dem Handrücken der anderen Hand wischte sie sich gleichzeitig die Tränen aus dem Gesicht, ließ sich in die Polster fallen, starrte gedankenlos ins Leere, goß sich ein weiteres Glas Champagner ein, ging zum Sessel, nahm mechanisch das Kleid und ging zu dem großen Spiegel, der in Umzugserwartung in der Diele stand. Anna zog das Kleid an; auf einem ebenfalls in Wartehaltung stehenden Regenschirm pendelte ihr im Vorbeigehen eine Schirmmütze entgegen: »Festival de Cannes«. Anna fing wieder an zu weinen, trank gegen die Tränen schnell weiter und setzte die Mütze auf. In der großen Diele des Hauses stand eine verlorene Anna im roten Abendkleid mit Schirmmütze.

Es läutete Sturm, aber wo? In Annas Traum paßte es nicht, es sei denn, es kann auf einem Segelboot läuten, und da befand sich Anna gerade. Doch woher kam diese erbarmungslose Klingel? Anna schnellte hoch, wäre fast über den Saum ihres langen Kleides gestolpert. Es läutete an ihrer Haustür.

Sie ging, so schnell es das große Rote zuließ, zur Tür, um zu öffnen.

Vor ihr standen zwei Umzugsmänner in blauen Latzhosen, dazu trugen sie blau-weiß gestreifte Hemden, die Mützen hatten sie brav in der Hand.

»Moin, Firma Ehlers und Hinrichsen. Frau Sander?« fragte der gemütliche Dicke, der auch geläutet zu haben schien, leicht ungläubig die vor ihnen stehende Dame im roten Taftabendkleid mit verdrehter Baseballmütze und verwischtem Augen-Make-up, das ihr das Aussehen eines Pandabären gab.

Anna erwachte; zögernd, aber immerhin: »Ja, bitte?«

»Wir sollen Sie umziehen.« Anna war verwirrt und guckte auch so. »Nee, nich Sie, Frau Sander, Ihre Dings – Mensch, Fritz, sach was – Ihre Möbel.«

»Guten Morgen, wir wollen Ihre Möbel nach München bringen«, sagte nun Fritze betont langsam, Silbe für Silbe.

»Ja ja, das weiß ich, bitte kommen Sie rein. Hier steht

schon so ziemlich alles, was mit soll. Bitte.« Anna ließ die Männer eintreten, nahm die Mütze ab, stolperte vorbei. »Moment, ich bin gleich soweit.«

Der Dicke guckte Fritze an, der zuckte mit den Schultern, tippte sich leicht an die Stirn. »Schickimickikoksmaus.«

»Nee, nee«, antwortete der Dicke. »Das hat andere Bedeutung, ich kenn mich da aus.«

Sie erschien noch einmal in der Türfüllung. »Sagen Sie, könnten Sie so nett sein, uns einen Kaffee kochen, bitte extra stark. Vielleicht ist ihr Kollege so nett und holt uns frische Brötchen, in der Küche liegt Geld.«

»Na Fritze, dann geh ma, ich beschäftige mich mit der Kaffeemaschine.« Der Dicke schüttelte den Kopf. »Der olle Butenschoen als Kaffeeköksch, tzz...«

Eine fast frische Anna kam eine halbe Stunde später in die Küche. Entweder, man kann sofort mit Handwerkern, Umzugsleuten, neuen Briefträgern oder nie. Anna hatte mit dem ollen Butenschoen und Fritze ausgesprochenes Glück.

Butenschoen nahm Anna sofort unter seine hemdsärmelige Fittiche. Ihm war klar, warum Anna nach München zog, wie schwer es für sie sein mußte, Hamburg zu verlassen. In fünfunddreißig Berufsjahren hatte Butenschoen mehr Erfahrung im zwischenmenschlichen Bereich gesammelt, als so manch studierter Analytiker, ihm machte man nichts vor; deshalb waren seine Umzüge in vielen Fällen mit Lebenshilfe vor Ort gekoppelt.

Er, Fritze und Anna kamen sich über Brötchen und Frühstücksei näher.

Das Telefon läutete, es war Christiane. Anna wußte, daß der Zeitpunkt ihres Umzuges zeitgleich mit der Möbelmesse in Mailand gekoppelt war, trotzdem wollte

Christiane ihrer Freundin beistehen, Wolfson sollte alleine nach Mailand fahren.

Es hat Anna viel Überredungskunst gekostet, ihre Freundin davon zu überzeugen, daß sie allein mit Auszug und Umzug fertig werden würde.

»Hilf mir lieber beim Einstieg in München, wenn du es zeitlich einrichten kannst, alles wird sehr neu für mich sein. Aber wenn ich es jetzt nicht in den Griff bekomme, wann dann? Ihr habt alle in der letzten Zeit so viel für mich getan. Rund-um-die-Uhr-nur-Anna-Sander.«

Es war Inken, die Christiane die Zweifel nahm.

»Sie hat es bis jetzt geschafft, da wird der Neuanfang die Situation nur verbessern. Wenn man am unteren Ende der Hühnerleiter angekommen ist, kann es nur wieder nach oben gehen. Unsere Anna schafft es.«

Hätten beide geahnt, daß Anna auch ohne Frau Becker und Philipp zurechtkommen mußte, hätten sie keine Ruhe gehabt.

Anna hatte für sich entschieden, ganz allein mit allem fertig zu werden. Durch glückliche Fügung war in der Familie Becker eine goldene Hochzeit, noch dazu in Oldenburg, und Phipps hatte nach bestandenem Abitur eine Einladung von Max nach Siena angenommen.

So kam es, daß Anna mit Egon Butenschoen und Fritze Hamann beim Frühstück saß.

Auch Schwiegermutter Sander war unter den Füßen weg; jedes Jahr zur selben Zeit machte sie ihre Frühjahrskur. Sie trat Wasser in Bad Wörishofen.

Dieses Jahr benötigte sie die Kur mehr denn je. Ihre Nerven flatterten, seitdem ihr Sohn wieder, wie sie sich ausdrückte, »im Kindergarten tobt«.

»Worüber unterhält er sich nur mit diesem Kind?« hatte sie anläßlich eines Besuches einmal gefragt.

Philipp hatte die Antwort parat: »Großmama, noch reden sie nicht viel, das kommt später, dann wird er merken, in welch geistiger Kuhle er gelandet ist... Schenk ihr Weihnachten ein dickes Buch, das kann sie beim Friseur lesen, da liest sie ordentlich was weg, dreimal in der Woche hockt sie da... Mir ist wurscht, was mein Vater macht, es ist sein Leben, ich funke ihm nicht dazwischen, aber mich soll er in Ruhe lassen, er und seine, na ihr wißt schon«, raunzte er noch, dann wandte er sich anderen Dingen zu.

Tatsächlich hatte es Frau Sander sen. am stärksten getroffen. Symbolisch machte sie mit Kneippschen Güssen weiter.

⁕

»Da haben Sie Ihr ›Leben‹ ganz alleine eingepackt?« fragte Egon Butenschoen. »An jedem Gegenstand hängt doch eine Geschichte, eine Erinnerung.«

»Sicher«, antwortete Anna. Sie hatte während des Frühstücks ein bißchen erzählt, nicht viel, aber aus den Versatzstücken hatte Butenschoen sich sein Puzzle zusammengesetzt.

»Wie kommen Sie nach München, Frau Sander?«

»Ich nehme die Bahn oder fliege, je nachdem.«

In den folgenden zwei Stunden waren Fritze Hamann und Egon Butenschoen damit beschäftigt, große und kleine Gegenstände aus Annas Leben in den Möbelwagen zu packen. Gegen elf Uhr war alles verstaut.

Anna ging ins Bad, ein letztes Mal in ihrer alten Umgebung die Nase pudern, ein letzter Blick in den Spiegel, in den eine glückliche und eine traurige Anna geschaut hatte.

Da baumelte ihr von dem ansonsten leeren Bademantelhalter die Mütze entgegen. »Festival de Cannes.«

Die Trauer, die sie durch Packen, treppauf, treppab in die Ecke gearbeitet hatte, war wieder da.

Anna setzte sich auf den Rand der Badewanne. Sie dachte an Cannes …

… Ein strahlender VW kreuzte gegen Mittag im *Miramar* auf.

»Du hast es tatsächlich geschafft, Ganskes Kaufvertrag rückgängig zu machen?« fragte sie. »Aber wie? Ich weiß, dein As im Ärmel, bitte erzähl. Mit Trick?«

»Richtig, ein Bluff. Es war im Grunde genommen ganz simpel und einfach, ich nenne es immer die Belmondo-Methode, ich habe wie er in seinen Filmen, hochgepokert. Alles nur Bluff. Erst mal bin ich an den Zeitungskiosk gegangen, habe mir drei französische Zeitungen besorgt, unter anderem den *Nice Matin*, im Impressum nachgesehen, wie die Herren Chefredakteure heißen, die Namen auswendig gelernt, dann bin ich zur Besprechung, habe locker fallenlassen, ich wäre in Eile, da ich mit den Herren, eben besagten Chefredakteuren, zum Golfen verabredet wäre. Andächtige Stille. Es hatte funktioniert. Ich habe nichts weiter gesagt. Tja, da sahen die Herren Makler wohl schon eine dunkle Wolke in Form von diversen Headlines auf sich zukommen: Grundstücksschwindel an der Côte d'Azur etc. etc.… Anna, mein Herz, ab heute ist Urlaub. Ganske ist mit seinem Scheck nach Deutschland unterwegs, wir haben frei! Setz die Mütze auf und komm.« …

»Frau Sander! ... Frau Sander?« Butenschoens Stimme hallte durch die Leere. »Frau Sander, wo sind Sie? Wir wären soweit.«

Anna schluckte die Tränen hinunter. »Ich bin hier ... ich komme sofort ...« Erneut wischte sie sich mit der Puderquaste über die Tränenspuren. Verstaute die restliche Kosmetika in den Koffer, sah sich noch einmal um, nahm die Mütze und öffnete die Tür.

»Können wir fahren, oder soll noch etwas mit?« fragte Fritze Hamann.

Anna wollte sagen, daß alles in Ordnung wäre, brachte aber kein Wort heraus. Anna war so verloren. In der einen Hand trug sie den Kosmetikkoffer, mit der anderen umklammerte sie »Festival de Cannes«.

Butenschoen ergriff die Initiative.

»So, Frau Sander, nun nehmen Sie mal Ihren Mantel, wir gehen durch, ob alles in Ordnung ist, alle Schalter aus sind, nichts vergessen ist. Sie fahren mit uns, auf unserer großen Bank im Lkw haben wir drei bequem Platz, Sie und Fritze sind sowieso nur ein viertel Achtel. Allein lasse ich Sie nicht. Wehren ist zwecklos. – Fritze, guck, ob hinten die Türen geschlossen und verriegelt sind, dann fahren wir.«

Anna ließ alles geschehen, sie ging wie in Trance. Butenschoen drehte mit einem Geräusch, das Endgültigkeit hören ließ, den Schlüssel im Schloß der Haustüre um und gab ihn Anna zurück, dann saßen die drei im Umzugswagen, die hilflose Anna, eingerahmt, im Schutz von Egon Butenschoen und Fritz Hamann, fuhr den Elbbrücken entgegen.

Anna hatte immer noch die Mütze in der Hand ... dachte da weiter, wo Butenschoen sie rausgeklopft hatte ...

*

… Es sollte Monte Carlo sein! Über die Autobahn, über mehr als hohe Viadukte, durch kurze und lange, schummerige Tunnel ging die Hinfahrt, das Autoradio untermalte mit Rod Stewart. Anna und VW sangen laut, aus vollem Herzen und Seele, fast schön mit … Waltzing Matilda … Waltzing Matilda … in einer Hand hatte VW das Steuer, mit der anderen hielt er Annas linke Hand fest.

»Ich möchte dich nie mehr loslassen, Anna Sander.«

Waltzing Matilda … Waltzing Matilda … Waltzing Matilda with me …

Sie erreichten den touristischen Hexenkessel Monte Carlo. Alles, was Anna sich unter Monte Carlo vorgestellt hatte: Das war es nicht!

Jeder freie Quadratzentimeter war zugebaut, die Autos lärmten mit quietschenden Pneus durch die engen Straßen, im Hafen lagen, Riesenwalen gleich, Schiffe, die in regelmäßigen Abständen Urlauber an Land spuckten. Alles wirkte hektisch wie eine Großstadt in der Rush-hour.

Das Casino, aus dem einst Marlene mit laszivem Hüftschwung die Treppe herunterkam, war zugestellt mit Fotofreaks aus aller Herren Länder. Dazwischen uniformierte Casinoangestellte, dekoriert mit Kordeln und Tressen. Gebündelte Flaggen, nach dem Motto: Darf es etwas mehr sein?, flatterten von und auf allem, was man mit ihnen bestücken konnte.

»The Shänell Shop, please?« wurde Anna bei einem kurzen Stopp gefragt. Sie hatte nur mit den Schultern gezuckt.

VW hat auf deutsch der Dame hinterhergerufen: »Mutter, dafür bist du viel zu dick! Laß es bleiben!«

Monte Carlo erbebte, VW hatte gelacht. – Menschen, Menschen, wohin man sah. – Babylon an der Côte d'Azur.

Nichts wie weg von hier; VW und Anna stiegen gleich wieder in ihr unzulässig geparktes Auto. »Na, dann fahren wir zu den Grimaldis«, meinte VW und startete durch.

Erstens kommt es anders, zweitens schlimmer, als man denkt. Vom Regen unter Umgehung der Traufe direkt in die Sowieso! Der Touristenflohzirkus, der beide nun erwartete, war das Schlimmste, was ihnen jemals auf ihren Reisen seit Kindheit passiert war. Dabei hatten sie allerhand erlebt. Auch sie waren in den vergangenen Jahren in der Riesenschlange durch den Louvre gezogen; Anna hatte man, wie sie mit Heinrich dort war, nebenbei das Kleingeld aus der Tasche geklaut, ihr in Versailles kräftig in die Hacken getreten, Schuh und Hacke waren hin. VW erzählte seinerseits, daß er bei seinem Besuch im Louvre noch vor »Lisa« abgedreht wäre ....

Gewürzt mit ihren Erlebnissen, die sie sich während des Einparkens erzählten, stiegen sie aus, nicht ahnend, was auf sie zukommen würde.

Das grau und grimmelige Parkhaus war reichlich finster, dennoch haben beide den Fahrstuhl gefunden, in den sage und schreibe vier Menschen hineingingen.

»Komm, wir laufen, es dürfte ja nicht so schlimm sein.« Damit stieg VW die Treppe hinauf.

Es war schlimmer.

Auf der nächsten Ebene wurden sie von einem Holländersturm an die Wand gedrückt, der zu den unteren zwei Busparkplatzetagen wollte.

»Laß uns den Lift nehmen, VW.«

»Lies mal, was da steht, Anna.«

Da stand in vier Sprachen: Nix is. Wortwörtlich stand in deutsch: Dieser Aufzug hält nicht an dieser Höhz.

Der Pioniergeist war in beiden geweckt, sie erreichten ein weiteres Plateau mit Snackbar, Kinderspielplatz, Wechselstube und Andenkenshop. Konnte man sich durch das Gewusel sprich »Restaurant« schlagen, hatte man einen wunderschönen Blick auf das Meer und rechts auf das in den Fels gebaute Ozeanographische Museum. Per Rolltreppe und einem weiteren Aufzug ging es nach oben, endlich sahen sie sich am Ziel.

Sinnigerweise wurden die Touristen gegenüber dem Polizeipräsidium auf den Platz katapultiert.

»Daß wir das alles erleben dürfen!« Anna hätte sich beinah vor Lachen verschluckt, sie zupfte VW am T-Shirt, zeigte nur nach oben, in Richtung der Straßenbeleuchtung – da waren doch statt normalen Straßenlaternen KRONLEUCHTER mit Kerzen angebracht. Und das war ernst gemeint! Das war das allerschlimmste.

VW und Anna haben so gelacht, sie mußten sich auf die Mauer des Präsidiums hocken, erwarteten eigentlich ob der Lacherei ihre Verhaftung. Sie wurden nicht verhaftet oder zur Ordnung ermahnt, über so unfürstliches Benehmen sieht man hier wahrscheinlich hinweg.

»VW«, sagte Anna, »Weihnachten fliegt Rainier mit dem Hubschrauber und streut Puderzucker auf die Heilewelt-Kinderzimmer-Dekoration. Es wundert mich nicht, wenn man die Fensterbänke essen kann.« Und über allem diese unseligen Leuchter.

»Guck mal, Anna, da vorne ist Grimaldi sein Haus.«

Ein riesiger Platz, wie im Spielzeugland. Fein aneinandergeschweißte Kanonenkugeln zierten in verschiedenen großen Pyramiden den Schloßplatz, dazwischen Kanonen solo oder auf Lafetten. Ein niedliches Wachhäuschen mit einem ebenso niedlichen Wachsoldaten, der dann auch noch exerzierte.

Da der Platz so voller Menschen war, die wie ein Schalldämpfer wirkten, konnten beide so laut und so viel lachen, wie sie wollten.

»Komm, Anna, nichts wie weg.«

»Ja, und das bitte schnell.«

»Wollen wir nach Menton, oder willst du lieber nach La Turbie, bißchen Monument anschauen?«

VW erzählte Anna etwas über die Geschichte von La Turbie; daß die Römer zu Ehren von Kaiser Augustus das Monument hoch oben in La Turbie errichtet hatten, daß es in der Spätantike stark beschädigt wurde, dann im Mittelalter Festung war. Und daß Ludwig XIV. sich Mühe gegeben hatte, das Ding in die Luft zu jagen, ohne Erfolg.

»Nach so viel Zuckersülze ist mir etwas Standhaftes recht; auf nach La Turbie!«

Durch beschauliche Gassen stiegen sie die Anhöhe hinauf. An einem der Häuser machte ein kleines Schild darauf aufmerksam, daß auch Napoleon dort Station gemacht hatte.

»Mit dir macht Bildung richtig Spaß, Anna Sander.« VW schob ihr die Mütze ins Genick, um sie ausgiebig in aller Öffentlichkeit zu umarmen.

Abends saßen sie gemütlich in einem kleinen Restaurant in der Altstadt von Cannes, aber ohne Mützen.

Später sind sie über die Croisette gebummelt, haben sich jeder einen blauen Metallsessel geschnappt, um Gegend, Meer und Menschen auf sich wirken zu lassen.

Am nächsten Tag fuhren sie entlang der Küste nach Menton. Anna war von der Stadt hellauf begeistert, blühende Orangenbäume säumten die Straßen. Hibiskusbäume mit Blüten, so groß wie Untertassen verneigten sich tief, Häuser terracottafarben gestrichen, auf denen sich die Sonne zu baden schien. Gelb war noch gelber, rot noch röter.

»Man wird besoffen von soviel Schönheit, was Anna?«

Anna hatte nur genickt und sich in den Arm verkrochen, den er um sie gelegt hatte.

Den letzten Tag fuhren sie noch einmal nach St. Paul de Vence, statteten der von Matisse ausgemalten Kapelle La Chapelle du Rosaire à Vence einen Besuch ab.

VW hatte respektlos bei Ansicht des Werkes von Monsieur Matisse gesagt, es erinnere ihn an Genscher. Genscher?

»Siehst du nicht, Anna, gelb und blau. Er hat nur Gelb und Blau benutzt.« Er möge sie nicht, die Kapellen, wenn schon – dann müßten sie winkeliger, dunkler, nicht so übersichtlich sein. Auf ihn wirke das Ganze wie ein mißglücktes Schwimmbad in Ibbenbüren.

Annas Protest hatte er zugeküßt.

St. Paul bot sich ihnen in gleicher Schönheit wie vor ein paar Tagen. Zikaden zirpten einzeln und im Chor durch den frühen, sonnendurchfluteten Nachmittag. VW kaufte Anna ein Bündel provenzalischen Knoblauch (gegen die Vampire, wenn ich mal nicht bei dir bin). Arm in Arm schlenderten sie an der Außenmauer von St. Paul entlang, da sagte VW zu ihr mit einem Blick auf den Knoblauch:

»Weißt du, Anna, daß es mir sehr ernst mit dir ist; ich habe vorhin gesagt, ich möchte immer bei dir sein. – Anna, willst du meine Frau werden?«

In Annas Kopf drehte sich ein Kettenkarussell mit doppelter Geschwindigkeit. Die Spitzen der Zypressen, eben noch klar und deutlich zu erkennen, wurden von leichten Nebelhauben überzogen. Die Zikaden zirpten nur noch leise, der Knoblauch kullerte zu Boden und Anna rutschte VW aus den Armen.

Hilfreiche Hände waren sofort an VWs Seite, wollten helfen, fragten, was mit Madame wäre.

»Malade?« – Nein, non, non, elle est très heureuse – sie ist vor Glück aus den Pumps gekippt, erklärte VW den herumstehenden Leuten, er habe ihr einen Heiratsantrag gemacht, einen demande en mariage. Südländische Begeisterung der Herumstehenden, gespickt mit vielen Bonne chance und oh, là, là.

VW rappelte Anna wieder hoch, lehnte sie an die Mauer. »Ich liebe dich sehr, aber bitte fall nicht wieder um.«

Mit einem »Damit du siehst, wie ernst es mir ist«, drückte er ihr erneut das Bündel Knoblauch in die Hand.

Anna umarmte ihn, so gut es seine Hand und das Knoblauchbouquet zuließen.

Abends fuhren sie wieder nach Mougins ins *Feu Foullet*, um erneut Verlobung zu feiern. Die Luft war weich wie tausend Satinkissen, die blühenden Bäume und Büsche dufteten ihr Parfüm in den lauen Abendwind. Anna und VW hielten sich an den Händen.

»Auf immer und ewig, Anna.«

»Auf immer und ewig, VW.«

Pavarotti legte italienisches Belcanto über alles ... Testa adorata ...

✻

»Na, Frau Sander, ist alles in Ordnung?« fragte Butenschoen.

Der Möbelwagen war bereits kurz vor Celle, so lange haben sie schweigend nebeneinander gesessen. Fritze hatte durch eine kleine Andeutung von Egon begriffen, daß auch er still sein sollte.

Langsam ordneten sich Annas Gedanken, jetzt saß sie

im Lkw Richtung München und nicht mehr im *Feu Foullet*. »Doch, Herr Butenschoen, es geht. Ich bin Ihnen sehr dankbar, daß Sie mich mitgenommen haben.«

Fritze und Egon meinten, das Vergnügen, mit so einer netten Dame Richtung München zu fahren, hätten sie auch nicht alle Tage. Fritze verstieg sich noch in weitere verschraubte Höflichkeitsfloskeln, bis Butenschoen ihm den Faden abschnitt. »Es ist genug, Fritze, Frau Sander glaubt es dir. Wissen Sie, Frau Sander, wenn Fritze sich auf gesellschaftliches Sprachparkett begibt, schlittert er nach kurzer Zeit, aber im Normalton ist alles bei ihm verständlich.«

»Sag ich doch Mann, Egon, ich finde Frau Sander schwer in Ordnung.«

»Ich Sie auch, beide.« Anna lächelte.

Das gleichmäßige Brummen des Wagens, die Flasche Champagner des gestrigen Abends, der unruhige Schlaf der letzten Wochen und Tage ... zwischen Celle und Burgdorf ist Anna wieder eingeschlafen. Langsam fiel ihr Kopf an Butenschoens Oberarm. Er flüsterte: »Fritze, sei doch ein bißchen leise oder lies die Zeitung oder schlaf du auch. In Kirchheim machen wir Rast.«

Butenschoen chauffierte ruhig und sicher seine Fracht über die Autobahn, ab Hannover war Fritze auch eingeschlafen, lag mit seinem Kopf an Annas Arm.

Der große Möbelwagen blieb mit einem satten Ausschnaufer auf dem Parkplatz Kirchheim stehen. Anna und Fritze erwachten. Beide mußten sich berappeln, Ordnung in ihre Gedanken bringen.

»Pause!« sagte Butenschoen. »Wie wär's mit einem schönen Teller Bratkartoffeln und Sauerfleisch?«

Fritze half der noch etwas verschlafenen Anna aus dem Wagen, dann gingen alle drei in Richtung Raststätte.

»Fünf Minuten Nase pudern«, ordnete Butenschoen an, »dann Treffen vor dem Kiosk hier in der Eingangshalle.«

»Wir gehen nach oben«, sagte Anna zu den beiden, »hier unten ist so ein Gewusel, oben ist es ruhiger.«

Butenschoen gab zu bedenken, daß oben so eine Art Gourmet-Lokal war, daß er und Fritze doch eigentlich nicht passend angezogen und so weiter wären.

»So eine Art, ganz richtig, meine Herren, Sie sind meine Gäste, und nun nix wie nach oben.«

Geschäftsführer sind weltweit durch die Gloriole »Wichtig« erkennbar; bevor nun dieser zu Wort kam, hatte Anna gesagt: »Drei Plätze bitte. Und einen ruhigen Tisch.«

Sie wurden zu einem Tisch komplimentiert, Annas Stuhl wurde gerückt, jeder bekam eine Speisekarte, dann entfernte sich lautlos der Herr Geschäftsführer.

»Wie wennste schwebst«, kicherte Fritze. »Frau Sander, Sie sehen nicht nur wie eine Dame aus, Sie werden auch so behandelt.«

»Fritze«, kopfschüttelte Butenschoen.

Das Essen war köstlich, hinterher gab's noch einen doppelten Espresso, dann ging die Reise weiter.

Während des Essens waren sich die drei wieder ein Stück nähergekommen, Butenschoen hatte aus seiner Brieftasche Fotos seiner Enkelkinder gezeigt, auch von Alma, mit der er nun schon vierzig glückliche Jahre erlebt hatte. Zwei Söhne waren da. Ein stolzer Vater, ein glücklicher Opa.

Fritze Hamann war schon zum zweitenmal verheiratet, einmal schuldlos geschieden, keine Kinder. Seine erste war mit einem Klempner auf und davon.

»Das hat man nun von Wasserschaden – aber ist auch

ganz gut so.« Seine Grete, die Neue. »Das war das Beste, was mir passieren konnte.«

Die zweite Hälfte saß Fritze am Steuer. Nächster Halt sollte *Holledau* sein.

Es war Anna, die vorschlug, dort zu übernachten, um in aller Ruhe morgens nach einem guten Frühstück nach München zu fahren. Fritze hatte Einwände: »Eine Dame wie Sie im Motel?«

»Wieso nicht? Mir ist es nur recht, Verzierungen, die ich mir abbrechen könnte, habe ich nicht; also, noch Fragen?«

»Frau Sander, Sie sind großartig.«

Anna taute während der nächsten Stunden immer mehr auf. Butenschoens Puzzle bekam sehr viele Steinchen.

Anna erzählte von Philipp, wie stolz und glücklich sie war, daß Phipps ein so gutes Abitur gemacht hatte, obgleich er im ersten siebten Himmel seines Lebens war.

Nein, Eltern hätte sie keine mehr; sie war zwanzig, als sie beide durch Krankheit verlor. Erst den Vater, kurz danach die Mutter. Sie, die behütete Tochter, mußte allein auf sich gestellt ihr Leben ordnen, bei Freunden sei ihr Heinrich Sander ins Leben gestolpert, im wahrsten Sinne des Wortes; er sei auf glattem Parkett per Orientbrücke Anna zu Füßen gesegelt. Ja, und nun hatte sie zwanzig Jahre Gemeinsamkeit hinter sich und München vor sich.

Butenschoen machte sich so seine Gedanken, er war sicher, das war es nicht, was seine Frau Sander aus der Bahn geworfen hatte, nun denn.

Fritze erzählte von seinem Wohnwagen in der Nordheide. Mit Vorzelt, Heizung und Kabelanschluß.

Ein Regenschauer, leicht mit Graupel durchzogen,

machte dem April alle Ehre. Ruhig und sicher fuhr Fritze den Brummi über die Autobahn. Butenschoen döste ein bißchen, Anna hing ihren Gedanken nach.

Es war noch kein Jahr vergangen seit ... Annas Gefühle waren in den letzten Monaten Achterbahn gefahren ...

Der Sommer in Kampen, dann Cannes, die Rückkehr aus Cannes. Sie fühlte sich so jung wie noch nie. VW und sie wollten heiraten, waren aber beide noch per Urkunde mit anderen Partnern verbandelt. Anna mußte daran denken, wie sie Heinrich von ihren Plänen erzählt hatte. Sie lächelte in Erinnerung. Wie war das gewesen im letzten September ...

Nachdem sie mit VW aus Cannes zurückkam, ist er weiter nach Düsseldorf geflogen. Bis zu seinem Abflug hatten sie eine kurze Stunde in der gemütlichen Hamburger Flughafenatmosphäre. Sie wollte und sollte in einer Woche mit ihm auf die Insel fliegen, bis dahin wollten beide ihr gewesenes Privatleben aufräumen und gründlich ordnen.

Am Eincheckschalter hatten sie sich für eine Woche im voraus umarmt. Eine Mutter zergelte ihre halbwüchsige Tochter mit den Worten: »Die haben kein Zuhause« vorbei.

»Doch, liebe Dame, nur kein gemeinsames«, lachte VW ihr hinterher. »Aber bald, Anna, ganz bald.«

Ein Lautsprecher mischte sich ein: Letzter Aufruf für die Maschine nach Düsseldorf. »Herr Dr. von Weißenfels, bitte zum Gate siebzehn.« Eilig legte VW sein Gepäck auf das Kontrollband, machte Anna Kulleraugen, während eine Dame mit einem »Sucher« an ihm auf und abging. Ein geworfener Kuß, und weg war er.

Anna hat gewartet, bis sie glaubte, seine Maschine sei am Himmel. »Ich liebe dich, ich liebe dich!«

Sie nahm ein Taxi und fuhr in die Wohnung.

Mit Frau Becker hatte sie von der Côte d'Azur aus telefoniert, ihre Ankunft durchgegeben. Philipp wurde auch erwartet oder war vielleicht schon da.

Man wird von den Hamburgern das Gefühl nicht los, daß sie heimlich die Stadt umgraben, so viele Baustellen gibt es normalerweise nirgendwo. Mit etlichen Umleitungen war sie endlich in Winterhude. Frau Becker hatte schon gewartet und eilte Anna entgegen.

»O mein Gott, Frau Sander, is ja nich zu fassen, sehen Sie gut aus! Herzlich willkommen. O nein, o nein, sehen Sie gut aus, wie 'n junges Mädchen. Da bleibt einem ja die Luft wech.« Sie schnatterte noch weiter, bis beide die Haustür erreicht hatten.

»Liebe Frau Becker, Sie haben sich auch prächtig erholt«, stellte Anna fest.

»Ach, Frau Sander, ich sach Ihnen, landschaftlich und kurmäßig war es wunderbaar, aber vom Essen her, nee, zu viele Nudeln.«

Anna lachte, fragte nach ihrem Philipp. Erfuhr, daß er am nächsten Tag käme, aber gegen Abend anrufen wollte.

Im Haus war alles wie verlassen und fremd; selbst wenn man nur zwei Tage aus der eigenen Wohnung fort war, fremdelte man die ersten zwei Stunden, obwohl Frau Becker Blumen aufgestellt hatte, wo immer man Blumen aufstellen konnte.

»Kaffee und frischen Pflaumenkuchen nach Art des Hauses, Frau Sander?«

»Gerne, ich mach mich kurz frisch und telefoniere mit meinem Mann, dann freue ich mich auf einen ruhigen Kaffeeplausch mit Ihnen.«

»Ich habe schon auf der Terrasse gedeckt.«

Anna atmete durch, griff zum Telefon, wählte die Nummer von Heinrichs Büro. Nach kurzem Zwischenstopp bei seiner Sekretärin hielt sie Heinrichs Stimme in den Händen.

»Anna!! Wie schön. Wo bist du?«

»Zu Hause in Hamburg«, antwortete sie. »Heinrich, hast du heute abend schon etwas vor oder können wir zusammen essen, vielleicht ein bißchen *Sale e Pepe?«*

Heinrich war überrannt, hüstelte, schluckte ... »Ja, ja, Anna, ich glaube, ich kann es einrichten, wann?«

»Um zwanzig Uhr dreißig, Heinrich Sander, also, bis nachher, Herr Direktor.« Anna legte auf, ging zu Frau Becker, um ausgiebig zu ratschen, ausgiebig Pflaumenkuchen zu essen. –

Heinrich saß wie in den Sessel geklebt. War das wirklich Anna? Seine Anna? Heinrich, hatte sie gesagt, seit Wochen sagte außer seinen Golfpartnern endlich wieder jemand »Heinrich« zu ihm und nicht »BÄRLI«.

Er rief bei Gaby an, daß es heute abend später würde. Es sei ihm ein Termin dazwischengekommen ...

Im *Sale e Pepe* hatte Jojo Anna very Italian begrüßt. »Bella Signora! Dio mio, sehen Sie toll aus! Was oder wer hat Sie so schön gemacht?« Er lachte, nahm Anna erneut und gern in die Arme. »L'amore, si ... Signora Bella, l'amore, Sie haben ihren Tisch links, wie immer.«

Er geleitete Anna ins Restaurant, Anna setzte sich, Jojo sagte: »Ich schicke sofort einen Kellner«, strahlte, verdrehte die Augen, sagte noch einmal »Mama mia« und verschwand.

Heinrich erschien. Er hat abgenommen, stellte Anna fest, kein Wunder.

Sie sieht wunderbar aus, dachte Heinrich. Wieso das denn? Mein Gott, ist Anna schön. Und so jung ...

»Grüß dich, Heinrich.« Anna streckte ihm ihre Hand entgegen.

»Ja, Anna, wie schön.« Flüchtiger Handkuß seinerseits, mehr traute er sich nicht.

»Champagner?« fragte Anna.

»Gern.«

Jojo persönlich brachte den Champagner.

»O Signor Sander, Sie sind zu beneiden.« Wieder lächelte er Anna an. »Sie waren lange nicht mehr hier, ich hoffe, Sie machen nicht so lange Pause bis nächste Male.«

Heinrich prostete Anna zu. »Ich bin sehr glücklich, dich zu sehen, Anna, wirklich sehr glücklich.«

»Heinrich, mein Lieber, um einen langen Satz kurz zu machen: Ich möchte die Scheidung.«

Alles, was sommerlich gebräunt an Heinrich war, wurde von einer Sekunde zur anderen mit mindestens zwei Weißmachern durchgebleicht. »Anna ... warum ... ich meine, wieso denn ...?«

»Heinrich, ich bitte dich. Bestell dein Essen – bitte. Wir können nach der Bestellung weiter reden. Sei so lieb«, flötete sie honigsüß.

Heinrich überflog völlig verdattert die große Tafel, auf der die Köstlichkeiten des Hauses standen. Unkonzentriert hatte Heinrich, der Feinschmecker, sein Menü zusammengestellt.

»Hätt ich auch mit ihm ›Schreckensburger‹ essen können«, dachte Anna, »er hätte es mit Sicherheit nicht bemerkt.«

Bis zum Ende der Vorspeise blieb er stumm, funktionierte automatisch.

In Gedanken drehte Anna ihren rechten Arm mit Fausthand: »Geht es Gaby gut?«

»Anna! Bitteee!«

Gut gezielt, Frau Sander. Mitten ins Schwarze.

Mühsam stocherte sich Heinrich durch Penne und Pasta. Immer wieder guckte er über die hängenden Nudeln zu Anna. Sie war bildschön ... Aber doch etwa nicht durch die Trennung ... Heinrich kramte seine Restcourage zusammen: »Anna, warum willst du plötzlich die Scheidung?«

»Lieber, ich möchte deinem Glück nicht länger im Wege stehen.« Sie trank einen Schluck Vernaggia. »Und meinem auch nicht. Cheers!«

Das war zu viel für Heinrichs Magennerven. Er legte das Besteck auf den Teller.

»Zum Nachtisch Halbgefrorenes, lieber Heinrich?«

Heinrichs Adrenalin stieg in den roten Bereich ...

Vor ihm saß eine sanft lächelnde, schöne Anna, die doch eigentlich ihm gehörte, was soll da eine Scheidung?

Beim Espresso kam der Schlag, der ihn endgültig auf die Matte warf: »Heinrich, ich denke, es ist heute alles ein bißchen viel für dich, dazu kommt, daß du einen langen Tag hinter dir hast; du kennst meine Ansichten, ich deine Absichten, wir telefonieren uns zusammen, nicht wahr. Ich glaube, du solltest dich hinlegen, du bist so blaß. Laß nur, ich zahle. Leg dich besser hin.«

Grazil und mit voller Absicht reichte Anna ihm die Hand über den Tisch.

»Sie gehen schon, Signor Sander?« fragte Jojo.

Blitzschnell feuerte Anna dazwischen, bevor Heinrich antworten konnte: »Mein Mann hat noch einen wichtigen Termin. Unaufschiebbar. Wir trinken noch einen Grappa, Jojo, oder?«

»Immer und soviel Sie wollen, ciao, Signor Sander.«

Heinrich wußte nicht, wie er bis Blankenese gekommen war. Das war doch alles nicht wahr? Oder wie? Oder was?

Zu Gaby hat er gesagt, er habe eine fürchterliche Migräne, ihm sei irgend etwas auf den Magen geschlagen.

»Haben Männer Migräne, Bärli?«

»Ja, und wie!« Die Badezimmertür fiel krachend ins Schloß und die halbe Hausapotheke auf den Marmor.

Vor dem Fernseher maulte Gaby sich durch das Spätprogramm. Annas Rache auf italienisch!

*

Fritze drückte furchtbar auf die Hupe, weil ein Laster mit Anhänger zu einem riskanten Manöver ansetzte, dadurch holte er Anna aus ihren Gedanken, mit denen sie eben noch in Hamburg beim Italiener gewesen war; Butenschoen war auch zusammengezuckt. »Fritze, is alles in Ordnung, oder soll ich mal wieder?«

»Nönö, da war so ein Obereiliger, da mußte ich dazwischenhupen, schlaft ma weiter, Kinder, Vater macht das schon.« »Will jemand 'n Appel oder einen Schluck aus der Thermoskanne?« Anna nahm gern einen Kaffee und Fritze einen Apfel.

Der Regen hatte aufgehört, die Sonne schien in schmalen Streifen, aber ohne Begeisterung. Es war eben April.

Gegen neun erreichten sie *Holledau*, sie mieteten sich ein, das Abendessen gab es in einer halben Stunde. Anna telefonierte mit Christiane, schwärmte von ihren netten Umzugsmännern und erzählte, daß sie gleich mit beiden, Egon und Fritze, essen würde. Rustikal, aber herzlich.

»Anna Sander, du bist mit dem Umzugswagen unterwegs? Nicht Flugzeug oder Intercity? Anna, ich bin stolz auf dich!

Und heute nacht im Motel Holledau? Wunderbar. Weißt du, mein Herz, um so etwas mitzumachen, muß man jung denken, sonst geht das nicht. Ich umarme dich, Anna, grüß mir Egon und Fritze ...«

»Unsere Anna ist mit zwei Umzugsengel auf dem Weg nach München, wir müssen uns keine Sorgen machen«, sagte Christiane, nachdem sie den Hörer aufgelegt hatte.

Egon und Fritze hatten sich ein bißchen »privater« gemacht. Fritze hatte seine strubbeligen Haare mittels Wasser und Kamm gezähmt.

»Vom Kopf her sieht er aus wie'n Tangojüngling, was, Frau Sander?« begrüßte Egon Butenschoen Anna im Lokal der Raststätte.

Mittlerweile war es einundzwanzig Uhr dreißig. Anna hatte im Grunde keinen Appetit mehr, trotzdem aß sie ein Steak, dazu einen offenen Roten. Der Kellner erklärte Anna, der Preis wäre mit oder ohne Beilage derselbe. Nur komplett, keine Extras vom Preis. Fritze orderte die Pommes frites und die Brechbohnen zu sich.

»Wenn Sie erlauben, Frau Sander ...«

»Aber natürlich.«

Fritze aß eine Schlachtplatte mit allem Drum und Dran sowie Annas Schüssel Pommes frites und Brechbohnen, die in einer Mehlpampe schwammen. Egon aß ein Mettwurstbrot in Kfz-Fahrerausführung. Marke Extragroß. Aber das war nichts gegen die Mengen, die Fritze in sich unterbringen konnte, dabei war er fadendünn.

»Das geht bei unserm Fritze alles in die Frisur«, lachte Butenschoen; in Fritze Hamanns Naßfrisur hatte sich bereits eine Tolle gelöst und stand wie ein Entenbürzel vom Kopf.

Um die drei herum wurde mehr oder weniger eilig gegessen oder getrunken. Der Raum roch nach Brühwurst, Kaffee, 4711, Zigaretten und naßem Pullover. Anna störte es nicht; sie hatte nette Begleitung und fühlte sich nicht allein.

Gegen halb elf haben sie sich verabschiedet, bis morgen neun Uhr. Sie wünschten sich gegenseitig eine gute Nacht. »Nichts wie ab in die Zellen«, gackerte Fritze nach zwei Weißbier und einem langen Tag. – Fritze –

Es gibt Hotelzimmer, die fetzen einem »Gemütlichkeit pur« um die Ohren. Jede Jugendherberge ist mit mehr Atmosphäre, mehr »Avec« ausgestattet.

Anna kannte auch Hotelzimmer, auf die man in der Not zurückgreifen mußte, wenn ganze Städte ausgebucht waren; alle ähnlich scheußlich: gewebter Kronkranich an der Wand, ein Nierentisch, Cocktailsessel und drei Drahtbügel, die funzelige Leuchtstoffröhre über dem Waschbecken. Das Licht, wenn man es so nennen will, brach sich im Grün der Resopalfliesen, gaben Annas Gesicht etwas »Eingelegtes«. Sie hatte sich lieber auswendig abgeschminkt und war im Lichtschein der Nachttischleuchte ins Waschbecken getaucht. Auch so eine Sache, warum können diese Becken nicht normale Größe haben? Oder übernachteten überwiegend die sieben Zwerge in diesen Hotels-Motels? Oder Nichtwäscher?

Anna rollte sich im Bett zusammen und war in weniger als fünf Minuten eingeschlafen.

Es klopfte an ihre Tür. »Frau Sander … Frau Sander? Es ist acht Uhr dreißig, sicherheitshalber habe ich mal geklopft … Hier ist Butenschoen, Frau Sander … guten Morgen.« Er klopfte erneut.

»Ja, danke ... guten Morgen ... bis gleich«, hauchte eine verschlafene Anna.

Wenn Egon Butenschoen sie nicht geweckt hätte, hätte sie glatt verschlafen, doch jetzt erschien sie pünktlich am Frühstückstisch. Egon und Fritze hatten schon alles bestellt. Orangensaft, Eier, viel Kaffee und Semmeln – wie sie hier schon sagten –, sogar Milch und Cornflakes.

Anna hatte allen Widrigkeiten zum Trotz ausgesprochen gut geschlafen. Es ist verrückt, manchmal schläft man in solchen Betten besser als in einem Fünfsternebett.

Butenschoen hatte bereits seine neue Order von der Firma bekommen; es ging gleich wieder eine Fracht von München mit zurück nach Hamburg. »Aber keine Eile, Frau Sander, wir sind gut in der Zeit, außerdem fahren wir heute nonstop retour. Prost Kaffee.«

Im Laufe des Frühstücksgesprächs stellte sich heraus, daß beide München wie ihre Westentasche kannten, es gab also keine Probleme, Annas neues Domizil zu finden.

»Die Gegend ist ›först klass‹«, Frau Sander, direkt am Englischen Garten. Weißt du, Egon, wir warn da schon mal in der Ecke.«

»Fritze hat recht, München ist sowieso schön, aber die Lage Ihrer Wohnung ist besonders schön. Wie sind Sie da denn rangekommen?« Anna erzählte von ihren Münchner Freunden, die zu einer Hälfte auf Sylt und zur anderen Hälfte in München wohnten. Hinzu kam, daß Lorenz Melchinger – bedingt durch seinen Beruf – ein bißchen an der Quelle saß.

»Wieso halb in München und halb auf Sylt?«

»Fritzeee!«

»Ach sooo.«

Anna mußte über Fritze Hamann lachen: »Was dem einen sein Klempner ...«

Bevor er sich in den Hamannschen Philosophien, die sich immer zu extragroßen Fettnäpfen entwickeln, verstieg, hatte Butenschoen diplomatisch abgebogen und Fritze die Wurst rübergeschoben; als eine Mutter am Nachbartisch anfing, ihren zeternden Gören mit Betonung und verteilten Rollen »Der Wolf und die sieben Geißlein« vorzulesen, waren sie Gott sei Dank fertig mit frühstücken.

»Auf geht's nach München«, sagte Butenschoen und ärmelte Anna unter.

Englschalking, Isarring, Schwabing. Artur-Kutscher-Platz, Biedersteinerstraße und STOP.

»Das ist wirklich schön hier. Wunderbar. Ich bin ja völlig von den Socken. Daß es nicht schlecht sein würde, habe ich vermutet, aber daß es so schön ist ...«

»Sie wußten gar nicht, worauf Sie sich eingelassen haben, liebe Frau Sander? Das kann aber ins Auge gehen; was meinen Sie, in welche Laufgitter wir schon Leute umgezogen haben, da gab's dann ein Riesenlamento. Am Ende stellte sich heraus: Ungesehen gemietet. Sie haben Glück gehabt – und zuverlässige Freunde.«

Damit schwang Butenschoen sich vom Bock.

Er ging den Hausmeister suchen, Fritze brachte den Wagen in Position, öffnete die großen Türen, machte sich im Inneren des Wagens zu schaffen. Anna hockte sich auf die Stufe der Lkw-Kanzel, vergrub die Hände in den Manteltaschen, hatte plötzlich wieder Angst vor ihrer eigenen Courage.

Was war das in der Tasche? Sie fühlte erneut, zog ihre Mütze, »Festival de Cannes«, heraus. VW ... VW, warum bist du nicht bei mir ... VW, wo bist du? VW ...

»Frau Sander, Frau Sander, Menschenskind, was ist denn los mit Ihnen?« Butenschoen hob mitfühlend mit der ganzen Zärtlichkeit, die seine Möbel-Ein-und-Auspacker-Hand zuließ, Annas Kinn hoch. Er sah in das Gesicht einer wunderschönen, sehr traurigen Frau. Tränen liefen ihr übers Gesicht.

»Anna, was ist?« fragte er weich.

»Ach, Herr Butenschoen . . .« Da lag Anna auch schon in seinen starken Armen und weinte hemmungslos.

Mit kleiner Geste schickte er Fritze zum Haus. Aus seiner linken Hosentasche holte er eines von Almas frisch gebügelten Karotaschentüchern und tupfte Anna die Tränen aus dem Gesicht.

»Es wird alles gut«, beruhigte er sie und wiegte einhundert Pfund Hilflosigkeit etwas ungelenk in seinen starken Armen.

Nach zehn Minuten tauchte Fritze hinter den Büschen wieder auf, er schwang einen Schlüsselbund in der Hand. Butenschoen nickte unauffällig; Fritze ging zur Fahrerseite des Möbelwagens und wühlte ein bißchen in der Tasche, die hinter seinem Sitz stand, um dann mit einem kleinen Lederflachmann neben Anna und Egon aufzutauchen.

»Von meiner Grete, für den Notfall, nehmen Sie mal einen herzhaften Schluck, dann sieht die Welt schon wieder anders aus.« Unsicher griff Anna nach der Flasche. Sie trank.

»Der war für Sie«, sagte Fritze, »nun einen für Egon, dann einen für mich und dann wirken lassen . . .«

Da bog um die Ecke der Wohnanlage ein Mann in blauem Overall mit Jockeymütze auf dem Kopf.

»Tach zusammen und herzlich Willkommen in München, ick bin Erwin Pöhlke, der Hausmeista, wa.«

»Ein Urbayer«, sagte staubtrocken unser Fritze und holte damit die Tränen aus der Luft.

Anna schluckte noch einmal mit Doppelatmer, dann ging es wieder; sie strich Butenschoen über den Oberarm, küßte ihm die Wange, dann küßte sie die Flasche und dann den Fritze.

»Kann man hier mitmachen?« fragte der verdatterte Pöhlke. Alle lachten, erklärten ihm, es handele sich um ein geheimes Umzugsritual und nur bei der Landung vor Ort unter den Beteiligten anzuwenden. – Pöhlke nahm das Wort ›beteiligt‹ als Stichwort. Er wollte wissen, wann die alleinstehende Dame käme, die hier einziehen sollte.

»Die alleinstehende Dame bin ich: Anna Sander. Guten Tag.«

»Watt denn, Sie sehen aba gar nich wie 'ne alleinstehende Dame aus. Ick hab mit'n Muttchen gerechnet. Aber Sie!« Er pfiff anerkennend durch die Zähne, zog die Mütze vom Kopf, wischte seine Hand am Hosenbein entlang und streckte sie Anna entgegen: »Angenehm, Erwin Pöhlke.«

Fritze kramte wieder einmal in seinem Wortschatzkästlein: »Morgenstund hat Gold im Mund. – Was? Das ist 'ne tolle Dame.«

»Fritze!«

»Ich hab doch recht.« Damit ging er nach hinten zum Wagen und Butenschoen mit Anna im Arm neben Pöhlke zum Haus. Die Anlage war sehr gepflegt; an den Fenstern der anderen Wohnungen hingen Edelgardinen, auf den Fensterbänken standen keine Alpenveilchen, allenfalls standen hier und da schöne Lampen, wie Anna auf den ersten Blick ausmachen konnte. Nur in der zweiten Etage glotzten hohläugige Fenster: Annas Wohnung.

Oben angekommen nahm Butenschoen die verdutzte

Anna ohne Vorwarnung auf die Arme, trug sie über die Schwelle und setzte sie mit den Worten: »So, das wäre nun ein für allemal geklärt.«

Anna war von der Wohnung begeistert. Hell, groß, schön. Das Bad – viel Marmor mit großer Wanne. Die Terrasse, natürlich Sonnenseite mit Rollmarkise.

Stolz zeigte Pöhlke alle Räume, auch das Gästeklo. »Wenn ick noch irgendwas tun kann, wissen Sie, wo ick bin. Nochmals allet Jute für Sie, Frau Sander.« Er drehte sich in der Türfüllung um. »Sie nehmen mir dett Muttchen doch nich krumm?«

Anna schüttelte den Kopf und lächelte. Erleichtert setzte Pöhlke die Mütze auf und verschwand.

Gegen Mittag war alles treppauf getragen. Die Stunde des Abschieds nahte. Er fiel allen dreien schwer.

Anna bat Butenschoen und Fritze Hamann, wenn sie wieder in München wären, auf eine zünftige Brotzeit vorbeizukommen. Und Egon nahm Anna das Versprechen ab, indem er ihr sicherheitshalber seine Telefonnummer in die Hand drückte, sich zu melden, wenn etwas wäre ... auch wenn er auf Tour sein sollte, sie könne mit Alma über alles reden. Anna hat tapfer genickt und dem dicken Möbelwagen hinterher gewinkt.

»Auf Wiedersehen. Und danke! Für alles!«

*

Oben angekommen ging Anna erstmal zum Fenster, sich das Grundstück, beziehungsweise die Wohnanlage, die ihr Zuhause werden sollte, näher anzusehen.

Drei weiße Klinkerbauten waren in U-Form um die sehr große Rasenfläche gruppiert; da Luftschächte auf dem Rasen verteilt waren, dachte Anna richtig, wenn sie unter dem Rasen die Tiefgarage vermutete. Jedes der Häuser hatte nur zwei Etagen, wobei die zweiten Etagen Penthouse-Wohnungen waren. Um das Grundstück herum viele Bäume und Büsche, die sicherlich bald zu sprießen anfingen, jetzt ragten sie noch kahl in die Landschaft. Anna trödelte durch die Wohnung, versuchte, sich ein bißchen vertraut zu machen. Unten sang irgend jemand: »In München steht ein Hofbräuhaus, eins, zwei, gsuffa.«

Na das fängt ja gut an, dachte Anna, auch noch am hellen Nachmittag. Aber wer war das?

»... da geht die Anna ein und aus, eins, zwei, gsuffa!«

Anna rannte zum Fenster. Auf dem Rasen standen Philipp, Max und Vera, geschmückt mit mehreren bayerischen Flaggen und Ballons. Ein großes Transparent verkündete: »Herzlich Willkommen in der Weißwurschtmetropole, Anna Sander!«

Anna hat geweint, gelacht, ihre Namen gerufen, ist die Treppe hinuntergerannt und hing mit je einem Arm den Jungens am Hals, dann jedem einzeln, dann auch noch Vera.

Sie konnte kein Wort reden vor Glück, allenfalls »Phipps«, dann ein Zwischenschnüffler, dann »Maxi«, wieder ein Schnüffler, als sie versuchte »Vera« zu sagen. Alle hatten Tränen in den Augen. »Es ist eine ansteckende Krankheit, aber nur unter den Weibern«, sagte Max und schneuzte sich kräftig. Philipp hat genickt, reden konnte er vor Kloß im Hals nicht.

Wieder einmal war es Maximilian Melchinger, der die Rührung neutralisierte. »Auf geht's! Rama dama!«

»Wie bitte?« fragten Vera und Anna gleichzeitig.

»Wir gehen räumen«, übersetzte Philipp mit rollendem R. Hoast mi?

Maxi, der Einheimische, hatte sich darum gekümmert, daß Annas Telefon schon angeschlossen war. »Der Kontakt zu Mami wäre somit auch ohne lästiges Groscheneinwerfen hergestellt«, hatte er ihr erklärt. Vera holte aus dem Auto die erste Füllung für den Kühlschrank, wusch ausgepacktes Geschirr ab und Philipp kümmerte sich darum, daß Radio, Stereo- und Fernsehanlage richtig plaziert wurden, er schloß alles fachgerecht an. Maxi kümmerte sich zusätzlich um die »Gardinennummer«, wie er sich ausdrückte.

»Du weißt ja, da bin ich Fachmann.«

Anna gab zu bedenken, daß sie noch überhaupt keine Gardinen hätte, sich nur mit den festinstallierten Jalousien begnügen müßte, jedenfalls vorläufig. – Die Jungens haben sie aber mit dem Argument, was man hat, hat man, wer weiß, wann und zu welchem Preis sie jemanden finden würde, überzeugt.

Drei Tage haben sie gebohrt, genagelt, Klein- und Großteile hin und her geschoben. Zwischendurch hatte es »Brettljausen« gegeben.

Geschlafen haben die drei bei Lorenz, sein Haus war groß genug. Auch Anna haben sie mitgenommen.

Abends sind sie im *Klösterl*, im *Löwenbräu* oder beim Pizza-Italiener gewesen.

Lorenz war ein charmanter Begleiter und stand zu dieser Zeit »zur freien Verfügung«. Phipps meinte: »Sein derzeitiges Gspusi hat er vorübergehend eingefroren.«

Anna wollte nicht sein Privatleben durcheinanderbringen. »Bitte, Lorenz, bring sie wenigstens mit.«

»Anna, mein geliebtes Herz, du würdest kein Wort verstehen.«

»Wieso, was spricht sie denn?«

»Bayrisch!«»

Die Tage waren in Null Komma nichts vorbei, fand Philipp. »Mami, können wir dich allein lassen? Wenn Vera nicht wieder in die Schule müßte, könnten wir ja ...«

Anna hat die Kinder auf den Weg geschickt, ihnen gesagt, wie schön der Einstieg in dieser herrlichen Stadt durch sie geworden war.

»Ihr habt mir alles so leicht gemacht, ich weiß gar nicht, wie ich euch danken soll.«

»Die meisten geben fünf Mark.« Damit hatte Max alle eventuell aufkommende Rührung weggefegt. Lachend lagen sie sich in den Armen. Die Autohupe schallte durch Schwabing und meldete bis mindestens hinauf zur Leopoldstraße: Auf Wiedersehen, Anna!

Anna fröstelte leicht; es war April, sie drehte ihren Schal mit einer Doppelschlaufe um den Hals... Heinrichs Cashmere-Schal...

Im Treppenhaus roch es nach einem sehr guten Herren-Eau-de-Cologne. Anna schnüffelte, das war... das war...? *Obsession*! Der Duft begleitete sie bis in die zweite Etage, ging dann nach links zur anderen Wohnung.

Obsession – Anna schloß ihre Tür auf, drüben in der Nachbarwohnung lachte ein Mann. Anna fiel auf, daß sie noch keine Menschenseele außer Erwin Pöhlke auf dem Grundstück gesehen hatte. Kommt noch, dachte Anna, kommt noch, und schloß ihre Haustür.

Wie schön alles geworden war. Wie gut sich die Möbel in neuer Umgebung machten. Auf dem Schreibtisch stand ein großer Blumenstrauß, daneben etwas Eingewickeltes und ein Brief. Anna schlitzte den Umschlag auf. Sie erkannte die Schrift sofort: Christiane.

»Sehr liebe Anna.« Sie setzte sich in einen der Sessel. ». . . Heute ist Dein erster Abend allein in einer neuen Stadt, in neuer Umgebung. Es ist wichtig für Dich, daß Du mit Dir ins reine kommst, in jeder Beziehung. Deshalb meine ich, Du solltest die Flasche, die Dir der Max von uns allen auf den Tisch gestellt hat, in aller Ruhe austrinken; über alles, was in den letzten Monaten passiert ist, noch einmal ausgiebig nachdenken. Du mußt Abschied nehmen, einen neuen Anfang wagen. Unsere Gedanken sind bei Dir . . . In alter Liebe, Christiane. P. S. Die Flasche ist nicht durchgeschüttelt, sonst hätte der Melchinger Max das Wort zum Sonntag bekommen!«

Anna mußte über Christianes P. S. lächeln . . . Max . . . und Phipps . . . Vera . . . jetzt Christiane. Wer hatte schon so eine Familie. Christiane hatte recht, sie mußte für sich endlich den Weg finden.

Vorsichtig packte sie die Flasche aus, Rosso di Montalcio.

Gedankenverloren ging sie mit dem Papier, aus dem sie mittlerweile einen festen Ball geformt hatte, in die Küche. An der Kühlschranktür hatte Philipp mit seiner fahrigen Schrift einen Din-A4-Bogen beschrieben und angepeppt, mit Hansaplast! »Damit Du nicht nur trinkst, im Kühlschrank sind leckere Schweinereien von *Käfer* – ein Gruß von Vera und von mir. Lüehhbe, Phipps.«

Nun war es aus mit ihrer Haltung. Irgendwann will eine Träne auch geheult werden!

Etwa eine halbe Stunde später hatte Anna sich den

Mantel angezogen und einen großen Spaziergang gemacht, den hatte sie sich selbst verordnet. Sie ist zum ersten Mal um den Kleinhesseloher See gelaufen – das tat gut im sanften Nachmittagslicht. Es war immer jemand im Park, der sein »Zamperl«, wie sie in Bayern die Hunde nannten, ausführte. Die ersten Vögel zwitscherten durch den Englischen Garten, verkündeten: Der Winter ist vorbei.

Mit einbrechender Dunkelheit ging Anna zurück. Auf dem Weg zum Haus kam ihr ein junger Mann mit einer älteren Dame entgegen, beide unterhielten sich angeregt. Sie grüßten im Vorbeigehen. Anna strömte eine Duftwolke entgegen, schwer und sinnlich roch die Dame nach ... *Opium*! Doch da war noch ein anderer Geruch, der Annas Nasenwände kitzelte ... es war *Obsession*!

Mutter und Sohn duften um die Wette, dachte Anna. Ob das meine Nachbarn sind? Dem Geruch nach könnte es passen.

Es gibt Situationen, da wünscht man sich wenigstens einen Hamster, damit man nicht so allein ist. Anna wünschte sich gerade dringend einen Hamster!

Sie ging zum Radio, um nicht tonlos in der Wohnung zu sein, und erwischte »Caruso«, gesungen von Lucio Dalla und – es konnte nicht anders sein – Pavarotti. Habt ihr es von da oben nicht ein bißchen kleiner, dachte Anna mit Blick zum Himmel. Sie hatten nicht, im Gegenteil, es kam noch besser. Eine Stimme wehte durch den Äther ... Guten Abend wünscht Ihnen Radio CHARIVARI.

Charivari ... Anna erinnerte sich, wie sie alle in Kampen darüber nachgedacht hatten, was *Charivari* bedeutet. Günni, er war mit Klausi zum Wochenendtrip ins

Bendix-Haus gekommen, war der eigentliche Auslöser dafür.

Es war einer der letzten schönen Abende des ausklingenden Sommers auf der Terrasse gewesen. Der Wein war trocken, die Tomaten mit Mozzarella saftig, als Günni in platzenger Jeans in der Haustür erschien. In seiner Taille klöterte und klimperte es heftig.

Max, wer sonst, lachte zu Günni hinüber: »Jeder schmückt sich seinen Arbeitsplatz, so gut er kann, was?«

»Dummer Bengel, das nennt man Charivari«, parierte Günni.

»Wie wann i dös als Bayer nicht wissen tät, mei Lieber«, retonierte Max. Er setzte Hochdeutsch dazu: »Charivari: Anhänger einer Uhrkette.«

»Nee, nee«, mischte sich Vera ein, Charivari, so hätte sie es gelernt, stünde für Durcheinander.

»Darf ich meinen Beitrag auch leisten?« bat Philipp. »Im Französischen steht es für Höllenlärm und Katzenmusik.«

»Jetzt komm ich«, sagte Inken. »Charivari ist, wenn man beim Kartenspiel alle vier Damen in einer Hand hat.«

»Ich bin für die vier Damen«, lachte VW und zog Anna an sich, flüsterte ihr »Aber alles nur Annas!« ins Ohr.

»Trifft doch bei Günni alles zu, bis auf die vier Damen«, strahlte Max.

»Ach ihr!« Damit tänzelte und klimperte sich Günni zur Pforte.

Das war das Wochenende nach ihrem Frankreichaufenthalt gewesen ... Anna dachte nach ...

VW und sie hatten sich mit langer Umarmung auf dem Flughafen Hamburg getrennt. Er war nach Düsseldorf geflogen, und sie war in die Wohnung zurückgefahren, die sie seit der Flucht auf die Insel nicht mehr betreten hatte.

Am Abend hatte sie Heinrich denselben verdorben. Am nächsten Morgen hat er immer noch völlig konfus bei ihr angerufen.

»Anna, was war bloß gestern mit dir los? Ich habe die ganze Nacht nicht geschlafen«, warf Heinrich vor.

»Wie schön«, hatte Anna freundlich-gefroren geantwortet. »Lieber Heinrich, was meinst du wohl, wie viele Nächte ich nicht geschlafen habe, nachdem du mir deinen fliegenden Wechsel verkündet hast.«

»Anna!«

»Jetzt lamentierst du ›Anna, Anna!‹, Heinrich; ich habe mich mit allem abgefunden. Du bekommst deine Scheidung.«

Heinrich hatte noch Worte gebraucht wie: antun können und unerwartet und nicht spruchreif und überdenken und überhaupt und sowieso.

Anna hatte dem Gejammere ein Ende bereitet, ihre Entscheidung für die gerichtliche Trennung nochmals klar und unmißverständlich dargelegt.

Zum Segen des Postministers telefonierte sie täglich mit VW. Am Donnerstag kam ein Telegramm. Anna erinnerte sich, daß der Telegrammbote sie sehr eigenartig mit leicht schräggelegtem Kopf angesehen hatte. – Der Text des Telegramms war folgender: »Einladung zur Wochenendorgie mit Meeresblick und Champagner–stop–Ticket für die Mittagsmaschine liegt am Flughafen.« Damit hatte man den armen Postler aus der Bahn geworfen. VW war herrlich verrückt.

Auch er hatte mit seiner Frau über die Scheidung

gesprochen. Gerda von Weißenfels schien sehr froh über ihre Freigabe zu sein, berichtete VW.

»Bahn frei für unser Leben, Anna.«

Die Wochen vergingen wie im Flug, plötzlich war wieder Weihnachten. Alle kamen zum Feiern auf die Insel. Sogar Vera konnte ihre Eltern dazu überreden.

Oma Sander wäre dieses Jahr um Haaresbreite auf der Strecke geblieben. »Zu Heinrich und Gaby? Das bitte nicht«, hatte sie gesagt. »Da ist Weihnachten mit Fiete unterm Baum interessanter, er ist zwar nicht so hübsch wie Gaby, aber wesentlich (sie betonte jede Silbe) intelligenter.«

»Und Sylt, Großmama?«

»Wenn ihr mich da haben wollt, immer und zu jeder Zeit. Ich lerne doch sicherlich auch meinen neuen Schwiegersohn kennen«, gluckerte sie.

Also war auch sie wieder dabei, diesmal mit noch mehr Büchern im Koffer.

Die Weihnachtstafel war in der Diele des Bendix-Hauses gedeckt. Philipp nahm Inken in den rechten Arm, zeigte mit dem Linken auf den riesigen Tisch: »von Wittelsbach – Thurn und Taxis – Melchinger . . .«, er drückte ihr einen herzhaften Kuß ins Gesicht.

Lorenz hatte schüchtern gefragt, ob er in Begleitung kommen dürfe, aber nur, wenn keiner etwas dagegen hätte, sonst würde er – aber andererseits wäre es ja schön, wenn; er könne aber auch verstehen, wenn nicht . . .«

»Lorenz, bring sie mit«, sagte Christiane.

Nun waren alle auf Sylt. Nur Heinrich nicht, der mußte nach St. Moritz.

Bevor VW und Anna am Heiligen Abend ins Bendix-Haus gingen, zog VW Anna ins Wohnzimmer, setzte sie in einen Sessel und befahl: »Augen zu!«, er raschelte einige Minuten mit Papier, rief streng über die Schulter: »Nicht blinzeln, Anna Sander, das gildet nicht!«, raschelte noch weiter und dann ein Geräusch, wie wenn eine Menge Papier zerreißt.

VW setzte sich zu Anna auf die Sessellehne und befahl: »Augen auf... fröhliche Weihnachten!«

Anna stieß einen Schrei aus. Da stand in einem Wust von Papier, Plastikfolie und Klebeband das Bild, das sie in Mougins so bewundert, in das sie sich sofort verliebt hatte: das Bild von Bernard Calvet.

»Du bist wahnsinnig!« Mehr fiel ihr vor Schreck nicht ein.

»Gerne, wenn es dich glücklich macht. Frohe Weihnachten, liebe, sehr liebe Anna.« Sie kamen fast zu spät. Anna mußte sich neu frisieren, ihr Kleid war auch schön kraus; dem Erfinder des Dampfbügeleisens aber sei Dank!

Es wurde ein rundherum harmonischer Heiligabend. Max, Philipp und Vera hatten sich etwas Herrliches ausgedacht. Unter dem Motto: Damit ihr euch erinnert, wie schön es früher mit uns war, gaben sie ein Blockflötenkonzert mit den Hits ihrer Kinderzeit: Kommet, ihr Hirten; O Tannenbaum – und als krönenden Abschluß: die Stille Nacht.

Max stupste Phipps und Vera an: »Habt ihr's gesehen? Die Frauen haben wieder so schön geweint.« Dafür allein hat sich das Üben mit klammen Fingern in Melchingers Gartenmöbellager gelohnt.

Beim Weihnachtschampagner, alle prosteten sich feierlich zu, sagte Vera in die Stille: »Wenn nicht Weihnachten wäre, könnte man denken, es wäre eine Hochzeit auf dem Lande.« Verlegen kicherte sie, erst jetzt wurde ihr die Stille bewußt, eigentlich sollte ihre Bemerkung nur Phipps hören.

»Damit sind wir dank Veras Fügung ohne Umschweife beim Thema, Christiane und ich heiraten im Sommer. Danke, lieber Lorenz, deine Frau wird es gut bei mir haben.« Rainer prostete Lorenz zu, dann den anderen. Unter Jubel und Beifall nahm er Christiane in seine Arme.

Lorenz strahlte. Übrigens, die Dame, die er dabei hatte, war die Untermenzinger Ausgabe zu Altwarmbüchen. Ein Wanderpokal, nach dem Männer offensichtlich ganz wild sind. Aber sie war freundlich und hat auch mit abgewaschen.

Selbst Fiete hatte sich verzogen, streicheln und kraulen ist schön, aber man braucht als Hund auch mal ein Ohr voll Schlaf. Drei Feiertage sind anstrengend, vor allem, wenn alles so harmonisch ist.

Zu Silvester trennten sich die Wege, das Bendix-Haus leerte sich. Max mußte dringend nach Kitzbühel und Oma Sander feierte dieses Jahr mit den Damen ihres Bridge-Clubs. Garbers mit Vera und Philipp waren im Hotel *Atlantic* zum Ball. Da Philipp und Vera so gedrängelt haben, sind Anna und VW mitgefahren. Auf Lorenz wartete samt Resi oder Steffi oder Tini, wie auch immer sie heißen mochte, ebenfalls ein Fest der Münchner Superlative.

»Inken, wir haben das Haus ganz für uns alleine? Das ist noch nie vorgekommen. Nur wir drei?«

»Nur Sie zwei; ich bin dieses Jahr in Plön, eine Umeinundneunzigecken-Cousine hat ein Familientreffen geplant. Was das soll, weiß kein Mensch, aber na ja.« So recht etwas anfangen konnte Inken mit der Einladung nicht. »Am ersten Januar bin ich wieder da.«

Christiane und Rainer hatten zum ersten Mal Kampen und sich ganz für sich.

Silvester in Hamburg war turbulent und schön. VW hatte gleich zu Anfang des neuen Jahres einen Termin in Brüssel. In Düsseldorf wollte er auch vorbei, da sein Sohn aus Amerika zurück wäre, Stephans Gastsemester war zu Ende. Alexandra, seine Tochter, wollte er wenigstens kurz an die väterliche Brust drücken. Vierzehn lange Trennungstage lagen vor ihnen.

Am vierten Januar klingelte das Telefon. Anna hatte es sich vor dem Fernseher gemütlich gemacht, Frau Becker war schon zu Hause, Philipp mit Vera auf der Eisbahn.

Anna meldete sich. Am anderen Ende »Universitäts-Krankenhaus Eppendorf, spreche ich mit Frau Sander?«

Dergleichen Telefonate gehen immer sofort in die Kniekehlen.

»Ihr Mann bat mich, Sie anzurufen, Frau Sander, er liegt seit einer Stunde bei uns; nein, nichts Gefährliches, er ist noch im Gipsraum. In einer Stunde liegt er auf der Station ...« Hier hörte Anna schon nicht mehr zu, das Wort Gipsraum hörte sich an, als ob man Heinrich einmauern wolle. Aus mit der Gemütlichkeit.

Im Krankenhaus fragte sich Anna zu Heinrichs Station durch. Sie klopfte an die leicht geöffnete Tür des Schwesternzimmers. »Guten Tag, Sander, ich möchte ...« Weiter kam Anna nicht.

»Wie nett, Frau Sander, Ihr Mann liegt Zimmer sieben, Ihre Tochter ist auch schon da.« ... Anna klopfte an die Tür zu Zimmer sieben, öffnete, sah auf das »Kunstwerk« Heinrich und in die Kulleraugen der verschreckten Gaby.

Heinrich, der zeitlebens Unsportliche, war in St. Moritz Monoski gefahren. MONO! Am letzten Urlaubstag, also gestern, hatte er sich alles gerissen, gezerrt und gebrochen, was man nur kaputtmachen konnte; Gips, so weit das Auge reichte, er lag mit Halskrause und abgewinkeltem, eingegipstem Oberarm; das Bein, welches? – das rechte – mit einem Gewicht belastet sowie noch etlichen Dingen mehr, im Bett.

Anna hat schallend gelacht, sich dazwischen immer wieder entschuldigt, aber sie konnte einfach nicht aufhören. »Heinrich, es tut mir so leid ...« Erneut wurde sie vom Lachen geschüttelt. »... wirklich, Heinrich, aber du siehst aus wie Jerry Lewis in seinen Filmen, da habe ich es immer für maßlos übertrieben gehalten, für eine absolute Klamotte!« Sie lachte schon wieder. »Gott sei Dank hast du nichts am Kopf.« Anna merkte, wie schwachsinnig ihre Bemerkung war, und prustete erneut los.

Klein Gaby hatte die ganze Zeit nur geguckt.

Nachdem sie ihre Fassung wiedergefunden hatte, wenn auch mühsam, entschuldigte sich Anna auch bei Gaby.

Heinrich hatte – typisch er, niemals ein Risiko einzugehen!, sagen wir, fast niemals – Gott sei Dank eine Reiseversicherung abgeschlossen, die einen Rückflug mit begleitendem Arzt für den Fall der Fälle garantierte. Man hatte ihn in St. Moritz mit dem Nötigsten versorgt; obgleich er in einem Skigebiet unter Umständen besser und vielleicht fachkundiger betreut worden wäre – da sind derlei Unfälle an der Tagesordnung –, wollte Heinrich sich nur in Hamburg behandeln lassen. Anna mußte leicht schräg an ihm vorbeisehen, damit sie nicht wieder anfing zu lachen.

Mit Gaby hat sie hanseatisch kühl und distanziert nur einige Worte gewechselt.

Philipp erschien, auch ihm ging es nicht anders. »Paps,

du übertreibst. Er sieht aus wie eine Nana von Nicki St. Phalle.« Erneut wurde die Tür geöffnet, die Stationsschwester erschien mit einer Vase, um die Gaby gebeten hatte.

»Oh wie schön, Herr Sander, kaum sind Sie richtig zu Bett, sind Frau und Kinder schon zur Stelle.«

Heinrich hat ziemlich lange im Krankenhaus gelegen, sein Zimmer zum Büro umfunktioniert. Mit der Zeit wurde der Gips weniger und Heinrich wieder umgänglicher.

Ende Januar mußte VW für einen Klienten nach Paris. Anna flog mit. Paris ist schön zu jeder Jahreszeit, es ist eben Paris . . .

VW hatte in einem kleinen, exquisiten Hotel in der Rue de Berry an den Champs Elysées gebucht. »Laß uns mindestens drei, vier Tage bleiben.«

Paris ein Rausch oder, wie VW es salopp formulierte, das preiswerteste, durchgehendste Dope der Welt.

Aber irgendwie hatte Ottoardo Fernando recht.

Was macht man in Paris? Liebe – Liebe – Liebe, wenn nicht, hat man selber Schuld oder ist Häkelsockentourist; die haben damit sowieso nichts am Hut. Wie überhaupt für eine überwiegende Anzahl der Menschheit Flirten, Lachen, Leben, Lieben fremd ist. Aber das ist deren Problem.

Anna und VW betraten die Wolke Paris mit allem, was dazugehört. Paris, eine Stadt, die durchgehend geöffnet ist, in der man die Müdigkeit bereits an der Zollschleuse abstreift. Bienvenue in der Stadt der Haut Culture, Haute Couture, Haute Cuisine!

Den ersten Café au lait tranken sie auf den Champs Elysées. Tout Paris sowie Touristen, gebündelt zu verschieden großen Gruppen, flanierten an ihnen vorbei. Es herrschte positives Gedrängel.

Typisch Paris: Ist auch nur ein Sonnenstrahl am Himmel, egal, welche Jahreszeit auch immer der Kalender anzeigt, sitzt man draußen, werden die Schals lockerer gezogen. Il fait beau aujourd'hui ... Anna und VW ließen sich mit dem Strom der Menschen weitertreiben, in Richtung Jardin des Tuileries, vorbei am Obelisken auf der Place de la Concorde. Napoleon hatte den Obelisken in Ägypten mitgehen lassen, heute klauen die Touristen Aschenbecher, Gläser, Handtücher, eben handlichere Dinge. Der Ramsch wird dann Souvenir genannt und zu Hause in die Schublade gelegt. Sie kamen vorbei an den Ausgrabungen vor dem Louvre, wo man per Zufall auf Reste des sehr frühen Paris gestoßen war. Sie überquerten die Straße, standen vor der sich wichtig machenden Pyramide des Ming Pei, die dem Louvre viel von der Großzügigkeit seiner Anlage nahm. Nicht alles, was modern ist, ist schön; wieso auch. Anna und VW mochten die Pyramide nicht. Sie gingen weiter durch eines der Louvre-Tore zur Rue de Rivoli, zur Place du Palais Royal und standen neben der ehrwürdigen Comédie Française, auf deren Brettern Molière, während er den »eingebildeten Kranken« spielte, seinen Herzanfall bekam, an dem er später verstarb. Im Foyer steht noch heute der Sessel, auf dem dies geschah. Anna und VW bummelten weiter durch die Arkaden des Palais Royal, blieben hier und da vor den Auslagen der kleinen Geschäfte stehen. Seltenes und Bizarres wurde hier zum Verkauf angeboten, edle Stoffe, alte Puppen, Militaria, Briefmarken, Bücher, Bilder. Zwischen den Läden kleine Restaurants, eine winklige Teestube.

Hier, in einer dieser Ecken des Palais Royal, hatte

Camille Desmoulins zum Sturm auf die Bastille gerufen, und hier in der Nummer 177 hatte Charlotte Corday das Messer gekauft, das sie Marat ins Herz stieß.

Geschichtliches, so weit das Auge reichte.

»Da oben hat Colette gewohnt.« Anna zeigte auf eine der Galerien. »Und da Jean Cocteau.«

»Sieh einmal da rüber, Anna.« VW zeigte nach links. »Hier hat der olle Blücher sechs Millionen verzockt.«

Bis zur Mitte des 19. Jahrhunderts waren hier Spielsäle und Vergnügungshallen. Hier tobte damals das Leben, jetzt war es eine Oase der Stille inmitten des tosenden Verkehrsgetümmels.

Eine Mutter schob mit ihrem Kind durch den Park. Ein paar ältere Damen fütterten Vögel. Ein älterer Herr spazierte seinen Hund von Baum zu Baum. Er lächelte zu Anna hinüber, seine dunklen Augen funkelten Anna Sympathie entgegen. Charme kennt kein Alter. Grüßend lüftete er kurz seinen Hut und signalisierte VW seine Anerkennung. Die Franzosen …

Anna sah zu den Damen hinüber; die eine hatte ein Wollplaid über Mantel und Schultern, auf dem Kopf trug sie einen kleinen, kecken schwarzen Hut mit Samtschleife. Ihre Füße steckten in zierlichen Stiefeletten.

Die andere hatte ein Pelzbarett auf dem Kopf, nicht ganz gerade, um ihren Hals baumelte ein leicht abgewetzter Muff, den Kragen ihres Mantels hatte sie schützend hochgestellt und über ihre Schuhe hatte sie seitlich geknöpfte Gamaschen gezogen. Auch diese beiden alten Damen strahlten Charme aus, morbiden Charme gewesener, schöner Blumen.

Anna sah für einen Augenblick ein ganz anderes Bild vor sich … die alten Damen jung, in weiße Spitze gehüllt, den Sonnenschirm kokett seitlich haltend, damit sie mehr von den feschen Offizieren sehen konnten, die gerade vorüberschritten. Sie kicherten, waren jung und unbeschwert ... Jetzt waren sie alt, fast am Ende eines hoffentlich schönen Lebens ...

»Anna, Anna, woran denkst du?«

»Ich habe ein wenig geträumt.« Sie lehnte ihren Kopf an VWs Schulter. »Ich liebe dich ... ich möchte mit dir alt werden.« Später tranken sie etwas Durchwärmendes in einem der Bistro-Cafés, die durch ganz Paris wild wucherten.

»Wir sollten uns entscheiden, welcher der französischen Kochtopfpoeten uns heute bekochen darf; hast du eine Idee, einen Wunsch, Anna?«

Sie hatte: das *Coup de Foudre* in der Rue Bourg Thibourg. Sehr französisch, kein babylonisches Touristendurcheinander. Freundliche Leute, Holztische, Atmosphäre et le bon vin ... gegessen haben sie *le filet de boeuf et le foie d'oie en pot au feu*. Sie hatten die Welt um sich herum vergessen. Später saßen sie händchenhaltend im neuesten Delon-Film *Casanovas Rückkehr*, nach Arthur Schnitzlers Roman. Ein Film der wunderschönen Bilder, der hinreißenden Schauspieler, allen voran Alain Delon. Ein ganz anderer Delon, alt, verzweifelt, fast ausgebrannt. Für diesen Film hatte er zehn Kilo draufgespeckt, um überzeugender in der Optik zu sein; es sind immer die wirklich Schönen, die Uneitlen..

Es war fast Mitternacht, als sie zum Hotel zurückschlenderten, die Stadt war noch hellwach.

In Paris klopft niemand an die Tür, damit geputzt werden kann. Die Zimmermädchen spüren, auch ohne das »Bitte nicht stören« am Türknauf, daß bitte nicht gestört werden soll. VW und Anna haben das Frühstück verschlafen, nur einen späten, sehr späten Kaffee getrunken, dann hatte die Stadt sie wieder.

Mittags waren sie wiederum im Marais. Bei den *Mariage Frères* haben sie »gebrönscht«, wie die Franzosen sagen. Der Portier ihres Hotels hatte netterweise für sie einen Tisch reserviert. OHNE Reservierung ist bei den *Frères* leider nichts zu machen.

An der kleinen Rezeption des Restaurants spielte ein Herr sehr auffällig mit den Schlüsseln seines Ferrari, um damit eventuell ein gutes Trinkgeld zu signalisieren; erfolglos, man bedauerte. Um einen Platz zu bekommen, müsse er reservieren. Pardon – man wandte sich Anna und VW zu und geleitete sie zu ihrem Platz.

Das Lokal war im Kolonialstil gehalten, Bambus, viel Weiß, bodenlange Tischtücher und üppige Palmen als Dekor. Die ebenfalls weiß gekleideten Kellner wirkten wie Hausboys aus der Zeit der Kolonien. Die Musik, man spielte ausschließlich Opernarien, war mal leiser, mal lauter im Hintergrund. Es hätte keinen der Gäste sonderlich verwundert, wenn draußen in den schmalen Straßen des Marais statt Autos der Nobelklasse Elefanten geparkt worden wären.

Zur Auswahl wurden vier Menüs angeboten: Man wählte aus einer Extrakarte seinen Tee: Alkohol, bis auf Champagner, ist ein Fauxpas. Zwischen den Gängen nascht man warmen Toast mit Teekonfitüre.

Die Zeit schien stillzustehen. Gerade sang Nelly Melba – oder war es Mary Garden? – Puccini.

»Mit dir in den Kolonien, Anna; das ist wundervoll.«

»Es ist grenzenlos schön, bitte kneif mich einmal, damit ich weiß, daß ich nicht träume, VW.«

»Und wohin?« hatte er frech gefragt.

Dem Restaurant angeschlossen war ein kleiner Laden,

der alles führte, was zum einhundertprozentigen Teegenuß gehört. Einfach alles; bis unter die Decke waren die Regale gefüllt mit den für die *Mariage Frères* typischen schwarzen Teebüchsen.

VW ritt der Teufel, er fragte einen der freundlichen Verkäufer, ob sie auch Teebeutel hätten.

Anna guckte schielend an die Decke. »Teebeutel.«

»Bien sur, Monsieur.« Sicherlich.

VW bekam: Empereur Chen-Nung-Teebeutel. Selbstverständlich dem Stil des Hauses entsprechend nicht etwa in Papier, nein, bei *Mariage Frères* waren sie: en sac au mousseline. Voilà. »Siehste.« Er küßte Anna auf die Nase.

In der einen Hand hatte er Anna, in der anderen die Chen-Nung-Teebeutel, hochglanzverpackt.

Im Laufe des Spaziergangs hatte er die Beutel irgendwo liegengelassen; Anna war ihm wichtiger.

Abends waren sie im Theater. »Nächstes Jahr, selbe Zeit«, mit Marie-Christine Barrault und Victor Lanoux.

Anna hat geweint und gelacht. VW hat nur gelacht, mit seiner Lache das Theater erbeben lassen, die vor ihm liegenden Reihen in den Polstern angehoben.

»Das Leben mit dir ist schön.« VW zog Anna im Foyer an sich, sah ihr in die Augen.

Die Menschen gingen ganz selbstverständlich um sie herum, niemand hat gerempelt, vor beiden teilten sich die herausströmenden Theaterbesucher, hinter beiden schlossen sie sich wieder zu einer Schlange ... das war Paris ...

Sie hatten viel erlebt in diesen Tagen, sie sind mit der Panorama-Rolltreppe des Centre Pompidou über die Dächer von Paris geschwebt, haben bei *Chanel, Dior, Valentino* am Rond Point in die Fenster gesehen, wurden einmal mit einer Gruppe Japaner durch Notre Dame gespült und haben im legendären *Balajo* geschwoft. Sie waren in Victor Hugos Wohnung am Place de Vosges über knarrendes Parkett gegangen, haben im *Train bleu* Belle Epoque getankt, im *Ritz* ihren Tee getrunken und hatten jeden Tag mehr Herzklopfen, sie mußten zurück.

»Paris, wir kommen wieder!« hatte VW aus dem Flugzeugfenster der Stadt zugerufen. »Bald, sehr bald, Anna.« Er zog sie, so gut es Gurt, Sitz und steigende Maschine zuließen, an sich.

Eine Tür knallte Anna aus ihren Träumen.

Eine Frauenstimme rief: »Gabor!« Jemand klopfte an eine Tür. »Gabor, mach auf.«

Anna mußte sich berappeln, wo war sie ... Da sang einer ... das Erdinger Weißbier, das ist eine Pracht, tralala ... Ach, das Radio, fiel es Anna wieder ein ... Radio Charivari ... Jetzt fiel Anna zurück auf die Erde; sie war in München, auch ohne Wein hatte sie eine Rückreise angetreten, sie hatte an die vergangenen Monate gedacht, noch nicht an alle, aber bis Paris war sie immerhin gekommen.

»Gabor, Gabor, mach auf!« lamentierte die Frauenstimme im Treppenhaus.

Das kam von gegenüber. Wahrscheinlich hatte der Sohn seine Mutter ausgesperrt, hörte wie alle Söhne der Welt laut Musik, übertönte dadurch die Geräusche seiner Umgebung.

Anna dachte an Philipp, seinen Zettel am Kühlschrank. Sie ging in die Küche, um nachzusehen, was der Kühlschrank an köstlichen Fressalien barg.

»Gabor«, maulte draußen die Stimme, »mach auf.«

Anna deckte sich den Tisch, stellte den Blumenstrauß

dazu, zündete ein paar Kerzen an. Survival-Training mit *Käferschen* Delikatessen. Anna Sander, der Rüdiger Nehberg der Luxusklasse.

An Annas Tür wurde geläutet. Wer oder was könnte das sein, sicherlich Pöhlke mit den fehlenden Schlüsseln, dachte sie, öffnete; vor ihr stand die nach *Opium* duftende Mutter des jungen Mannes von gegenüber, schlußfolgerte Anna.

»Verzeihen Sie bitte«, sagte die Dame, »haben Sie wohl einen Schlüssel für die Haustüre unten?«

Anna bejahte, da ging die Dame bereits eiligen Schrittes die Treppen hinunter, wütend wippten ihre Locken Protest, mit jeder Stufe, die sie dem Parterre näher kam. Anna konnte kaum folgen. Unten angekommen wußte Anna nichts zu sagen, die Dame dampfte vor Wut, wollte nur hinausgelassen werden. Eine ziemlich blöde Situation.

»Hat Ihr Sohn Sie ausgesperrt?« fragte Anna, um wenigstens etwas zu sagen, während sie den Schlüssel im Schloß der Haustür umdrehte.

Ein Funkenflug aus den Augen der Dame schoß auf Anna. »Dieser Herr ist nicht mein Sohn!«

»Ah so, der Neffe?«

»Es reicht!« kreischte die Dame und rauschte, so schnell die Pumps es zuließen, aus der Tür. Zurück blieb eine ratlose Anna, gehüllt in eine Wolke *Opium*.

Die Happen und Häppchen aus *Käfers* Gourmettempel haben Anna wundervoll geschmeckt, sie fühlte sich gut. Wohlig machte sie es sich zwischen den Kissen ihres Sofas bequem, die Flasche Wein hatte sie geöffnet, sich ein Glas eingeschenkt. Was wird mir München bringen, dachte sie, bin ich verrückt, aus meiner gewohnten Umgebung auszubrechen? Vielleicht wäre es besser gewesen, nach Sylt zu ziehen? ... Was wolltest du da tun, dir eine Töpferscheibe kaufen oder einen Antiquitätenladen eröffnen, mit dir als Hauptattraktion? Nein, es war sehr gut, daß sie sich für München entschieden hatte. Ein Neubeginn sollte es werden. Und sie wollte alles dazu tun, daß es tatsächlich einer würde ... Auf uns und alles, was war, lieber, einziger VW ... Anna trank einen herzhaften Schluck. Sie sah sich in ihrem neuen Heim um, das ihr ganz allein gehörte. Sie war jetzt ein Single, noch nicht ganz, aber fast.

Wie schön, daß Philipp, Max und Vera ihr den Einstieg in die fast fremde Stadt leichter gemacht hatten ... und der Umzug ... »Danke, Egon Butenschoen und Fritze Hamann«, sagte sie laut. Alle hatten ihr geholfen. Christiane, Rainer, Inken. Auch Frau Becker in Hamburg. Max und Phipps waren fabelhaft gewesen in den letzten Wochen, selbst Heinrich war großartig, und das nach ihrer italienischen Rache ... Beklagen konnte und durfte sie sich nicht, alles, was jetzt noch kommen würde, wäre Selbstmitleid. Sie nahm ihr Glas, ging zu ihrem Bild aus Mougins, ihrem Calvet. Philipp hatte es aufgehängt, obgleich sie zuerst protestiert hatte.

»Lieber nicht, Philipp, es geht noch nicht.«

»Es geht, Mami; außerdem willst du ein so schönes Bild in den Keller stellen? Das kann dein Ernst nicht sein.«

»Du hast freie Wahl, Anna, keiner will dich zwingen«, lächelte Maximilian. »Entweder Calvet oder ich kaufe dir ein Heino-Poster, entscheide dich.«

Das Bild war von den Jungens großartig plaziert, das Tageslicht spielte mit den Farben und Schatten, es war ein Bild zum Träumen ... Mougins ... der Sommer ...

VW … die Liebe. Anna nahm einen herzhaften Schluck gegen die Tränen.

Was war, wie ist es weitergegangen nach Paris? Anna versuchte, die Erinnerung zuzulassen … VW war nach Düsseldorf weitergeflogen. Wieder einmal hatten sie den Postminister kräftig subventioniert.

VW hatte bis Mitte Februar in Düsseldorf zu tun, erst dann konnte er wieder auf die Insel. Davor ein Zwischenstopp in Hamburg bei Anna.

Diese stand aufgeregt in der Ankunftshalle, sah alle paar Sekunden auf die Anzeigentafel, ob die Maschine aus Düsseldorf endlich per Sternchen als »gelandet« aufblinkte.

Endlich. Und eine Unendlichkeit später hielten sie sich in den Armen.

»Ich hab Sandersche Entzugserscheinungen gehabt, ach, Anna.«

»Mir ging es nicht anders, ein Telefon ist eben nur ein Telefon.«

»Was machen wir, ich habe drei Stunden, essen wir etwas?« VW legte den Arm um Anna und ging mit ihr aus der Halle. Mit Annas Auto sind sie stadteinwärts gefahren.

»Guck mal.« VW zauberte »Festival de Cannes« aus der Manteltasche.

»Für diese Jahreszeit zu kühl«, sagte Anna und warf die Mütze auf die hintere Sitzbank. »Du bist herrlich verrückt.«

»Ja, nach dir, Frau Sander«, fletschte VW lachend durch die Zähne. »Wo fahren wir eigentlich hin?«

»Zu meinem Lieblings-Italiener, es wird dir gefallen.«

Im *Sale e Pepe* wurden beide mit italienischem Temperament und Liebenswürdigkeit begrüßt. Sie haben Antipasti nach Art des Hauses gegessen, dann *Loup de mer*, jeder nur ein Glas Wein getrunken, aber einen doppelten Espresso.

»Zum Nachtisch werde ich dir an eines deiner wunderschönen Knie fassen, Frau Sander.«

»VW, du bist unmöglich.«

»Das macht meinen persönlichen Charme aus. Knie oder Kuß, entscheide dich.«

»Beides. Aber im Auto.«

»Frau Sander, du bist unmöglich.«

Auf dem Flughafen wurde VW schon wieder zum letzten Mal aufgerufen.

»Das wird allmählich zur Gewohnheit, aber erst seit ich dich kenne.« Hastige Umarmung seinerseits.

Aus der Sicherheitskontrolle hatte er herausgerufen: »Anna, was hältst du von Venedig?«

Sie signalisierte ihm, daß sie nicht verstand.

»Unsere Hochzeitsreise! Ve-ne-dig?«

Alle haben es gehört und Anna angesehen. Plötzlich hörte sie sich zurückrufen: »Zum Frühstück kaufe ich mir das irrste Negligé, das der Canale Grande je gesehen hat.«

Dann hat VW gelacht, Anna konnte es hören, bis ihn die automatische Glastür samt Lache schluckte.

Das ist Liebe; Anna stieg in ihr Auto. Da lag seine Mütze, sie würde sie ihm mit auf die Insel nehmen, aber erst einmal setzte Anna sie auf, verkehrt herum, und fuhr beschwingt nach Hause. –

Das kommende Wochenende verbrachten Stephan und Alexandra mit ihrem Vater, auch Gerda war in ihre Etage gezogen. Anna und VW haben sich auf den Montag vertagt: »Ich hänge drei Tage dran, was an Terminen ansteht, erledige ich telefonisch; bitte, Anna, komm auf die Insel.

Samstagmorgen läutete das Telefon Anna aus ihren Träumen. »Guten Morgen; ich wollte nicht in den Tag starten, ohne dir zu sagen, wie sehr ich dich liebe. Ich zähle die Stunden, schlaf weiter, Anna.«

»Ich liebe dich«, hatte sie zurückgemurmelt und sich in ihre Kissen vergraben, um halbwach von VW zu träumen.

Der stand schon mit Sohn Stephan auf der Straße. Gerda, seine Frau, hatte Stephan – und VW war absolut nicht damit einverstanden – mit Rückkehr aus den Staaten ein neues Motorrad gekauft, von dem Stephan, egal wie kalt es war, nicht mehr herunterzubekommen war.

»Wann hast du denn zuletzt auf einem Motorrad gesessen? Du kannst gar nicht mitreden. Es ist ... wie soll ich es dir erklären, es läßt sich nicht beschreiben. Man muß es erleben. Damit du begreifst, was ich meine, dreh doch 'ne Runde. Oder hast du keinen Mumm. Du hast Bammel, gib's doch zu.«

Mit dem letzten Satz hatte er seinen Vater. »Also gut, mein Sohn, dann laß mich mal auf die Maschine!«

VW probierte den Helm. »Der paßt mir nicht, hast du so einen kleinen Kopf?« Er reichte Stephan den Helm zurück. »Mein Schädel ist dicker.« Er zog sich gegen den Fahrtwind die Wollmütze in die Stirn, setzte seine Sonnenbrille auf, startete durch, den Daumen nach oben und raste um die Ecke. Dem Bengel werde ich zeigen, was eine väterliche Harke ist. Er gab Gas.

Die milchige Wintersonne stand schräg über dem Horizont. Sehr warm war es nicht. In der Nacht hatte es noch gefroren. Er nahm sich vor, nur eine kleine Runde zu drehen. Verfluchte sein scheißväterliches Heldentum. Und das bei dem Wetter. Die Kälte kroch ihm die Beine hoch. Wäre es warm, dann hätte es vielleicht Spaß gemacht.

Er schaltete den Gang höher, die Maschine zog an, da vorne kam die Kurve an der Vogelkoje, kurz danach wollte er umdrehen. Sanft legte er die Maschine in die Biegung der Straße. Auf der dünnen Eisschicht spiegelten sich die Sonnenstrahlen ... Gleiten ... Rauschen ... alles war weich und leicht ... die Maschine drehte sich wie ein Kinderkreisel ... es wurde hell ... immer heller ... Anna kommt Montag ... die Helligkeit blendete, brach sich ... wurde weniger, immer weniger ... war nur noch ein schmaler Streifen ... verlöschte ...

Inken hatte es zuerst gehört, beim Bäcker fragte jemand, ob sie es schon wüßte, auf der Lister Straße wäre der Weißenfels mit dem Motorrad verunglückt. Entsetzt hatte Inken ihr Brot eingepackt, in dem Moment, als sie den Laden verlassen wollte, hörte sie weitere Wortfetzen, der verrückte Kerl, in seinem Alter, ohne Helm. Sie hatte bis zu dem Zeitpunkt geglaubt, sie sprachen von Stephan, dem Sohn.

»Nein, nein, Frau Bahnsen, der Anwalt, der Vater. Sie kennen ihn doch.«

Inken versagten die Beine, sie hielt sich am Tresen fest. Dennoch fragte sie nach. Jetzt wäre er in der Nordsee-Klinik, erfuhr sie, aber Kröger, der von der Post, wäre kurz nach dem Unfall dort gewesen; er war es auch, der die Ambulanz gerufen hatte, er hatte gesagt, es sähe nicht gut aus.

Christiane und Inken sind sofort in die Klinik gefahren. Gerda von Weißenfels kam ihnen mit ihren Kindern entgegen und fiel Christiane in die Arme, stumm vor Schmerz. Leere, verschreckte Augen sahen Inken und Christiane an.

Fassungslos standen Stephan und Alexandra im Klinikgang.

Christiane zog Gerda auf eine Bank, ihr schwindelte, sie konnte alles nicht begreifen. Hier irgendwo in diesem Haus lag VW. Er würde nie wieder lachen, nie wieder reden, nie wieder ..... Wortlos, machtlos, hilflos versuchte Christiane, sich in die Situation zu finden.

Später wußten alle nicht mehr, wie lange sie dort gewesen waren. Trauer läßt die Zeit stillstehen. Was ist eine Stunde, wenn man mit der Endgültigkeit konfrontiert wird?

»Anna«, hatte Gerda gesagt. »Wir müssen uns um Anna kümmern.«

Rainer Wolfson war bei einem Kunden in Blankenese, Christiane hat ihn dort gegen Mittag erreicht. Er war es, der zu Anna gefahren ist.

Sie hatte stumm zugehört, nichts gefragt, nicht geweint, nichts. »Wann können wir fahren, Rainer. Ich muß nur ein bißchen einpacken, dann bin ich soweit.«

Mit ihrer kleinsten Reisetasche stand eine schmale, blasse Anna eine Viertelstunde später vor ihm. »Wir können fahren, Rainer. Bitte komm.«

Rainers BMW bahnte sich seinen Weg zur Autobahn, leichtes Schneetreiben hatte eingesetzt.

»Danke, Rainer.« Mehr hatte Anna nicht gesagt, während sie unterwegs waren. Er hat sie in ihren Gedanken nicht gestört. Auch er stand wortlos und fassungslos vor allem, auch er hatte einen Freund verloren.

Auf dem Autozug ergriff Anna seine Hand: »Rainer, ich bin so hilflos.«

Anna hat auf ihre Weise von VW Abschied genommen; sie hat bei *Leysieffer* Kaffee getrunken, jeden Tag, wie damals im letzten Sommer. Fiete hat sie begleitet, überallhin. Sie ist am Meer entlanggelaufen, dachte an Cannes, an Mougins und Paris. Manchmal konnte sie vor

Tränen nichts mehr sehen, aber am Strand verläuft man sich nicht, da geht es immer geradeaus. Fiete wich nicht von ihrer Seite, seine Hundeseele spürte, daß eine Menschenseele fast zerbrochen war. Nachts lag er vor Annas Bett.

Zwei Tage später waren Philipp und Maximilian auf der Insel. Es war rührend anzusehen, wie zwei so schlaksige Kerle mit Anna umgingen, wieviel Feingefühl beide entwickelten. Inken und Christiane umsorgten Anna; es war leise und still im Bendix-Haus.

Gerda von Weißenfels rief Anna an, bat sie zu sich.

Alles im Leben ist eine Frage des Stils, der Klasse. Gerda von Weißenfels zeigte, daß sie das »von« zu Recht in ihrem Namen trug. Viel geredet haben sie nicht miteinander, spürten dennoch, wie nah sie einander in ihrer Trauer waren.

Zum Abschied für VW wollte Anna in Westerland einen Rosenstrauß kaufen. Eine fröhliche, kompakte, kleine Friesin bediente sie, fragte nach Annas Wünschen.

»Tja, Rosen, meine Dame, da habe ich etwas ganz Besonderes, hier.« Sie zeigte auf eine Vase, randvoll mit porzellanfarbigen Rosen. Stolz sagte sie: »Is 'ne ganz neue Züchtung – *lareine de Franze* –«

Anna mußte lächeln, gleichzeitig schossen ihr Tränen in die Augen, denn wäre VW jetzt hier, würden die Scheiben klirren. *Lareine de Franze*!

»Ich möchte sie alle, bitte.«

»Da mach ich Ihnen einen schönen Strauß von, so'n plusterigen, hoffentlich können Sie ihn auch tragen, der wird ganz schön üppig. Is er für ein' besonderen Anlaß?«

»Ja.« Mehr konnte Anna nicht sagen.

»Dann kann er man ja nich üppig genug sein, nich?«

Anna hielt ihren Rosenstrauß fest umklammert, als könne er ihr Halt geben, rechts und links von ihr saßen Philipp und Max. Für Anna schien alles nicht real, sie nahm es wie durch Wattepolster wahr, die Reden, die Orgel, sie dachte an Mougins und sah VWs lachendes Gesicht vor sich. Was hatte sie damals gedacht... Wenn an diesem Abend die Erde explodiert, rauschen wir gemeinsam in die Ewigkeit... jetzt war er vorausgegangen...

Die St.-Severin-Kirche war übervoll; viele waren aus Düsseldorf und Umgebung angereist, denn Gerda von Weißenfels hatte entschieden, VW auf der Insel zu beerdigen. »Dann ist er näher bei Ihnen, Anna. Außerdem liebte er seine Insel, was soll er in Düsseldorf.«

Langsam gingen sie über die gefrorenen Wege des Friedhofs. Es war ein sehr kalter Tag, obwohl die Sonne schien. Der Wind, der auf der Insel nie aufhört zu wehen, machte sich in Hüten und Tüchern zu schaffen und rötete die Nasen. Anna bemerkte es nicht, ihr war auch nicht kalt. – Sie warf ihren Rosenstrauß zu ihm hinunter, dachte, auf immer und ewig... auf immer... da waren Philipp und Maxi hinter ihr, hielten sie fest. Über die Schulter sah sie noch einmal auf die Rosen, dann lächelte sie unter Tränen, was niemand wußte, sie hatte ihre Mütze, »Festival de Cannes«, zwischen Stiele und Blüten gesteckt. Ich liebe dich, VW... Jetzt haben wir bis in alle Ewigkeit ein kleines Geheimnis...

Ja, Anna, sagte sie sich, so war der endgültige Abschied von VW. Nun saß sie in München, war bereit für einen Neubeginn. VW, das wußte Anna, würde in ihren Gedanken weiterleben, auf immer und ewig.

Der Mai war gekommen, die Bäume zeigten die ersten Blätter, in den Biergärten am Chinesischen Turm und im

Osterwaldgarten jausten die Müncher bereits unter freiem Himmel, frühstückten in der Mittagssonne im *Extrablatt*.

Anna hatte die vergangenen Wochen genutzt, hatte sich mit ihrer näheren Umgebung vertraut gemacht und eroberte dann die Gegend um den Marienplatz, die Maximilianstraße und den Odeonsplatz.

Auf dem Viktualienmarkt hatte sie bereits »ihre« Standlfrauen, bei denen sie Obst und Gemüse, sowie Eier und Käse kaufte. Die Sprachbarriere hatte sie überwunden, sich schnell ins Bayrische eingehört; daß sie mit »Grüß Gott« guten Tag sagte, war doch immerhin ein Anfang.

Pöhlke lieferte ihr peu à peu Näheres zur Wohnanlage und seinen Bewohnern. Nicht daß Anna neugierig war, aber der Mensch will informiert sein. Zudem hatte sie bei Erwin Pöhlke leichtes Spiel gehabt, er unterhielt sich gerne mit Anna. Gab seine Statements zur Politik, zum Wetter, der wirtschaftlichen Lage und dem Fernsehprogramm. Mit anderen Worten, es gab nichts, worüber man mit Pöhlke nicht reden konnte.

Er war es auch, der Anna über ihre Nachbarn aufklärte. Über die anderen Leute. Wer und wo mit wem und mit wem nicht.

»Wissen Sie, Frau Sanda, mir entjeht ja nischt; nie vazagen, Pöhlke fragen.«

Auch hatte er Anna die höheren Weihen des Waschkellers erteilt. »Mittwochs ist Ihr Tag, da können Sie von morgens bis abends waschen, an den anderen Tagen auch, aber nur wenn frei ist. Wir haben nur einen Waschbären im Haus, das ist die vonne erste Etage, die Frau von dem Konservenfritze, wat heißt Konserven, eigentlich macht er mehr in Gurken, Gewürze, Dill, Salz, na eben so allet, wat man unter 'ne richtige Gurke versteht. Wo war ick, ach ja, also Gurke, ick meene, Sie können immer waschen, wenn nicht gerade Frau Gramlinger alle Maschinen laufen hat, ick globe manchmal, die hat heimlich 'ne Wäscherei.« Damit lachte Pöhlke sich davon, um geräuschvoll zwei lange Stunden den Rasen zu mähen.

Pöhlke entwickelte eine »Annatreue« wie Fiete. Er spürte, daß er manchmal etwas länger mit ihr plaudern mußte, um sie abzulenken, wovon auch immer.

»Der junge Mann gegenüba, det is'n Schauspiela, ick globe, 'n richtig juta, ick hab ihn neulings in't Fernsehen jesehn, 'n Krimi, da hab'n sie ihn erschossen, also doll, Frau Sanda, wie dot der war, richtig jut, toter jing et jar nich, ehrlich: dufte.«

Pöhlke war Annas Lebenselixier. Ein Tag ohne Erwin Pöhlke war ein verlorener Tag.

»Hab ick Ihnen schon erzählt, wer unten links wohnt? Familie Gobrecht-Classen; ick könnt ma dotlachen, also Gobrecht-Classen hat den Namen von seine Olle mit anjenomm'n. Bei dem piept doch die Seele, Frau Sanda, aba et kommt noch schlimmer, er hat sein Muttajahr jenommen. Sie geht auf de Uni, er macht det Bunte, wäscht Windeln und so. Det Ganze nennt sich offiziell Mann. Is wohl der Tränd der Zeit. Aber nischt für Pöhlke.«

»Ja, und auf der anderen Seite im Parterre, da wohnt 'ne Stewardeß, aba die ist meistens inne Luft. Und inne erste Etage, die kennen Sie ja schon, die Gramlingers, die Gurken«, setzte er erklärend hinzu. Anna nickte, sagen wollte sie nichts. Pöhlke war so schön im Fluß. »Auf der anderen Seite von de ersten Etage, da wohnt Alfred Tögel, Junggeselle.« Pöhlke grinste. »Der hat öfters mal Besuch von seinem reizenden Neffen.« Pöhlke zwinkerte.

»Tja, einem juten Hausmeista entjeht nichts. Schönen Tach och, Frau Sanda.« Er lüftete kurz die Mütze und verschwand.

Anna setzte sich mit einem zweiten Kaffee auf den Balkon, las ein wenig in der *AZ*, blätterte sich durch die *Elle*, mit neuester Sommermode, präsentiert von magersüchtigen Teenies, igitt! So viele glatte, leblose Gesichter; nur weil eine gewisse Anzahl von Redakteuren vom »Jackson-Syndrom« befallen ist oder in die Ecke »schöner Knaben« tendiert, haben die Frauen ab Ende Dreißig erhebliche Schwierigkeiten und sind mit vierzig dann ein Gruftie. Warum lassen wir blöden Weiber uns das bieten?

Mit kühnem Schwung feuerte Anna die Hochglanzpostille in den Müll. Wenn das nur alle Frauen täten, dann wären diese Gören out. Aber du solltest ein bißchen was für dich tun, dachte sie; und nichts hängen lassen!

So schrieb sich Anna in einer Fitneß-Oase an der Leopoldstraße ein, ging einmal pro Woche auf die Sonnenbank, kaufte sich ein Fahrrad für die Wadln und holte zum cremigen Rundumschlag in der Maximilianstraße aus.

Durch das Fitneß-Programm wurden ihre Tage kürzer, die Abende verbrachte sie mit Büchern oder vor dem Fernseher.

Christiane kümmerte sich per Telefon um die Freundin und schickte abwechselnd Lorenz oder Maxi vorbei, wenn er in München war, die abwechselnd Anna zum Essen ausführten oder schon mal ins Kino.

In Hamburg war Philipp währenddessen damit beschäftigt, sich auf die obere Etage zurückzuziehen.

Was hatte er gesagt: »Oh Mami, der arme Papi.«

Durch das Fahrrad war Anna beweglicher, ansonsten nahm sie die U-Bahn an der Münchner Freiheit, ein Steinschlag von ihrer Wohnung entfernt. Unterirdisch kannte sie sich bereits bestens in München aus, sie wußte, mit welcher Bahn sie am schnellsten wohin kam und wie viele Felder sie auf der Streifenkarte entwerten mußte: »Beherrscht einer die U-Bahn-Verbindungen, kennt er die Stadt«, hatte Max ihr bei Würschtl und Kraut im Biergarten erklärt.

Max war überhaupt sehr anhänglich, wann immer er in München war, fand er sich bei Anna ein. Er erzählte ihr, daß er aller Wahrscheinlichkeit nach in München weiterstudieren wollte.

»Wieso das denn?« fragte sie ihn. »Wegen der Liebe?«

»Genau deswegen«, strahlte Max. »Aber noch nichts auf die Insel vermelden. Manchmal fahren auch sehr nette Mädchen richtig gut Ski und nicht nur Après. Noch ist alles top-secret, nur du weißt davon.«

Das Fitneß-Centrum machte Anna viel Spaß und bot reichlich Abwechslung: Eines Abends – sie hatte ihr Fahrrad in der Garage geparkt und ging mit müden, durchgestretschten Beinen von Stufe zu Stufe – hörte sie ihr Telefon läuten. Mit letzter Energie hechtete sie nach oben. »Sander.«

»Guten Abend, Anna, störe ich?« fragte ein schüchterner Heinrich. Anna sortierte ihre Luft, Fitneß, Radl fahren, Treppen hochhechten und Heinrich, sie atmete ruhig aus ...

»Nein, überhaupt nicht.«

»Können wir ein bißchen reden, Anna?«

»Natürlich, es gibt Ehepaare, die reden durchaus miteinander. Soviel ich weiß, lieber Heinrich, sind wir immer noch miteinander verheiratet.«

Warum ruft er hier an? Was soll das heißen, was will er? dachte Anna. »Gibt's was Besonderes, oder rufst du nur so an, Heinrich?«

»Gaby.« Er schluckte. »Anna, sie hat die ganze Wohnung apricot und türkis streichen lassen. Frau Becker spricht kein Wort mehr mit mir. – Anna, ich lebe in einer Bonbonschachtel!«

Er war so ehrlich, rundherum verzweifelt. – Heinrich oder ein Puppenheim. – Man hatte Gaby aus Altwarmbüchen geholt, aber Altwarmbüchen nicht aus Gaby. Wie sollte sie das Heinrich klarmachen?

Auf Annas Frage, wo Gaby jetzt sei, antwortete er: »Squash, sie spielt einmal die Woche Squash.«

Der arme Heinrich, nur einen Abend hatte er frei. Heute war das Elend über ihm zusammengeschlagen, er mußte mit einem Menschen reden, warum nicht mit Anna, seiner Frau ...? Männer ...!

Anna erfuhr auch noch im Laufe des Gesprächs, daß er jetzt im Himmelbett läge. Als Heinrich das berichtete, hat Anna mit letzter Kraft »Moment, hier hat's geklingelt« gesagt, den Hörer in den Sessel fallen lassen, ein Kissen darüber gelegt und laut gelacht und gelacht. – Ihr Heinrich im Himmelbett! –

Nachdem sie ihre Fassung wiedergewonnen hatte, nahm sie den Hörer zurück. »So, da bin ich wieder.«

»Anna, darf ich dich von Zeit zu Zeit einmal anrufen?«

»An deinen freien Abenden?«

»Bitte, Anna«, hatte er gefiept.

Anna hatte ihm verbal unter die Arme gegriffen, ihm Mut zugesprochen. Der blanke Irrsinn. Nochehefrau hilft Ehemann, mit junger Freundin zurechtzukommen. Das muß mit dem Ozonloch zusammenhängen, daß wir alle leicht gaga sind, dachte Anna.

Sie trennten sich in alter, neu aufpolierter Freundschaft. »Und Heinrich, verhedder dich nicht in den Volants. Ein Unfall hat gereicht.«

»Wie bitte?« fragte leicht dümmlich Heinrich.

»Himmelbett«, sagte betont langsam Anna. »Gute Nacht, paß auf dich auf.« Dann hat sie aufgelegt.

»Moin, Frau Sanda, Pöhlke hier, können Se kurz ma runter kommen? Ick hab hier watt ... Ja, ick bin sozusagen in mein Büro. Ja, ick warte, bis gleich.«

Anna ging durch die unteren Gänge, die die Häuser miteinander verbanden. Sie läutete an Pöhlkes »Büro«.

»Kommen Sie rein, Frau Sanda.«

»Was ist es, was haben Sie denn für mich?«

»Det steht gleich hinter der Tür.«

»Schwer?«

»Nee.«

»Christiane!« Anna fiel der Freundin um den Hals.

»Sollte hier Rührung aufkommen, is Pöhlke weg.« Er lachte und zog die Tür hinter sich ins Schloß.

»Na, ist die Überraschung gelungen, Annachen? Auf dein Gesicht habe ich mich tagelang gefreut. Die Idee mit dem Hausmeister hatte Inken. Sie meinte, der muß nett sein, sonst hätte Anna nicht so viel von ihm erzählt.« Sie sah ihre Freundin an. »Gut siehst du aus, noch ein bißchen dünn, aber ansonsten sehe ich, München bekommt dir.«

»Wie lange hast du Zeit?«

»Ich bleibe eine Woche, Anna. Wir können viel unternehmen, viel miteinander reden. Es wird auch Zeit.«

»Wenn du einige Tage bleibst, können wir auch zu mir in die Wohnung gehen!« Lachend verließen die Frauen Pöhlkes Büro. Im Treppenhaus begegneten sie Gabor Camerini, er duftete grüßend an den Damen vorbei.

»Sexy...«, staunte Christiane.

»*Obsession*«, antwortete Anna.

»Anna, nicht wie er duftet, wie er aussieht!«

»Ja?« Anna hatte ihn sich noch gar nicht angesehen, ihn immer nur vorbeiduften lassen.

Christiane war von Annas Wohnung begeistert. Wie überhaupt von der gesamten Anlage. »Der Lorenz Melchinger hat für manche Dinge ein Händchen. Und für manch andere eine Pranke.«

Wie leicht es sich über Erlebtes reden ließ, wenn es passé war.

Anna deckte für beide den Frühstückstisch draußen auf ihrer kleinen Terrasse. Zwischen Semmeln und Kaffee hörte sie von Rainer, Inken und Fiete, daß Günni und Klausi auch inzwischen zweimal dagewesen waren. Liebe Grüße von allen. Sie erfuhr, daß einige Geschäfte die Insel verlassen hatten, neue gekommen waren, daß viel gebaut wurde, daß Melchinger und Partner zu tun hatten und glücklich waren!

Christiane sah ihre Freundin an. »Mindestens einmal die Woche sind wir bei VW; auch er läßt dich grüßen.«

Anna lächelte.

»Es hat sich so bei uns eingebürgert. Wann immer einer von uns nach Keitum muß, machen wir halt bei ihm.« Christiane redete ganz natürlich über das, was Anna sehr beschäftigte, drumherum zu maikäfern entsprach nicht ihrer Art: »Anna, wir haben ihn in unser Leben integriert, sonst wären selbst wir verrückt geworden, glaub mir... Gibst du mir bitte noch eine Tasse Kaffee?«

Ein wolkenloser Himmel strahlte ihnen aufs Frühstück, eigentlich war in München schon Sommer.

»Hat er Blumen?« fragte sie schüchtern.

»Du kennst doch Inken, Anna. Die kümmert sich in deinem Namen um alles, sattelt Harke und Gießkanne und radelt in Richtung Keitum.«

»Ich liebe euch alle. Sehr, Christiane ... Danke.«

Mindestens zwei Stunden haben sie beim Frühstück gesessen, ganz wie in alten Zeiten ...

»Heute abend gehen wir um die Häuser, liebe Anna. Lorenz hat eingeladen, um neunzehn Uhr sind wir bei ihm zum Drink, dann werden wir sehen, was er sich hat einfallen lassen. – Und jetzt geht's in die Stadt, ich will einiges einkaufen, ab und zu muß ich Großstadt total tanken, dann bin ich wieder reif für die Insel.

Am Odeonsplatz sind sie ausgestiegen, haben den Löwen vor der Residenz an die Nase gefaßt, weil – wie sagen die Bayern, es bringt Glück. Von *Lodenfrey* zu *Maendler* und *Beck*, vorbei an *Ralph Lauren*, *Bogner* und *Henry's Cotton*. Ein Zwischenstopp bei *Dallmayr*, um einen Salat zu essen und weiter ging's. *Jill Sander*, *St. Laurent* und als letztes zu Fuß über die Leopoldstraße von Laden zu Laden nach Hause. Sie haben die Schuhe in die Ecke gekickt und sich einen doppelten Espresso gemacht. Puuh! Meine Füße. Aber es war schön, darüber waren sich beide einig.

»Wollen wir schwimmen?« fragte Anna. »Hier im Haus ist ein Schwimmbad, los komm. Bademantel und Anzug kannst du von mir haben.«

Anna hatte bis dahin von der Anlage noch keinen Gebrauch gemacht, mit Christiane an der Seite aber wurde sie mutig.

Unten drehte Frau Gramlinger ihre Runden, später schwappte sie an Land. Anna ging zu ihr.

»Guten Tag, ich bin Anna Sander, ich wohne oben.

Entschuldigen Sie, daß ich mich noch nicht vorgestellt habe.«

»Angenehm, Gramlinger.« Sie streckte Anna ihre nasse Hand entgegen, griff zum Badelaken und verschwand.

»Ich habe mich hier noch niemandem vorgestellt, das fällt mir erst jetzt auf.«

»Das würde ich aber schnell nachholen, besonders bei deinem direkten Gegenüber; wer weiß, wann und wie man einen Nachbarn einmal braucht.« Christiane sprang sicherheitshalber, bevor sie von Anna geschubst wurde, ins Wasser. »Mr. Obsession, huhu!« Sie tauchte durchs Becken. Während sie ihre Runden und Bahnen schwammen, erzählte sie Christiane von ihrem Erlebnis mit der blonden Dame, die sie irrtümlich für seine Mutter gehalten hatte. Prustend und lachend verließen sie das Schwimmbad.

Oben angekommen, haben sie es sich in den Polstern gemütlich gemacht, um zu reden und zu reden und zu reden.

Fast wurde die Zeit knapp, sie mußten ordentlich Tempo vorlegen, um pünktlich bei Lorenz zu erscheinen.

»Mein Leben war bis heute morgen sehr ruhig, nun hängt mir die Zunge aus dem Hals.«

»Was glaubst du wohl, warum ich hier bin? Los, klingel schon mal. Ich zahle inzwischen das Taxi.«

»Herrschaftszeiten, Respekt, die Damen. Ja, schaut's ihr toll aus.« Lorenz sah von einer zur anderen. »Wie gut, daß ich in der *Aubergine* einen Tisch bestellt habe, alles andere wäre für heut daneben gewesen; mei, seht ihr gut aus.«

»Tja, lieber Lorenz, zu spät, zu spät. Ich bin nur noch deine Vergangenheit.«

Er servierte Champagner. – Christiane sah sich in ihrem gewesenen Zuhause um. Alles war noch beim Alten, kein Möbel verrückt, keine neuen dazugekommen. Der große Wohnraum strahlte noch dieselbe warme Atmosphäre aus, wie in den »guten alten Zeiten«. Hier war Maxi herumgelaufen, hatte die ersten zaghaften Schritte gemacht, Honigbrote auf französische Leinensessel geklebt und den Kakao über hellen Chinesen verschüttet. Wenn man genau hinsah, konnte man es noch erkennen. Menschen verändern sich, Flecke bleiben.

»Also fremdeln tue ich hier immer noch nicht, Lorenz.«

»Egal was mit uns passiert ist, fang damit auch gar nicht erst an, hast mi.«

»Wir haben nicht gegessen, nein, wir haben Völlerei getrieben, es war himmlisch, Lorenz. Lieber Lorenz, wir müssen die Kalorien loswerden, ab in die Disco. Ins *P 1* oder wohin du auch willst.«

Auf dem Weg zum Taxi protestierte Anna leicht vor sich hin, Christiane stupste Lorenz an, signalisierte: nicht hinhören.

»One day in your life«, kiekste Michael Jackson über Super-Dolby, und Lorenz, Anna und Christiane schluckte die Masse. »My cherie amour«, sang nun Stevie Wonder.

»Du tanzt doch, oder?« Anna wurde mitgezogen und swingte fast ohne zu wollen mitten unter den Leuten. Sie sah sich ihren Tänzer im Schein des Flashlights näher an. Hilfe, der war so alt wie ihr Philipp, na, wahrscheinlich ist das Licht hier sehr günstig. »Never saw a miracle«, prasselte als nächstes auf sie nieder … Ich auch nicht, dachte Anna, außerdem waren alle Fluchtwege versperrt.

»Bist du von München?« fragte ihr Mittänzer.

»Nein, Kurgast«, antwortete ihm Anna. So ein gelacktes Bürschchen hatte ihr gerade noch gefehlt, da wurde es schmusig mit »Lady in red«, und bevor der Knabe sie ohne Warnung an sein Armani-Sakko drücken konnte, tauchte Lorenz auf.

»Sie entschuldigen, aber dieses Lied tanze ich immer mit meiner Frau. Wenn Sie verstehen, es ist unser Lied.«

Der Jüngling ließ zögernd von Anna ab und gab sie an Lorenz weiter. »Auf später.«

»Danke, Lorenz.« Erleichtert fiel sie ihm in die Arme.

»Bedank dich bei Christiane, ich bin für solche Entscheidungen zu schusselig.«

Anna tanzte Lorenz langsam zu Christiane an die Bar. »Cobra, übernehmen Sie.« Alle haben gelacht.

Am nächsten Morgen beim späten Frühstück sagte Christiane über den Rand ihrer Kaffeetasse: »Übermorgen haben der Lorenz und ich unseren Scheidungstermin in der Pacellistraße. Das einzig Blöde ist, es ist so früh angesetzt, gleich um neun.«

»Früh auf und früh zu Bett gibt 'n guten Milchmann; das schaffen wir schon, Christiane.«

»Was ist mit deiner Scheidung, eingereicht ist sie doch?« fragte Christiane die Freundin.

Anna erzählte, daß Heinrich damals, weil es ihm auch sehr pressierte, gleich eingewilligt hatte. Sie hätten Termin im März haben sollen, aber Heinrich hatte alles vertagen lassen. »Du weißt warum ... Ich muß mich kümmern, gut, daß du mich erinnerst. Ach, Christiane, manchmal weiß ich nicht, wie alles weitergehen soll.«

»Eines ist sicher, du mußt raus aus deinen vier Wänden, mußt etwas anfangen. Brüten und Warten, die Tage verstreichen lassen ist schwachsinnig. Such dir einen Job, Anna Sander. Ich meine das ernst.«

»Aber was kann ich denn eigentlich? Im Grunde nichts«, antwortete ihr Anna.

»Du hast gezeigt, wie schnell du dich in neue Aufgaben findest, damals, als ich im Krankenhaus lag. Laß mich nur überlegen; mir fällt schon etwas ein. Frau Sander willst du doch wohl nicht bleiben? Es wird sich geschieden und ein Job gesucht. Mir fällt etwas ein, sei sicher. Für Drohne-Matrone bist du zu jung und zu schade. Komm, wir gehen erst mal schwimmen.«

Im Schwimmbad planschte Tögel mit einem Neffen.

»Dem fehlt nur noch der Gummischwan«, flüsterte Anna Christiane im Vorbeigehen ins Ohr, laut sagte sie: »Guten Morgen, Sie sind sicher Herr Tögel, ich bin die Anna Sander aus dem zweiten Stock.«

»Echanté, meine Liebe, enchanté«, winkte Tögel zu ihr hinüber. Eisern hielt er seinen Kopf über Wasser, damit die sorgfältig gelegten Strähnen seiner Resthaare nicht durcheinandergerieten.

»Hallöchen«, winkte der Neffe, stieg flugs aus den Fluten, um Anna und Christiane seine Bodybuildingstudio-Muskulatur zu präsentieren. »Kommst du«, hauchte der in Pose stehende Knabe Onkel Alfred zu.

Alfred Tögel zog den Bauch ein, hielt die Luft an und entstieg mit gerader Brust den Fluten. Beide verschwanden.

»Das ist 'ne Modetucke, stimmt's?« fragte Christiane. »Den kenn ich von Sylt, den nennen sie dort Pailletten-Alfie, der macht Abendfummel, richtig?«

»Keine Ahnung, ich weiß noch nichts über meine Mitbewohner, nur, daß der mir gegenüber Schauspieler ist.«

»Aber das weißt du immerhin schon, Frau Sander.«

Die Tage mit Christiane waren herrlich.

Zum Scheidungstermin ist Anna mitgegangen, es blieb doch innerhalb der Familie. Nur sieben Minuten hatte sie draußen auf dem Gang gewartet, da kamen Melchingers lachend heraus.

»Nun hab ich mich extra so aufgemandelt«, stöhnte Lorenz, »völlig umsonst, da hätt ich auch im Nachthemd kommen können.«

»Nutzen wir die Gunst deiner Eleganz und gehen auf einen Endgültigkeitschampagner ins *Vier Jahreszeiten*.« Christiane hackte sich rechts bei ihm unter, Anna links.

»Wenn doch alle Scheidungen so verlaufen würden«, sagte beider Anwalt zur Richterin ...

Zu Hause kam ihnen Pöhlke mit einem Blumenstrauß entgegen: »Der ist für die Frau Melchinger.«

Christiane wickelte einen dicken Frühlingsstrauß aus, in der Mitte steckte eine Postkarte, auf der ein Oldtimer abgebildet war; über dem Kofferraum prangte ein Schild: »Just Divorced«. Umseitig stand: »Alles hat ein Ende ... Glück, Kuß, Umarmung, Dein Scheidungswaise Maximilian. P.S.: Grüße an Anna.«

Seinem Vater hat er die gleiche Karte mit einem Alpenveilchen geschickt ... Man muß die Feste feiern, wie die Scheidungen fallen. Weil es eine urige Scheidung war, waren sie anschließend auch urig essen.

Spät am Abend haben Anna und Christiane in den Polstern gehangen, stundenlange Weißt-du-noch-wie-Gespräche geführt. Fast die ganzen Jahre Revue passieren lassen. Die Zeit mit Heinrich, Lorenz und den Kindern, Sylt, die Familienfeste und und und ... sie kramten tief in den Kisten.

»Es waren schöne Zeiten, aber jetzt ist es auch

schön ... anders schön. Für dich wird es auch wieder besser, Anna.

Übrigens sind wir morgen mittag bei einem Um-drei-Ecken-Cousin von mir. Er hat eine Galerie. Ich würde es sehr gern sehen, meine Dame, wenn du dort ein bißchen Mitarbeiterin werden könntest. Er heißt Achatz von Dannenberg, ist leicht degeneriert, leicht angetuckt, ansonsten aber furchtbar nett. Da staunst du, was?

Action ist angesagt!«

Christiane kam mit zwei Gläsern Wein aus der Küche und brachte folgenden Toast aus: »Auf jetzt und alles und überhaupt.«

Anna war sprachlos. Wie hatte Christiane das nun wieder eingefädelt? Achatz, so dachte sie, hört sich an wie der Stein oder Briefbeschwerer aus dem Kunstgewerbeladen, Achatz mit Bernstein in Silber.

Er war ganz anders und nur sehr leicht angetuckt; hätte Christiane es nicht erwähnt, hätte Anna es nicht bemerkt.

»Sagen Sie bitte nicht Achatz zu mir, Anna, nennen Sie mich bei meinem zweiten Namen, Sebastian. Für die Bayern bin ich eh der Wastl oder der Seppi.«

Nett war er, gut aussehen tat er auch.

Wenn sie zweimal die Woche kommen könnte sowie nach Absprache, es wäre fabelhaft, dann könne er sich um diverse andere geschäftliche Dinge kümmern. Das wäre pfundig. Anna gefiel seine Art und vor allem seine Galerie. Sie lag an der Brienner Straße; vor den riesigen Glasfenstern machte sich eine alte Kastanie breit, die Atmosphäre, inklusive dem Drumherum, war wundervoll.

Zur Zeit zeigte Wastl Dannenberg einen englischen Maler. Großflächige Bilder in starken, kräftigen Farben. Was man nicht erkannte, konnte man erträumen. Als nächstes, erfuhr Anna, stelle er einen Ungarn aus. Mit Bildern und Plastiken. In fünf Wochen wäre Vernissage.

»Können Sie gestern schon anfangen, Anna?« Wastl machte Dackelaugen.

»Übermorgen kann sie, da bin ich wieder weg«, antwortete für Anna Christiane.

Manche Menschen verstehen sich in den ersten Minuten sofort, manche nie, und die haben von Fall zu Fall sogar geheiratet. Sebastian und Anna wußten, mit ihnen klappt die Zusammenarbeit, das tägliche Miteinander.

»Haben Sie ein Auto, Anna?«

»Ja, aber es steht halb vergessen in Hamburg.«

»Wir bekommen es schon irgendwie herunter, es wäre ganz nützlich, den Wagen hier zu haben. – Das wäre der geschäftliche Teil, nun, meine Damen, lade ich euch ins *Roma* ein, zu Scampi und Weißwein oder was immer ihr wollt. Ich möchte mit euch angeben, ihr seid zwei wirklich attraktive Damen. – Alter kennt ihr wohl nicht, was? Christiane Melchinger, ich danke dir für Anna Sander.« Wastl prostete seiner Cousine zu.

Anna warf Christiane einen vielsagenden Blick zu, der heißen sollte, dabei bin ich doch noch am Rande des Tiefs. Aber wenn das so ist, wird es wohl wieder, dachte Anna.

»Daß ich ein wenig Schiß haben könnte, meine liebe Christiane, kommt dir nicht in den Sinn. Ich kenn mich überhaupt nicht mit Kunst, Bildern etc. aus.«

»Anna, wir haben so viele, gut bestückte Büchereien, du kannst dir eine Menge anlesen; wenn du etwas nicht weißt, wirst du halt ein bisserl improvisieren. Und mit etc., was immer du damit meinst, kennst du dich aus! Auch wächst der Mensch mit seinen Aufgaben«, lachte Christiane.

Bester Stimmung kamen sie nach Hause. Auf dem Weg kam ihnen schwer bepackt Gabor Camerini entgegen. Ein Koffer, Reisetaschen, der obligate Kleidersack, alles sehr elegant; weniger elegant die Plastiktüte, die dazwischen baumelte.

»Na, geht's zum Zelten, ein Pfadfinderwochenende?« fragte frech Christiane. Anna stieß ihr kurz und kräftig die Hand ins Kreuz. »Kennen sich die Nachbarn eigentlich schon?« setzte Christiane noch drauf.

Dafür hatte Anna sie nicht gestoßen. Gabor ließ fallen, streckte Anna die Hand entgegen. »Camerini.« Dann sammelte er auf und verschwand Richtung Einfahrt, in der das Taxi bereits brummte.

Annas Hand roch nach *Obsession*. »Riech mal.« Sie hielt Christiane die Hand unter die Nase.

»Der scheint darin zu baden.«

Als nächstes trafen sie Alfie Tögel mit – es mußte der Zwilling des Neffen aus dem Schwimmbad sein. Genausoviel Muskeln, genauso ein nichtssagendes Gesicht, aber braungebrannt und blond, blond, blond. Beide hinterließen eine süßliche Duftmarke im Treppenhaus.

»Gans.« Christiane zog die Luft durch die Nase.

»Wohnst du nun in München oder bei *Fragonard* in Grasse? Wonach riecht eigentlich Herr Pöhlke?«

»Nach Kernseife, Schmieröl, Frischgemähtem, Torf und Ajax 2000, aber immer propper!«

Am letzten Tag des Christiane-Aufenthalts kam Maxi angereist, wenigstens ein gemeinsames Abendessen wollte er sich nicht nehmen lassen. Er fragte, ob er noch jemanden aus Siena mitbringen dürfte, sie könnten sich am Steuer dann abwechseln. Max fuhr jetzt ein VW-Cabrio.

Sie freuten sich auf ihn. Gegen neunzehn Uhr war Treffpunkt in der Melchinger-Wohnung. Wastl von Dannenberg war auch dabei und Lorenz' Neue oder Derzeitige. – Maximilians Begleitung war eine junge, sympathische, zudem sehr hübsche Italienerin. Herzlich wurde sie in die Familie aufgenommen, ohne lange Schweigeminuten oder ungemütliches Sitzen auf den Sofakanten. Das ist Maria. – Paßt scho, wie die Bayern sagen. – Lorenz hatte sich allem Anschein nach erst mal in der Kategorie unter dreißig ausgetobt. Die reizende Sybille war mollig, positiv und Mitte Dreißig; sie wurde ohne Tralala ganz selbstverständlich als dazugehörig betrachtet.

Lorenz spielte den Hausherrn, wie in alten Zeiten. Jeder unterhielt sich mit jedem, keiner fremdelte.

»Ich hab mir gedacht, Christiane, bevor du wieder zu den Nordlichtern mußt, verbringen wir noch einen richtigen Bayernabend, wir haben einen Tisch im Palais-Keller des *Bayerischen Hofes*.«

Geselchtes, Gesottenes, Gebratenes, Gedünstetes, mit Kraut, ohne Kraut. Mit Brezn, Weißbier und Wein. Die gute Laune hatten sie mitgebracht. Ein Abend, wie er schöner und bayrischer nicht sein konnte. Maxi hielt die Tischrede, die jedem Kabarettisten zur Ehre gereicht hätte.

Wastl-Seppi lud zum Nightcap zu *Roy*, »falls sich jemand verloben will, es gibt Champagner«.

Man fuhr zum Sendlinger Tor. Roy begrüßte die Truppe mit gewohnter Herzlichkeit. Gehörte er zwar zum Showbiz, so machte er dennoch kein großes Pipapo um sich; er nahm sich nicht wichtig. Seine Freude war echt.

Nur Max beobachtete Anna während des Abends bei

Roy, sie schien mit ihren Gedanken weit weg zu sein. Er ging zu ihr, legte den Arm um sie, nahm sein Glas, ließ es an das ihre klingen: »Auf ihn ... er wird immer dabeisein.« Er küßte Anna rechts, links und auf die Nase.

»Maxi, du bist rundherum liebenswert.«

»Bitte sag das Maria!« Lachend wandte er sich den anderen zu.

Am Ende eines langen, schönen Abends war es nicht mehr ganz dunkel, aber auch noch nicht ganz hell. Jeder umarmte den anderen. Melde dich! Ruf an! Kommt auf die Insel, Betten gibt es immer! Paßt mir auf Anna auf! Sei nett zu Sybille!

Sie riefen sich ihren Abschied zu, bis die Taxis sie geschluckt hatten.

Gegen Mittag brachte Anna Christiane zum Zug. Sie wollte sich mit Rainer in Hamburg treffen. »Privat und Kunden«, lachte sie. Am nächsten Tag ging es gemeinsam zurück auf die Insel. Anna versicherte, daß sie bald käme, noch vor der »Bauernhochzeit«.

Bei ICEs entfällt das Winken, kein Fenster läßt sich öffnen, aber vielleicht hat das auch sein Gutes. Einsteigen, Abpfiff, und weg.

Anna trödelte nach Hause. Wie leicht war es durch Christiane geworden, dachte sie. Eine langsam vor sich hin gilbende, leicht grünliche Witwe war sie nun nicht mehr, dank Wastl von Dannenberg.

»Tach, Frau Sanda, Sie sehn immer besser aus, nachdem der Umzugsstreß vorbei ist. Ick globe, München bekommt Ihnen, wa.«

»Ja, Herr Pöhlke, München bekommt mir.«

Es läutete an Annas Tür. Sie öffnete. Vor ihr standen fast zwei Meter Gestricktes, Handgestricktes. Oben war ein Kopf mit Strubbelhaaren und runder Schubert-Brille.

»Bitte entschuldigen Sie, daß ich Sie störe. Ich bin Franck Gobrecht-Classen.«

»Und ich bin Anna Sander.« Sie streckte dem Herrn die Hand entgegen.

»Freut mich... Frau Sander, ich habe ein Problem...«

Anna bat ihn hinein, er schüttelte den Kopf. »Danke, es geht nicht, ich bin mit einem Ohr unten, die Tür ist offen... Was ich Sie fragen wollte, es geht um folgendes... also...«

»Nun mal los, Herr Gobrecht-Classen, so schlimm kann es doch wohl nicht sein«, kam Anna ihm entgegen.

»Doch. Erdmuthe, meine Frau... also sie hat ihre Examensarbeit liegengelassen... das gibt Probleme, wenn Sie verstehen.«

Anna verstand nicht, hat aber verständnisvoll genickt. Gedacht hat sie, wie hat der Umstandskrämer je in seinem Leben... aber das gehört hier nicht her.

»Frau Sander, ich müßte ihr die Arbeit nachbringen... zur Uni... nur, ich habe den Friedemann... Es dauert maximal eine Stunde oder so...«

»Wenn er nicht beißt, her damit.«

»Beißt?« fragte verdutzt Gobrecht-Classen. »Der hat doch noch gar keine Zähne.«

Und du keinen Humor, dachte Anna. Lieb und nachbarlich freundlich sagte sie: »Aber selbstverständlich, absolut kein Problem, holen Sie ihn, avanti, avanti.«

Gobrecht-Classen eilte, so schnell es seine schlacksigen Beine in den Birkenstocksandalen zuließen.

»Er ist den Sack gewohnt, Frau Sander, wenn Sie ihn

netterweise umhängen würden, bitte«, bat Gobrecht-Classen.

»Ich mach das schon, nun aber ab zu Erdmuthe.« Damit drängelte sie ihn aus der Tür.

Der weißblaue Himmel tat wieder sein Bestes. Erdmuthe, die Naturfaserrabenmutter, hatte ihn in Schafswolle gesteckt – und das bei der Wärme. Anna hat das Bürschen ausgewickelt, nur mit Windel und Hemdchen lag er luftig in Heinrichs Cashmereschal und quiekte vor Freiheit und Vergnügen.

Friedemann genoß das Gefühl, weich und wohlig zu liegen. Es war ein ausgesprochen hübsches Kind, trotz Erdmuthe und Kratzewolle. Bei ihm und Anna war es Liebe auf die erste Windel.

Eineinhalb Stunden später erschien ein rotgesichtiger Gobrecht-Classen, er klingelte Sturm.

»Moment, ich wickel gerade den Kleinen«, log Anna und zog ihm die Kratzewolle wieder an. Dann öffnete sie.

»Tschuldigung, Frau Sander, aber erstens mußte ich mit unserem Tandem fahren und zweitens konnte ich meine Frau nicht gleich finden. Nun ist aber alles erledigt.« Franck Gobrecht-Classen war sichtlich erleichtert.

»Was studiert Ihre Frau?« erkundigte sie sich.

»Ökotrophologie.«

»Ah ... ja ... Also wenn mal wieder etwas ist, klingeln Sie nur, der Kleine ist reizend.«

»Danke, vielen Dank.« Gobrecht-Classen schlappte samt Friedemann wieder ins Parterre.

Anna wählte Kampen. Inken war am Apparat. »Inken, was ist Ökotrophologie?«

»Vielleicht ein Brettspiel unter Alternativen?«

Diese Antwort hat Anna nicht befriedigt, aber niemand, weder auf der Insel noch im Fitneß-Club, wußte etwas darüber. Biggi Burger, mit der Anna sich von Marterpfahl zu Marterpfahl etwas angefreundet hatte, fragte: »Ist das was Schweinisches?«

Biggi Burger war eine niedliche, sehr süße Person, nicht von des Gedankens Blässe angekränkelt, aber zauberhaft. »Ich bin hier, weißt du – ich darf doch du sagen – in unserem Alter muß man spätestens anfangen, etwas für sich zu tun. Anna, du machst es richtig, genau wie ich«, schnaufte sie, indem sie den Automaticexpander mühsam auseinanderdrückte, »wenn man so ab ... so ... du weißt, dreißig und drüber ist.« Anna saß am Rudergerät und tat ihr Bestes, sie nickte.

»Du, Anna, wir gehen nachher in den Biergarten, die Lena, die Helga, die Ute und Inge sind auch mit von der Partie. Kommst mit?«

Anna nickte ihr Okay, zum sprechen war sie zu angestrengt.

Die Truppe um Biggi waren echte Münchnerinnen. Beim G'spritzten, wegen der Kalorien, fragte man sie kurz nach ihrem Schicksal, nach ihrem Leben, um es dann zu vergessen oder zumindest, bis ein Notfall auftrat, Erlebtes, Erduldetes ad acta zu legen.

Anna hat ihnen lediglich erzählt, sie lebe in Scheidung.

»Das haben wir auch alle schon ein- oder zweimal hinter uns«, echote die Gruppe. – Jetzt wurde darüber gelacht ...

Biggi war die Party-Löwin, sie bekam die wichtigen Einladungen, selektierte, wen sie wann und wohin mitnehmen konnte. Manchmal ging sie auch alleine, dann war sie gerade frisch bemannt. Da Biggi alles mit Charme und kindlichem Augenaufschlag regelte,war es bei ihr völlig legitim, daß alle vier Wochen der Mann ihres Lebens bei ihr in dasselbe trat. Glückliche Biggi.

Wenn Anna nicht im Fitneß-Club war, paßte sie ab und an auf Friedemann auf und ging mit ihm, dem Beuteltier, Besorgungen machen.

»Na, Frau Sanda, die jüngste Mutta von de Anlage?« grinste Pöhlke. »Ick find det nett, dat sie Franckie-Boy die Freiheit als Mann ein bißchen zurückgeben. Der vakümmert ja in seine Pullova.«

Anna hatte Erdmuthe kennengelernt. Sie war mit einer Begonie bei Anna erschienen, um sich zu bedanken. Die Frauen hatten sich kurz unterhalten, blieben sich aber fremd. Annas Meinung nach hatte Erdmuthe zuviel Anliegen im Gesicht. Die Bäume, die Wälder, die Müllentsorgung und noch viel Problematisches mehr. Man kann über zuviel Umwelt auch die eigene vergessen.

Erdmuthe witterte mit dem Instinkt der Verbiesterten, daß Anna samt ihren Ansichten Franck nicht sehr gut tat. Sie wollte es nächsten Mittwoch – vorausgesetzt, Anna hatte Zeit für Friedemann – in ihrer Gruppe zur Sprache bringen. Die neue Situation schaffte bei ihr eine Blokkade, sie fühlte sich rein mütterlich gesehen in der Außenseiterstellung, das mußte man ausdiskutieren mit der Gruppe. Sie fühlte sich frauenspezifisch betroffen.

Pöhlke wiederum hatte Anna berichtet, daß Franck Gobrecht aus sehr betuchtem Zuhause kam, sich deshalb auch die Wohnung auf dem Gelände leisten konnte. Von Berufs wegen war Franck Journalist. Seinen Job aber hatte Erdmuthe ihm ausgeredet. –

Franck leitete als Redakteur damals – mußte man jetzt

schon sagen, eine beliebte Talkrunde im dritten Programm. Kennengelernt hatten sich die beiden in Poona. Er wollte die Sache da unten beruflich auf die Hörner nehmen, sie ihre damals schon leicht verquaste Seele ausfüllen.

»Eines Tages haben sie ihre kalten Füße zusammengelegt und er seine Freiheit und seine Sendung im Dritten an den Nagel gehängt«, beendete Pöhlke seinen Exkurs.

»Lieber Herr Pöhlke, was um alles in der Welt studiert Frau Gobrecht-Classen?« wollte Anna abschließend wissen.

»Ökotrophologie – schönen Tach und Schüskes, Frau Sander.«

Abends hat sie Erdmuthe selber gefragt. Leicht zickig im Ton, so nach dem Motto: Was weißt du schon, was kennst du schon außer den neuesten Trends von Rom und Paris, hatte sie geantwortet: »Ernährungs- und Haushaltswissenschaften, liebe Frau Sander.«

Mit dem Dannenberger in der Galerie war es eine helle Freude. Anna half ihm, die Einladungen für die kommende Vernissage des Ungarn zu bewältigen, saß in der Galerie, führte Verkaufsgespräche, bediente Fax und Telefon, wurde optisch immer mehr sie selber. Die Kastanie blühte üppig, zeitweilig holte sich Anna einen Stuhl, um in ihrem Schatten Fachliches zu lesen. Nachdem zirka zwei Wochen vergangen waren, hatte sie ihr erstes Bild verkauft: CORNWALL, Preis: 28 000 Mark.

An diesem Tag konnte sie es gar nicht abwarten, daß Wastl erschien. Den Scheck in der Hand rannte sie ihm entgegen.

Wastl hatte sie umarmt und in die Luft geschwenkt. »Anna, Sie sind großartig! Das müssen wir feiern. Wann immer es Ihnen paßt, am liebsten gleich heute.«

Von da an waren Anna und Wastl sehr oft zusammen essen, sie gingen ins Theater, besuchten gemeinsam Empfänge.

Wastl war es auch, der Anna das erste Mal mit ins *Schumann's* nahm. *Schumann's* hat etwas vom Wartesaal in Altenbeken, gibt sich aber im Gegensatz dazu, wie wenn man die Bars des *Ritz*, des *Plaza Athenée*, des *Carlton* und *Negresco*, sowie etliche mehr, in einem Mixer verquirlen würde. Das, was dabei herauskommt, wäre dann: das *Schumann's*.

Im *Schumann's* pulst das Münchner Leben, wer mit wem, sehen und gesehen werden ist dort ein Muß nach dem Motto: nicht erzählt ist nicht erlebt.

Warum der gute Schumann immer so nöckelig guckt, ist sein Problem; vielleicht hatte er eine unglückliche Kindheit oder hat es ganz simpel an der Galle. Lächeln sehen hat ihn jedoch noch keiner. Sehr schade.

Seit Anna und Wastl ins *Schumann's* gingen, waren sie für die Münchner Gesellschaft verbandelt; was soll's, beide hat es nicht gestört. Christiane meinte, lieber einen leicht angetuckten Begleiter als gar keinen, und Anna ist von dem leicht angetuckten nicht so überzeugt, flirten kann er nämlich ganz hübsch. Alles Familienklatsch, dachte sie. Nett und liebenswürdig ist er. Aus und basta.

Zwölfter Juni, Präsentation von Roman-Hoche-Arbeiten in der Dannenberg-Galerie. Biggi Burger und ihr Hofstaat kamen auch zur Vernissage des Ungarn. Anna wußte, was ihr bevorstand, denn Biggi wollte sofort Näheres über die männliche Sensation aus Ungarn wissen. »Ich werd wahnsinnig, Anna, hast du das gesehen, Augen wie das Wasser vor den Seychellen, dazu pechschwarze Haare. Du mußt mich vorstellen, Anna... bitte.« Biggis Augenaufschlag erweichte Anna.

»Biggi, ich weiß zwar nicht, wie das Wasser vor den Seychellen aussieht, und schwarze Haare hat die Dillgurke bei uns im Haus auch, allerdings aus der Tube, aber komm.«

Biggi hatte nicht zugehört, folgte ihr durch die Menge, dem Typ der Typen entgegen. Oh Biggi.

Ganz München war anwesend, staunte, bestaunte, wurde bestaunt. Roman war ein voller Erfolg, nicht nur optisch, auch seine Kunst fand große Beachtung. Auch dafür war die Presse am nächsten Tag voll des Lobes. Da schau her, Biggi Burger und Roman Hoche mit Champagnerglas vor einer seiner Plastiken groß in der *AZ*. Biggi war ihr bester Promoter. Anna konnte nur staunen. Am frühen Nachmittag bekam sie einen Anruf, in dem Biggi sich herzlich für alles bedankte. Ihrer Stimme nach war sie wieder einmal kurz vor der Verlobung... glückliche Unschuld, hoch in den Neununddreißig.

Franck Gobrecht-Classen läutete bei Anna. »Ach, der Bindestrich Classen«, begrüßte sie ihn freundlich. »Kriege ich heute wieder ein Kind?«

»Wenn es möglich wäre, wäre es wundervoll, wir haben heute Gruppentherapie.«

»Danach Volkstanz mit Urschrei, was?« pflaumte Anna ihn an. »Ich nehme die süße Semmel sehr gerne, aber Herr Gobrecht-Classen, was ist mit Ihnen? Macht Ihnen der Käse ernsthaft Spaß? Ich frage so frech, weil Sie seinerzeit auch ein ganz frecher Frager waren. Wo ist Ihre Dynamik, mein Lieber? Der ganze seichte Babytralala kann einen Mann mit Ihren Qualitäten doch nicht ausfüllen. Einkaufen, Windeln waschen, Encountergruppe, Töpfern mit Tina, Weben mit Gundolf.» Anna hatte sich richtig in Rage geredet.

Francks Augen waren groß wie Tellerminen. »Frau Sander...«

»Bringen Sie mir das Kind und bewegen Sie meine Worte in Ihren Müslibahnen. Auf später, mein Lieber. Wann kommt der Kleine?«

»Ginge siebzehn Uhr?«

Anna nickte. »Bis dann. Nicht böse sein, aber wenn ich nichts gesagt hätte, wäre ich daran erstickt.«

Endlich, endlich hatte sie ihm gesagt, was ihr schon lange querlag. Erdmuthe juchtelfuchtelte den lieben langen Tag durch die Uni, und hier verkümmerte ein gewesenes Prachtexemplar seines Standes. Anna war mit sich zufrieden.

Punkt fünf kamen Vater und Sohn.

»Für den Fall, daß er schreit.« Gobrecht-Classen zog einen Schnuller aus der Hosentasche.

»Das erstaunt mich aber, mein Lieber. Kein honiggetränkter Leinenlappen?« Anna sah ihn aus lachenden Augen an. Nun mußte auch er lächeln, übergab Hängesack, Schnuller und Kind Anna.

»Viel Spaß, mein Guter.« Sie hatte die Tür schon halb geschlossen, da öffnete sie noch einmal kurz. »Wissen Sie, Herr Gobrecht-Classen, daß schon sehr viele Unfälle mit diesen Latschen passiert sind? Außerdem sind die Dinger nicht sexy. Tschüß, einen schönen Abend«, sagte Anna leicht süffisant.

Sie holte Klein-Friedemann aus Selbstgestricktem, wickelte ihn kuschelig-gemütlich und legte sich mit ihm auf das Sofa.

Er hatte das Gesicht eines Engels, er lächelte Anna aus zahnlosem Mund seine ganze Sympathie entgegen. Anna küßte zärtlich den schütteren Flaum seines Kopfes und streichelte seinen kleinen, zerbrechlichen Rücken, bis er eingeschlafen war.

Sie dachte an VW. Auf ihrem Bauch lag ruhig atmend der Kleine, in ihrem Inneren machte sich Einsamkeit, Sehnsucht, fast Panik breit.

Am liebsten wäre sie durch die Wohnung gelaufen, aber der kleine Friedemann lag friedlich bei ihr, er fühlte sich wohl und sicher. Im Schlaf griff sein Händchen in Annas Seidenbluse, legte Plissee neben die Knopfleiste.

»Ich bin da, mein Kleiner, pscht, alles ist gut.« Sie legte ihre Hände um seinen Körper.

»VW, ich liebe dich, und es hört nie auf.« Sie wurde ruhiger, ist dann mit Friedemann auf dem Bauch eingeschlafen.

Das Telefon holte sie aus ihren Träumen. Mit langem Arm, sie wollte den Kleinen nicht wecken, ergriff sie den Hörer, leise sagte sie: »Sander.«

»Wastl-Seppi von Dannenberg. Störe ich, Anna?«

»Nein, nein«, antwortete leise Anna.

»Haben Sie geweint ...? Was ist, Anna?« fragte besorgt der Dannenberg.

»Es ist alles in Ordnung ... bestimmt ... ich bin eingeschlafen, auf meinem Bauch liegt ein Baby und das schläft.«

»Nun gut, ich frage nicht weiter nach wieso, weshalb, warum. Der eigentliche Grund meines Anrufes ist der, ob wir in den Biergarten gehen wollen, es ist noch nicht einmal neun Uhr, dazu ein herrlicher Abend.«

»Wastl, ich kann nicht: das Baby. Ich würde gern, aber

die Eltern des Kleinen kommen vor halb elf, elf nicht zurück.«

»Ach so, na dann!« Damit hatte er aufgelegt.

Friedemann ratzte wie ein echter Bayer, war durch nichts aus der Ruhe zu bringen. Die Türglocke, die eine Viertelstunde später ziemlich schrill die abendliche Stille kurz unterbrach, hatte ihn noch nicht einmal zucken lassen.

Anna hangelte sich mit Baby auf dem Bauch aus den Polstern. »Wer ist da, bitte?«

»Der Biergartenmaître, Anna.« Wastl lachte durch die Gegensprechanlage.

»So«, sagte er, nachdem er mit großen Sprüngen durch das Treppenhaus gehechtet war. »Hier bin ich, nun gehen wir.« Mit einem Blick auf Friedemann: »Ist der süß, steht Ihnen gut, Schuhe an und los.«

Anna hat wild protestiert, das könne sie nicht machen, Biergarten! Hatte etwas von Verantwortung gebrabbelt, der arme Kleine und dergleichen Besorgnisgeschwafel mehr. »Unmöglich, Wastl!«

»Blablabla, Anna, wir trichtern ihm doch keine Maß ein, frische Luft hat noch keinem geschadet, auf geht's.«

So kam es, daß Anna Sander mit umgeschnalltem Friedemann und einem gutgelaunten Wastl im Osterwaldgarten saß. Friedemann hat alles verschlafen. Obwohl es ein wenig umständlich war, über dem Beutel-Friedemann eine Salatplatte zu essen.

»Es war wirklich schön mit euch, schlafen Sie gut, Anna.« Damit küßte Wastl Friedemann in seinem Hängesack.

Kurz nachdem Anna mit Baby und Beutel wieder in der Wohnung war, läutete Franck, um den Nachwuchs wieder in Empfang zu nehmen. Er sah ziemlich bedeppert aus. »Alles in Ordnung?«

»So gut wie gar nichts, Frau Sander, aber vielleicht hat das auch sein Gutes. Gute Nacht und vielen Dank.« Damit verschwanden Gobrecht-Classen sen. und jun.

Fünf Minuten später stand der Vater erneut vor Annas Tür. »Der Schnuller. Der Schnuller, ich habe ihn vergessen.«

Du lieber Gott, dachte Anna, ich auch, er liegt im Osterwaldgarten ... »Haben Sie keinen Ersatz? Seien Sie nicht böse, ich bin zu müde, noch lange zu suchen.« Anna hatte die Kissen des Sofas nur unlustig angelüftet. »Hier ist er nicht«, war ihre ehrliche Antwort.

Franck schlurfte zurück ins Parterre, Erdmuthes »Segen« in Empfang zu nehmen. Er war heute sowieso auf Krawall gebürstet. Anna hatte mit ihren Bemerkungen über ihn und sein Leben einiges aufgewühlt, in Unordnung gebracht. Er war ein Trottel – aber noch hatte er nicht die letzten Weihen, er mußte schleunigst etwas dagegen tun.

»Hast du ihn?« belferte ihm sein holdes Weib entgegen.

»Nein, Erdmuthe; ich läute nicht für einen Gummisauger, geh in die Apotheke, und wenn du keinen Reservelutscher hast, steig mir auf den Hut. Wer bin ich denn. Und noch etwas, deine Bioencounter gehen mir auf den Wecker. Erheblich!!! In Zukunft ohne mich!«

»Franck, du hast einen Aggressionsstau. Wir müssen es in der Gruppe besprechen.«

»Nichts werden wir besprechen. Noch ein Wort, und ich versohle dir deinen ohnehin zu fetten Hintern. Gute Nacht, Frau Gobrecht!« Er hatte sich zu dem friedlich schlafenden Kleinen ins Kinderzimmer gelegt. Das Sofa

Göran aus dem Elchmöbelhaus, war hart, eng und viel zu kurz, trotz allem hatte er wundervoll geschlafen – so gut wie schon lange nicht mehr.

Erdmuthe wählte dagegen als Einschlaflektüre das Buch *Gewalt gegen Frauen* von Telse Büggeburg-Hoffmann.

Zwei Tage später, Anna wollte in den Waschkeller, lief sie Pöhlke in die Arme.

»Moin, Frau Sander, schon gehört? Bei Franckieboy und meine Freundin hängt der Haussegen schief. Da hat det doll gescheppert. Wissen Sie, woran ick det gemerkt habe? Er hat sich bei mir 'ne Eisensäge geborgt.«

Anna riß die Augen auf.

»Nee, nee, Frau Sanda, viel schlimmer; er hat det Tandem durchgesägt.« Pöhlke lachte, Anna stimmte ein. Lachend kam sie in die Waschküche.

Es brannte das Licht, der eine Tümmler war auch in Betrieb. Anna sortierte sicherheitshalber noch einmal ihre Kochwäsche, da kam Gabor Camerini in die Waschküche.

»Guten Morgen – Hausfrauen unter sich«, grüßte er Anna. Sie erwiderte sein Guten Morgen, füllte ihre Maschine und Gabor die seine.

»Das würde ich aber nicht machen«, sagte sie ihm.

»Was nicht machen?«

»Na, die Jeans zusammen mit all den weißen Sachen, da wird alles hellblau.«

»Auch bei sechzig Grad?«

»Selbst bei vierzig Grad; raus mit der Hose, wenn Sie nicht mit hellblauen T-Shirts und Boxershorts rumlaufen wollen.«

Mein Gott, dachte Anna, sah der Kerl fabelhaft aus.

Aber was mache ich? Anstatt eines kleinen Flirts gebe ich ihm Ratschläge von Waschfrau zu Waschfrau unter gespannten Leinen.

»Wieso wissen Sie das mit den Boxershorts?« fragte frech und grinsend Gabor, wissend, daß er Anna damit ein wenig in die Enge trieb.

Um Zeit zu gewinnen, hat sie sicherheitshalber »Wie bitte?« gefragt, erhielt keine Antwort, nur sein Lächeln.

»Liege ich verkehrt? Die trägt doch jeder... oder?«

Gabor zog die Jeans wieder aus der Maschine.

»Jetzt wohnen Sie schon einige Monate nebenan. Aber wir haben uns noch nie richtig gesehen.« Er füllte Pulver in die Maschine. »Eigentlich sehr schade, wir sollten einen Wein auf unsere gutnachbarlichen Beziehungen trinken. Wenn erst einmal das Eis gebrochen ist, kann man sich auch mal gegenseitig eine Tasse Mehl oder etwas Zucker borgen. Verstehen Sie, man fällt dann nicht so einfach mit der Tasse in die Tür.« Damit öffnete er den Tümmler, um seine Frotteewäsche herauszunehmen.

Anna versuchte, ihr Waschmittelpaket zu öffnen.

»Darf ich?« Mit kühnem Ritsch war es geöffnet. *Obsession*, duftete es Anna in die Sinne.

Gabor faltete weiter, so gut es Männerhände können.

»Darf ich?« Sie nahm ihm ein Badelaken aus der Hand, legte ihm auch noch die restlichen Handtücher zusammen.

»Da sagen die Leute immer, Männer und Frauen passen nicht zusammen; ich finde, wir passen fabelhaft zusammen.« Gabor lachte.

»Ja, in der Waschküche.« Damit schaltete sie ihre Maschine ein.

Waschzeit neunzig Minuten. Während der Zeit hat Anna oben einige Telefonate erledigt. Philipp besaß inzwischen einen eigenen Anschluß. Kein Mensch konnte ihn mehr erreichen, seit Gaby im Haus war. Die muß in ihrem früheren Leben Telefonistin gewesen sein, hatte er geschimpft. Um Ruhe und Frieden zu erhalten – soweit dies möglich war –, hatte Heinrich einen zweiten Anschluß legen lassen. Gabylein nahm ihr nigelnagelneues Funktelefon überall mit hin. »Ich glaube, auch dahin ...« war Philipps Meinung. Und da die Bärli-Gespräche auch ihm auf die Nerven gingen, nahm er die Mahlzeiten nun mit Frau Becker in der Küche ein.

Wenn Oma Sander in das Haus ihres Sohnes kam, und dies tat sie immer noch aus Liebe zu ihrem Enkel und Frau Becker, hat sie vorher jedesmal einen großen Defroster in Form eines doppelten Cognacs getrunken, um aufkommende Aggressionen unter den Alkoholspiegel drücken zu können; in Cognac gehüllte Wut. Nur einmal wäre es fast um sie geschehen. Bei Ansicht von Apricot und Türkis wußte sie nicht, trotz aller hanseatischen Contenance, ob sie einen Schreikrampf einer schlichten Ohnmacht vorziehen sollte. Sie entschied sich für einen weiteren Cognac.

Ansonsten ging es Philipp prima. Nur seine Mutter fehlte ihm, wenigstens hin und wieder, wenn es ihm mit Klein Gaby zu dämlich wurde. »Mami, du machst dir keinen Begriff, was die für Musik hört. Abartig. Die Gruppe Hollywood In St. Tropez ist ihr Favorit. Fällt dir dazu etwas ein? Engelbert ist mit seinem Hausfrauenschmusesingsang noch das Beste. Lach nicht, aber Frau Becker hat seit kurzem auch einen Walkman auf den Ohren, auch sie mußte sich schützen. Wenn du den lieben langen Tag Herz, Schmerz, Liebe, Triebe, Trallala,

Schubieduhbieduhba hörst, fliegt dir irgendwann die Sicherung raus.«

Bei der Vorstellung, daß die liebe, gemütliche Beckerin per Walkman durch Haus und Garten ging, hat Anna im nachhinein sehr gelacht.

»Philipp, wann kommst du wieder nach München? Komm doch mit Großmama; wenn du magst, mit meinem Auto. Ich könnte den Wagen hier sehr gut gebrauchen. – Und wie geht es Vera? Bring sie mit, es wäre schön, euch alle zu sehen.«

Philipp erzählte, daß der große Sylt-Urlaub von Garbers Ende Juli, Anfang August geplant war. Es wäre noch nicht heraus, ob und wie lange er mitkönne, da er während der Ferien bei seinem Vater in der Firma jobbte. Im Oktober fing sein Semester auf der TU an. Er wolle nun doch Maschinenbau studieren. »Schon Paps zuliebe, manchmal tut er mir so leid, ich weiß auch nicht, warum, aber es ist einfach so.«

Er erzählte seiner Mutter noch, daß Frau Becker nur umzustimmen gewesen sei, ihre Kündigung zurückzuziehen, nachdem Heinrich ihr zugesichert hatte, ihre Küche wieder in den alten Farburzustand zurückstreichen zu lassen.

»Mami, wie du siehst, ist immer etwas los. Mal heiter, mal wolkig. Ich will sehen, ob es mit Großmama und mir klappt, sollte es ein Wochenende sein, bringe ich Vera mit. Auf dann, Mami, einen dicken Kuß.«

Mit Christiane hat sie ebenfalls einen längeren Plausch gehalten. Die Hochzeit war für den sechzehnten August geplant. Inken saß seitdem nur noch über Kochbüchern und war aufgeregt wie drei werdende Schwiegermütter.

»Anna Sander, was machst du derzeit mit Cousin Wastl? Er schwärmt in den höchsten Tönen. Einmal pro

Woche ruft er hier an, um sich für dich zu bedanken. Ach, Annachen, wer dich nicht liebt, hat selber Schuld.«

An Annas Tür wurde geläutet. »Bis bald. Grüße an Inken, Rainer und alles, was da kreucht und fleucht. Ich melde mich ... Christiane, darf ich dich um etwas bitten? Bringst du VW einen Sommerstrauß von mir ... danke ... ich liebe euch.«

Anna riß die Tür auf. »Ja doch.«

Vor ihr stand Gabor. »Ich wollte nur sagen, Ihre Wäsche ist durch, Sie können nachladen.«

»Sehr freundlich, danke.« Gabor sah an Anna vorbei in die Wohnung. »Das ist aber schön geworden, so ganz anders als bei dem Vormieter. Darf ich mal reinkommen.«

»Bitte.« Anna ließ ihn eintreten.

»Eine schöne Wohnung, Frau Sander. Feminin, großzügig, gemütlich.«

Sie plauderten noch über Grundstücksbelanglosigkeiten, daß man die Leute aus den anderen Häusern gar nicht kennen würde, ja nicht einmal wisse, wer dort wohne, es sei denn, man sähe sich zufällig im Schwimmbad.

»Gehen Sie manchmal runter zum Schwimmen?« fragte Gabor.

»Ja, ich schon, aber Sie habe ich dort unten noch nie gesehen, Herr Camerini.«

»Ich habe in England eine Serie gedreht; ich war ziemlich lange nicht hier, deshalb komme ich auch erst jetzt dazu, mich näher mit Ihnen bekannt zu machen. Es ist schön, Sie auf derselben Etage zu wissen. So, nun muß ich rüber, meinen Text lernen. Ich spiele im Oktober den Ferdinand in ›Kabale und Liebe‹.«

Anna verschwand in der Waschküche.

*

Wastl war selig, der Ungar verkaufte sich großartig. Biggi Burger hatte allen Freunden Romans Bronzen, Bilder und Plastiken an ihr Investitionsherz und Geldbeutel gelegt. Denn Biggi war im siebten ungarischen Himmel und träumte bereits von Zigeunerhochzeit mit Ochsen am Spieß. – Im Fitneß-Club war sie seit der Ausstellungseröffnung noch nicht wieder gesehen worden. »Die hat ihr ganz persönliches Fitneßprogramm«, frozzelte Ute.

Anna fragte, ob Roman noch länger in München sei. Wastl bejahte, ab und zu würden sie telefonieren, aber er mache sich etwas Sorgen, Roman müsse wieder an die Arbeit. »Wir brauchen dringend Nachschub, zumindest einige Bilder. Er hat in seinem Atelier noch etliches stehen; erstens habe ich sie gesehen, zweitens hat seine Frau mir das selber bestätigt.«

»Amen«, sagte Anna.

»Ich verstehe nicht, Anna?«

»Ich sagte Amen, ganz schlicht und simpel Amen … Verdammter Mist!«

»Nun verstehe ich absolut nichts mehr.«

»Aber gleich, Wastl, gleich. Schenken Sie uns bitte ein Glas Wein, Cognac oder Sidolinstreifenfrei ein, mein aufwallendes Gemüt muß betäubt werden.«

Wastl holte zwei Gläser Weißwein und stellte die Stühle unter die Kastanie. Beide nahmen einen herzhaften Schluck, dann berichtete Anna über Biggi, ihre Tour durch den Puzsta-Himmel, über Biggis Erwartungen, Hoffnungen. »Wastl, ich mache mir Sorgen, noch eine geplatzte Verlobung ist selbst für Biggi Burger zuviel. Was können wir tun?«

Sie überlegten, dazu benötigten sie nochmals jeder ein

Glas Wein, aber dann hatten sie die Lösung. Wastl sollte Roman nach Ungarn begleiten, die Bilder holen, ihn aber um alles in der Welt in Budapest lassen. »Und wenn Sie ihn auf die hauseigene Bettkante kleben!!« – Sie, Anna, würde die Scherben von Biggi Burger mit Hilfe der Freunde zusammenkehren, sich um sie kümmern. Während seiner Abwesenheit wollte sie täglich in die Galerie gehen.

»Wastl, du kannst in Ruhe fahren.«

»Dabei kann es bleiben.«

Anna verstand nicht.

»Anna, Sie haben gerade du zu mir gesagt, das finde ich wundervoll von dir. Prost.«

Die Biggi-Burger-Aktion lief unter strikter Geheimhaltung, bis der wilde Ungar über die Grenze war. Erst da spannten Ute, Lena, Helga, Inge und Anna die Auffangnetze aus.

Arme Biggi – aber sie hatte Freunde um sich und konnte die Schultern für ihre Tränen wechseln, wer kann das schon, mancher hat nicht mal eine.

Danach trat Biggi in die Pedale, stemmte und drückte, sie preßte alles an Geräten, die der Club zu bieten hatte. Die Kosmetikerin tat das Ihre. Mit Rückkehr von Wastl und den Bildern war der gröbste Schaden vorbei. Nur Paprika, ungarische Salami oder Gulaschsuppe blieb für die nächste Zeit ein Tabuthema in Biggi Burgers Leben.

Der Tag in der Galerie war anstrengend gewesen, heiß, schwül, mit flimmernder Luft. Wenn doch nur ein kleines Gewitter etwas Abkühlung bringen würde. Anna schlich durchs Treppenhaus, endlich zu Hause, da stand oben ein strahlender Gabor. »In fünfzehn Minuten bei mir zum nachbarlichen Abendessen, das ist mein Einstand.« Er warf Anna eine Kußhand zu und verschwand.

Sie fühlte sich, als hätte sie auf ihrem Gesicht gesessen, sie wollte nur noch duschen, die Beine hochlegen, dann fernsehen bis zum Abwinken und schlafen, schlafen, schlafen. Dagegen mußte sie ins Badezimmer, wenige restliche, sehr verborgene Energien mobilisieren, unangenehm eiskalt duschen, sowie das alte Spiel spielen: Machen Sie das Beste aus Ihrem Typ.

Aber Anna hatte es geschafft. Ein breites Seidenstirnband um den Kopf, riesige Kluncker in den Ohren, damit war das halbe Gesicht schon eine Ablenkung für den Betrachter, mit dem Rest würde es schon gehen. T-Shirt, Bermudas – ebenfalls Seide –, Sandaletten – Kreuz durchgedrückt: und klingeln.

»Alle Achtung, sehen Sie irre aus.«

»Aber nur bis Mitternacht, hat meine Fee gesagt...!«

Gabor trug ebenfalls nur ein T-Shirt, zu dunkelblauen Bermudas und war barfuß. Anna schluckte: Sexy, das ist wirklich sehr sexy.

»Einen kleinen Champagner zum Entrée?«

Camerini war sehr geschmackvoll eingerichtet, keine Brettlbude, alles hell, alles großzügig, keine auf Gardine getrimmten Bettlaken, sondern französisches Leinen floß in üppigen Falten auf weißen Velour.

Im Hintergrund leise Musik, Collins, de Burgh, Ferry.

»Wenn es Ihnen recht ist, Anna, ich darf doch Anna sagen?« lächelte Gabor. »Ich habe draußen gedeckt.«

Laß das Lächeln, Junge, dachte Anna, es gefällt mir. Im selben Moment dachte sie: Sander-Anna, bitte!

»Ich kann nicht viele Rezepte, nur zwei, drei.« Damit stellte Gabor Scampi mit Blattspinat auf den schön gedeckten Tisch. Durch den Champagner, den Anna ziemlich hastig getrunken hatte, es war doch so heiß, wurde sie kühn: »Und mit diesen zwei, drei Rezepten kochen Sie sich in . . .«

Rede nicht weiter, Anna Sander, hüte deine Zunge!

»Also, es riecht fabelhaft, Gabor«, vollendete sie ihren Halbsatz.

»Ich hoffe, Sie haben nichts gegen Knoblauch. Wenn ich drehe oder Theater spiele, ist es für mich ein Tabu, aber zwischendurch gibt er den richtigen Geschmackskick bei gewissen Gerichten.«

Anna nickte, um keinen weiteren Blödsinn zu erzählen, der ihr auf champagnerlockrer Zunge lag. Sie haben sich unterhalten wie alte Bekannte, fast wie Freunde. Gabor erzählte von Dreharbeiten und Theater, Anna von Kampen, wie schön die Insel sei, von Philipp und Maxi und von der Galerie, mehr gab sie nicht von sich preis. Das Windlicht war kleingeflackert, Anna verabschiedete sich. Es war ein rundherum schöner, nachbarlicher Balkonabend.

»Wir sollten öfter Balkon-Dinner veranstalten, es war gemütlich und schön. Aber nur, wenn Sie mögen. Gute Nacht, Anna, schlafen Sie gut.« Gabor begleitete sie hinüber zu ihrer Wohnungstür.

»Gute Nacht und vielen Dank.«

Was sollte Anna von dieser Einladung halten? War es ein »Täglich-eine-gute-Tat-Essen« oder mehr? Wie kam er auf die Idee, ausgerechnet sie einzuladen? Unter einem Einsamkeitssyndrom konnte er bei seiner Optik bestimmt nicht leiden. Nur weil sie ihn vor hellblauen Boxershorts bewahrt hatte? Das wäre zuviel der Dankbarkeit. Das Essen und der Champagner vom Besten waren teurer als ein Stapel neuer Unterhosen . . . Egal, was immer es war, es war ein schöner Abend! Mit diesen Gedanken schlief sie traumlos in den nächsten Tag.

Sie warf die Kaffeeorgel an, schlüpfte in den Bademantel, um, während der Kaffee durchlief, einige Runden zu schwimmen. Vor ihrer Haustür lag ein Blumenstrauß. Auf anhängendem Kärtchen stand: Guten Morgen, Anna!

Wer war das? Von wem war das? ... Heinrich, nein ... Philipp sagt nicht »Anna« ... Wastl wäre eine Möglichkeit ... Max würde Semmeln schicken und sich gleich mit ... eine ihrer Münchner Freundinnen, nein, die würden läuten ... Lorenz käme nie auf die Idee ... die Sylter? Liegt zur Zeit kein Grund vor ... Gabor ... doch nicht etwa Gabor? ... Wenn ja, warum? ...

Nicht nachdenken, Anna, freuen! Wer immer es war, es war eine zauberhafte Geste. Was für ein gelungener Tagesbeginn.

Blumen auf der Fußmatte! Solche Gesten bauen mehr auf als alle Liposom- und Antiagecremes der gesamten Kosmetikindustrie.

Der Blumenkavalier muß sehr früh aufgestanden sein, die Uhr des Schwimmbades zeigte zwanzig nach neun.

Sie trank ihren Kaffee, aß einen Toast, mußte sich beeilen, um pünktlich die Galerie zu öffnen, denn Wastl war noch in Ungarn. Halt, das heißt, Wastl entfällt, er war ja in Ungarn.

Blieb nur Gabor übrig. Nur er konnte es gewesen sein.

Warum? Anna verbat sich energisch blödes Nachgefrage; denk nicht immer: warum, denk: wie schön!

Sie knüllte das Papier zusammen, schmiß es im Vorbeigehen in die Mülltonne, eilte mit schnellen Schritten zur U-Bahn und strich sich eine Strähne aus dem Gesicht, die ihr im Laufen vor den Augen pendelte. Wieso hatte sie noch den Geruch von *Obsession* in der Nase ...? Na, was für ein Tag!

Zum Wochenende hatten sich Phipps, Oma Sander und Vera angemeldet. Phipps und Vera wurden bei Lorenz einquartiert, zumal auch Maxi mit Maria, die ein bißchen München, ein bißchen Biergarten tanken wollten, erwartet wurden. »Das trifft sich saumäßig gut«, hatte in diesem Falle Philipp gesagt. Er freute sich riesig. »Großmama, hin fahren wir mit Mamis Auto, zurück mit der Bahn, wenn es dir recht ist.«

Großmama Sander freute sich auf Anna, Lorenz, Maxi und München. Sie war froh, Bärli, Barbie und deren Puppenstube entronnen zu sein. Zu Frau Becker hatte sie gesagt: »Nutzen Sie das Wochenende, machen Sie frei, aber stellen Sie den beiden vielleicht noch hübsche Bauklötzchen hin, damit sie beschäftigt sind. Mal ehrlich, Beckerin, mein Sohn hat doch einen Megaknall.«

Mit Tüten bepackt schob Anna ihr Fahrrad zum Haus, hinten auf dem Gepäckträger stand ein überladener Korb mit Obst.

»Na, Frau Sanda, erwarten Sie de Bundeswehr?«

»Nein, nur meine Kinder, gegen Nachmittag werden sie hier sein; Sie ahnen ja nicht, wie ich mich freue.«

»Det sieht man Sie an, Frau Sanda, Sie leuchten ja richtig. Ach, noch watt, ick globe, die Handgewebte hat uns verlassen.« Pöhlke nickte vielsagend. »Ihn hab ick och schon seit Tagen nicht mehr jesehn. Sie is bestimmt in't Frauenhaus gezogen.« Pöhlke lachte schallend über die Gartenanlage zum Himmel.

»Mensch, Herr Pöhlke, und der Kleene?« berlinerte Anna vor Schreck.

Das wußte Pöhlke auch nicht. »Aba keene Sorge, det finde ick raus. Viel Vergnügen mit Ihre Sippe.« Er legte grüßend die Finger an die Mütze.

Pünktlich zur Apfeltorte aus der Mikrowelle fielen die Hamburger ein. Philipp und Vera waren sehr glücklich, was hatten sie gesagt ...? Anna in einem so guten Zustand zu sehen. Wenn Kinder schon mal Komplimente machen wollen ... guter Zustand!

Schwiegermutter Sander sprang hilfreich ein. »Anna, Kind, sie haben recht, du siehst großartig aus.« Sie drückte Anna an ihr Reisekostüm. »Nach allem, was du durchgemacht hast.« Mit einem leicht nach Lavendel duftenden Batisttüchlein drückte sie zwei Tränen in ihren Augen platt.

Nach einem ausgiebigen Kaffeeplausch fuhren Philipp und Vera zu Melchingers. Sie verabredeten sich abends zum Italiener. »Meine Einladung«, beharrte Oma Sander.

»Großmama, wir sind nicht wenig, jedes Essengehen gerät bei uns zur Massenveranstaltung.«

Großmama Sander war durch nichts zu erschüttern, sie bat Anna um die Telefonnummer eines guten Italieners in der Nähe, nach dem Motto: Schwabing ist so groß und so bunt, da wird es doch im Umkreis einen Italiener geben. – Es gab.

Frau Sander senior übernahm persönlich die Tischbestellung. Ungefähr fünf Minuten später stand sie leicht indigniert hinter Anna.

»Da gehen wir NICHT hin, es ist eine Frechheit. Bitte, du wirst noch einen anderen Italiener kennen.«

»Schwiegermama, was ist passiert? Die Leute dort sind unheimlich freundlich, das Essen ist mit das Beste, was wir an italienischer Küche haben und, wie gesagt, sie sind sehr zuvorkommend.«

Oma Sander schnaubte. »Sehr zuvorkommend! Wunderbar. Weißt du, was der Kellner oder Geschäftsführer oder was immer er war, zu mir – Margarethe Sander – gesagt hat?« Sie schäumte ihre Wut erneut hoch: »Alte Tante!«

Anna hatte gelacht, versuchte, der ratlos dreinschauenden Schwiegermutter zu erklären, damit nicht weitere Mißverständnisse entstanden, sie lache keinesfalls über sie.

»Laß mich wenigstens mitlachen, Kind, was ist denn?«

»Er hat nicht ›alte Tante‹ zu dir gesagt, er hat ›altre tanto‹ gesagt, das heißt nichts anderes als ›bis später‹.«

»Also, Englisch liegt uns Hanseaten ja mehr«, damit ging Margarethe aus dem Zimmer.

Ein italienischer Bilderbuchabend folgte.

Antipaste, Insalata, Frutti di Mare, Pesce, Fegato, Pollo, Pasta, Penne, Spaghetti, Milano, Neapolitano, Romana und dergleichen Köstlichkeiten mehr, dazu Vino, Vino, Vino, bianco e rosso.

Großmama Sander war eine bezaubernde Gastgeberin, selig, ihre »Großfamilie« um sich versammelt zu haben.

Lorenz, Sybille und der Wastl hatten sich ebenfalls eingefunden. Maxi war bronzebraun, trug seinen Schopf zu einem Zopf zusammengebändelt, sah aus wie ein Stadtindianer. »Du wirst immer italienischer, mein Freund«, sagte Philipp.

»Laß deine Haare doch auch wachsen, dann tragen wir sie zu Mamis Hochzeit offen, mit Blumen drin.« Alle lachten.

Anna dachte, das bringen sie fertig.

Es war bereits kurz vor Mitternacht, als sie sich trennten.

Ciao – Arrivederci – kommt gut nach Hause – Auf Wiedersehen!

»Ciao, Signora, grazie«, sagte der Chef zu Margarethe Sander. Diese drehte sich um, lächelte: »Altre tanto.«

Die Vögel des Englischen Gartens zwitscherten ihre Gutenmorgengrüße Anna und ihrer Schwiegermutter auf den Frühstückstisch.

»An sich sind Brötchen, Rundstücke und Semmeln ja dasselbe, aber Semmeln, Anna, Semmeln hat mehr Atmosphäre.« Frau Sander sen. lächelte rundherum zufrieden. »Mir gefällt es in Bayern!«

Auf dem Weg in die Galerie – Anna war mit dem Fahrrad unterwegs, wenn man Söhne hat, hat man ein Auto und doch kein Auto – stieg Gabor leicht verschlafen vor dem Haus aus einem Taxi. Bei Ansicht von Anna gab er sich sofort hellwach. »Anna, wie schön.« Er strahlte mit der letzten Kraft, mit der ein total übermüdeter Mensch zu strahlen fähig ist. »Ich war zu einer Besprechung in London, alles ganz kurzfristig, ich konnte mich nicht einmal verabschieden. Wann sehen wir uns?«

»Wenn Sie ausgeschlafen haben, lieber Gabor, Sie sehen aus, als wären Sie nach England hin und zurück geschwommen. Auf Wiedersehen, bis später.« Damit radelte Anna davon.

Das Oma-Sander-Wochenende war mit doppelter Lichtgeschwindigkeit gelaufen. Theaterbesuche, Weißwurstessen im *Löwenbräu*, Jausen im *Seehaus*, Spaziergänge durch den Englischen Garten. – Plötzlich standen alle auf dem Bahnhof, um den Hamburgern auf Wiedersehen zuzuwinken.

»Schwiegermama, was immer passiert, du wirst meine Lieblingsschwiegermutter bleiben. Es war schön, dich hier zu haben.«

»Ein größeres Kompliment kann man einer Schwiegermutter nicht machen.« Max pfiff anerkennend durch die Zähne. »Hier, Margarethchen, ein kleines Geschenk von Philipp und mir.« Er zwinkerte Philipp zu. »Damit Sie uns nicht so schnell vergessen.« Er überreichte ihr ein ziemlich großes Paket, vierzig mal zwanzig, ungefähr zehn Zentimeter dick. Schön verpackt mit Schleife.

Rührung wurde auch hier durch zuklappende Türen abgeblockt. Winken war zwecklos, man kann bei dem ICE nichts sehen, steht wie ein Kasper auf dem Bahnsteig vor sich in Bewegung setzenden Spiegelscheiben.

»Was hast du ihr geschenkt, Maxi?« wollte Anna wissen.

»München, eine Hauptstadt im Schnee!«

Am darauffolgenden Montag, Anna saß in der Galerie, betrat ein großer schlanker, elegant gekleideter Herr die Ausstellungsräume. »Guten Morgen, Frau Sander.«

»Guten Morgen ... kann ich etwas für Sie tun?«

»Mir vielleicht einen Kaffee anbieten.«

Zu wem gehörte die Stimme, sie kam Anna bekannt vor, aber der Herr – nein, nie gesehen. »Muß ich Sie kennen?«

»Ich bin der Bindestrich, wie Sie es so hübsch formuliert haben.«

»Heiliger Vater und alles, was dazugehört!« Anna plumpste zurück in den Schreibtischsessel.

»Gobrecht Bindestrich Classen?« fragte sie ungläubig.

»Nur noch Gobrecht«, lächelte er. »Wie wär's jetzt mit einem Kaffee?«

Anna hätte auf diesen positiven Schreck eigentlich lieber ein Täßchen Branntwein getrunken, aber sie wollte sich mit Kaffee zufriedengeben, allerdings verlangten ihre Nerven nach einem Stück Apfelkuchen mit doppelt dreifach Sahne. Franck ging in die nebenan gelegene Konditorei. Bei Kaffee und Kuchen hat er über seine Befreiungsaktion geredet.

»Anna, ich fühle mich wie der Graf von Monte Christo, nachdem er von der Klippe gesprungen ist.«

»Der hatte aber keinen Friedemann; wo ist er?« wollte Anna wissen.

Erdmuthe, dieses Engelsgeschöpf, war in eine Frauen-WG gezogen. Halmstad, Göran, Alstby und Axvall hatte sie mitgenommen; er machte Anna klar, daß es sich um die Möbel der Firma Schweden-Elch handelte. Ihm war ein bequemer Sessel und ein kleiner Tisch geblieben. Schlafen würde er auf der Campingmatratze des letzten gemeinsamen Nordlandurlaubs. Sein Kleiderschrank sei eine straff gespannte Leine. Aber er fühle sich gut. Sehr gut.

Friedemann würde Erdmuthes Freiraum einschränken! Sie wolle in die Entwicklungshilfe nach Nicaragua! Franck solle sich um Friedemann kümmern, sich seiner Verantwortung bewußt werden! Er habe auch eine Verpflichtung! Hochgeschaukeltes Frauen-WG-Frustgeschwätz.

»Sehen Sie, Frau Sander, und da fängt mein Problem an. Ich benötige Ihren Rat. Was soll ich machen, wie soll ich mich verhalten?«

Anna riet ihm als erstes, Erdmuthe ziehen zu lassen, so schnell und so weit es ging. Sie wollte sich wegen Friedemann – »Sagen Sie, müssen wir ihn so nennen?« – schon etwas einfallen lassen. Sie verabredeten sich für abends auf ihrem Balkon. »Wir werden eine Lösung für alles finden, ich bin ganz sicher!«

Erleichtert verließ Franck Gobrecht die Galerie.

»Ich wußte gar nicht, daß Sie so ein attraktiver Mann sind, Franckie. – Übrigens, wo ist Ihre Brille?«

»Haftschalen.«

Ein Prinz erwacht, dachte Anna.

Wastls Abendeinladung mußte sie leider vertagen. Sie erklärte ihm warum und weshalb. Auf vertagen ließ er sich nicht ein, nur auf veränderte Uhrzeiten, da war er Bayer. Da war er stur: »Bis neun Uhr wirst du deine Sozialstation wohl dicht haben, ich warte auf dich im *Roma*. – Noch etwas: Ich freue mich.«

Vor Annas Tür zu Hause lag ein Blumenstrauß. Auf dem Kärtchen stand: Können wir heute zusammen essen? Restaurant Ihrer Wahl. Unterschrift: Gabor.

Ich glaube, ich wechsel mein Parfüm, dachte Anna. Auf der andern Seite ist es Balsam auf eine Frauenseele, wenn man begehrt wird, sei es auch nur zu Blattspinat oder Würstln. Mit einer Absage hatte der schöne Gabor nicht gerechnet, aber Anna machte ihm klar, daß sie heute Wichtigeres zu tun hätte. An dem Wort »Wichtigeres« hat er den ganzen Abend geknabbert.

Franckie saß salopp in Jeans, die paßten, ohne Hängeboden und T-Shirt, vor ihr. Er entschuldigte sich, weil er barfuß war, aber seine Sandalen waren alle im Müll.

Erdmuthe, die Gute, wollte Ende Juli offiziell nach Nicaragua oder Tansania, von ihm aus auch nach Quickborn, nur, ab dann hätte er den Kleinen. »Und dann geben wir ihn auch nicht mehr her«, Anna lächelte ihm Mut zu.

Der Sender hatte Gobrecht mit offenen Armen wieder empfangen, so daß er einen festen Job hatte. Wenn seine Eltern nicht so weit weg wären, wäre sein Problem mit Friedemann auch keines, nur, die hatten sich nach Südfrankreich zurückgezogen.

Anna versicherte ihm, er könne auf sie zählen, und der liebe Gott hätte bestimmt ebenfalls noch die eine oder andere Idee. Zur Not könne sie Friedemann unter die Kastanie an der Galerie stellen. Apropos Galerie, sie müsse los, wollte das Thema noch heute mit Wastl von Dannenberg besprechen.

Der leichtfüßigste Gobrecht, den es je gab, sprang die Treppen runter, raste noch einmal zurück, läutete. Anna öffnete. Er nahm sie in die Arme, küßte sie rechts und links mit einem: »Anna, Sie sind wunderbar!«

»Ist es der Föhn – oder mein Parfüm ...?«

⁂

Mittlerweile war es Mitte Juli. Wastl hatte Anna vorgeschlagen, eine Ausstellung alleine zu arrangieren. Sie hatte ihm von Malern der Côte d'Azur erzählt, geradezu vorgeschwärmt. Sie könnten doch eine französische Ausstellung machen. Je mehr der Wastl schwärmte, um so stiller wurde Anna. Zuerst hatte er es vor eigener Begeisterung nicht bemerkt, dann fiel ihm auf, daß Anna schwieg. Er fragte nach, ob er etwas Falsches vorgeschlagen habe. Es könne doch großartig werden, sie würden hinfahren oder fliegen, einige Künstler kontaktieren, die Bilder aussuchen und das Ganze an der Côte d'Azur. Mougins, Menton, St. Paul de Vence ...

»Anna, Anna, um Gottes willen, was habe ich gesagt? Anna, bitte, was ist los?« Er nahm Anna in seine Arme, drehte das Schild »Open« auf »Closed« und schloß die Tür. In den Armen von Wastl von Dannenberg hat Anna geweint, bis sie keine Tränen mehr hatte.

Abends rettete sie sich in den Fitneß-Club. Sie mußte – wie vor einiger Zeit Biggi Burger – stemmen, ziehen, treten, drücken, anschließend mit den Mädels zum »Hühnerfest« bei Weißbier und Brezn.

Auch Biggi hing seelisch immer noch in den Seilen. Sie unterhielten sich über Benehmen und Nichtbenehmen ihrer Artgenossen/-genossinnen. Anna erzählte von Erdmuthe. Alle waren bereit, im Notfall mit einzuspringen, sich um Klein Friedemann zu kümmern. »Aber erst lassen wir ihn umtaufen, es ist ein ganz doofer Name, da heißen alte Männer moderner«, befand Helga. »Mein ältester Onkel heißt immerhin Vittorio!«

»Wahrscheinlich, weil seine Mutter ihre Hochzeitsreise nach Venedig gemacht hat und der schöne Zimmerkellner so hieß.« Selbst Anna hat wieder gelacht.

*

In Kampen lief der Hochzeits-Countdown auf Hochtouren. »Anna, um mich herum ist so viel Betrieb und Wichtigkeit, daß ich beinahe Hemmungen bekomme, nicht jungfräulich in die Ehe zu gehen«, lachte Christiane am Telefon.

Sie freuten sich riesig darauf, nach langer Zeit wieder zusammenzusein. Knapp vierzehn Tage noch, dann war es soweit.

Anna lag gemütlich mit Friedemann, der jetzt seinen zweiten Namen, nämlich den seines Großvaters väterlicherseits trug, Leo!, auf dem Bauch, döste in die Abendsonne.

Leo, der kleine Löwe, das paßte viel besser zu ihm und Bayern. Erdmuthe, dieses Tränentier, hatte ihn wieder an den Sack gewöhnt, aus dem Anna ihn mühsam befreit hatte. Noch zwei, drei Tage diese Affennummer, dann war Leo endgültig geheilt. –

Großvater Leo war so stolz und glücklich, daß er für das Kinderzimmer, das es neu zu gestalten galt, einen Scheck geschickt hatte. Sein Enkel Leo. Leo der Zweite!

An Annas Tür wurde geläutet. Gabor, nur mit einem Badetuch um die Hüften stand vor ihr. »Darf ich die Dusche benutzen? Bei mir sind die Armaturen abgebrochen.«

Anna ließ ihn eintreten und zeigte auf das Badezimmer. In der Tür drehte Gabor sich noch einmal um, machte Plüschaugen in Richtung Anna, bevor er verschwand.

Das Telefon läutete, es war Heinrich, der einmal guten Tag sagen wollte, wissen wollte, wie es so ginge und ... eh ... ja. – Gabor sang laut unter der Dusche, so laut, daß Heinrich, wenn er genau zugehört hätte, den Text verstanden hätte.

»Anna, hast du einen Mann bei dir?«

Anna sah auf den schlafenden Leo. »Nein, Heinrich, zwei.«

»Anna, bitte ... ich meine ... du weißt schon ... du ... eh ...«

»... bist eine Dame«, vollendete Anna Heinrichs Satz.

Sie erfuhr, daß Philipp sich wunderbar machte.

»Und wie macht sich Gaby?«

»Anna, bitte!«

»Die Geister, die ich rief, nicht wahr, Heinrich? Wie willst du sie wieder in ihre Öllampe zurückbekommen?«

»Anna, ich verstehe nicht.«

»Das glaube ich, Heinrich, du ißt doch geistig auch schon Bananenbrei, sprich darüber mit deinem Therapeuten.«

»Anna, ich habe keinen Therapeuten.«

»Dann würde ich mir schnell einen suchen, ist übrigens ganz schick, frag mal Gaby. Es ist in! Entschuldige, aber im Badezimmer fehlen Handtücher, danke für deinen Anruf, Wiedersehen, Heinrich.«

Das war der Mann, den ich einmal geliebt habe, dachte Anna, aber das ist lange her. – Sie saß mit Beutel-Leo an die Wand gelehnt und ließ im Schnellverfahren ihr Heinrich-Leben Revue passieren.

Von ihr unbemerkt war Gabor aus dem Bad gekommen, sah zu den beiden hinüber. Schon eine ganze Weile betrachtete er sie.

Wie schön diese Frau war ... Da saß sie mit dem Kind ... wären nicht die Bermudas, das T-Shirt, das Baby im Beutel gewesen, hätte es den Eindruck erweckt, das Bild eines italienischen Malers – Madonna mit Kind – zu betrachten.

»Anna ... ich liebe Sie ...«

Sie lächelte. »Gabor, Sie fallen mit ihren abgebrochenen Armaturen in mein Leben, sie könnten bei viel gutem Willen mein Sohn sein ... Gabor, Sie schmeicheln mir sehr, aber bitte lassen Sie sich nicht durch die Schönheit eines Augenblicks, einer Stimmung hinreißen, Ihres und mein Leben zu komplizieren ... lassen Sie mich Ihre Freundin sein ... wenn du magst, deine beste.«

Gabor ging zu Anna, half ihr mit Klein Leo auf die Beine. »Anna, Sie sind etwas ganz Besonderes, etwas sehr Liebenswertes.« Mit sehr viel Zärtlichkeit hat er sie geküßt.

*

Ausgerechnet Biggi Burger, die Flippigste von allen der Fitneß-Gang, war es, die Anna vertreten wollte: »Wenn du auf die Insel zur Hochzeit fährst, kümmere ich mich um den Kleinen, ich bin nicht ganz doof, das schaffe ich schon. Mach uns bekannt, Anna. – Los.«

Am nächsten Abend saßen Franck, Biggi und Klein Leo bei Anna auf dem Balkon, um sich kennenzulernen. Biggi hatte ihre Löwenmähne mittels braver Schleife zusammengebunden. Es hatte etwas Rührendes, die wilde Biggi so zahm zu sehen. Anna hatte den Pizza-Service angerufen und dreimal Pizza geordert. Aber bitte ohne die kleinste Scheibe Salami. Wenn auch italienisch, Salami bleibt Salami.

Biggi, das Baby und Franck verstanden sich ohne Schwierigkeiten. Sie vereinbarten, daß Biggi für die Woche, die Anna auf Sylt war, in Annas Wohnung zog.

Klein Leo sollte ebenfalls mit Kinderbettchen, Windeln und Babyflaschen in dieser Zeit oben bei Biggi sein. Franck entschuldigte sich, daß seine Wohnung noch so leergeräumt war, aber sobald er Zeit hätte, würde er sich darum kümmern.

»Franck, seien Sie froh, keine Zeit zu haben, sondern viel Arbeit«, meinte Biggi.

»Nicht, daß Sie irrtümlich meinen, ich muß mir durch viel Arbeit Ablenkung verschaffen, oh nein! Aber kennen Sie den Graf von Monte Christo, Biggi?«

»Nicht persönlich, aber warum?«

»Biggi, du bist zauberhaft.« Anna nahm sie in die Arme.

»Darf ich den Kleinen ins Bett bringen, Franck?« fragte Biggi. Franck hat sie mit zu sich hinuntergenommen in den Wartesaal dritter Klasse, wie er seine Wohnung nannte.

*

Im Treppenhaus stießen sie auf Gabor; er fragte, ob Anna zu Hause wäre. Beide nickten, ohne sich in ihrem Gespräch unterbrechen zu lassen.

Gabor läutete bei Anna. »Kann ich einen Augenblick hineinkommen? Ich esse nichts, ich trinke nichts, ich mache nichts schmutzig: Ich will dich nur ansehen, Anna.«

»Gabor, du bist unverbesserlich. Wenn meine Freundin kommt, gehst du, einverstanden?«

Eine halbe Stunde später tauchte Biggi wieder auf. Sie grüßte Gabor und fiel in den Sessel auf dem Balkon.

»Es ist das Spannendste, was ich je erlebt habe. Warum habe ich keine Kinder? Ist das ein süßer Kerl!«

Mit gequälter Miene verabschiedete sich Gabor. Eigentlich hätte er doch ruhig sitzen bleiben können, er störte doch niemanden, fand er.

»Wie findest du ihn?« wollte Anna wissen.

»Sei nicht böse, aber ich habe ihn mir gar nicht so genau angesehen«, antwortete Biggi.

Einen Mann wie Gabor Camerini nicht genau angesehen, ja nicht einmal richtig bemerkt! Was war mit Biggi los? War das immer noch der Schock von Ungarn?

»Der ist Schauspieler, Biggi.«

»Macht doch nichts. – Mei, der Leo ist süß. Ich freue mich, daß du bald weg bist, bitte versteh mich nicht falsch, du weißt, was und wie ich es meine.«

Biggi sah ihren Mutterfreuden mit Klein Leo voller Spannung entgegen. Anna wußte ihn in besten Händen. Sie konnte in Ruhe losreisen.

Wastl war auch zur Hochzeit eingeladen. Sie vereinbarten, gemeinsam im Auto zu fahren. Dadurch, daß sie zu zweit wären, würde es bestimmt lustiger.

Das letzte Mal war Anna mit Egon und Fritze gefahren, also zu dritt; warum sollte es da zu zweit nicht auch lustig sein?

Noch drei Tage bis zu ihrer Abreise. Es war plötzlich so viel zu erledigen für Anna, eines der Hauptprobleme war noch überhaupt nicht gelöst: Was sollte sie anziehen? Gleich nach dem Frühstück wollte sie quer durch Schwabing gehen, um sich etwas zu besorgen. Mit großen Schritten hastete sie aus der Haustür.

»Frau Sanda, Sie hab ick ja nu 'ne Ewichkeit nich gesehn. Wo geht et denn mit Stechschritt und Pöms hin?«

Die Schranke Pöhlke tat ihre Wirkung. Anna stoppte, war bereit für ein längeres Pöhlke-von-Frau-zu-Frau-Gespräch. »Ick hab da ja watt auf de Fanne, Frau Sanda, ick war schon janz jibberig, Ihnen det zu erzähln, glaubn Sie et oder nich, aber es is die reine Wahrheit. Der Neffe von unsern Alfred Tögel arbeitet auf'n Bau, jawoll. Habe ick gesehn. Stand bei de Residenz auffet Gerüst. Mit Helm und Latzhose. Tögel, der feine Pinkel, wildert in de Bauarbeiter; ick will nischt gesacht haben. Aba wir wissen Bescheid, Frau Sanda.«

»Herr Pöhlke, aber es ist doch sein Neffe, hat er jedenfalls behauptet.«

»Wenn det sein Neffe ist, bin ick Gina Lollobridgida. Moin, Frau Sanda, nu man nich so eilig. War schön, ma wieda mit Ihnen zu reden, also machen Sie et jut, bis die Tage.«

Pöhlke griff zu seiner Harke.

Er ist schon eine Type, unser Pöhlke, aber eine grundehrliche Haut, ein bißchen vertratscht, aber das gehört vielleicht zu seinem Beruf, dachte Anna und eilte davon, bevor ihm noch etwas Neues einfiel. Mit Tempo 100 raste sie um die Ecke, Gabor in die Arme.

Mit Strahlelächeln und durchgejoggtem Body der Extraklasse stand er vor ihr, duftete trotz etlicher Runden durch den Park nach *Obsession*. »Guten Morgen, Anna.«

Sie antwortete freundlich, daß es schön wäre, ihn zu sehen, aber sie wäre in großer Eile. In dem Moment, als sie an ihm vorbeihasten wollte, hielt er sie fest. »Sehen wir uns heute abend?« fragte er. Als sie verneinte, sagte er: »Anna Sander, entweder ja oder es gibt jetzt und hier auf dem Grundstück die große Umarmung à la Hollywood. – Hörst du, da hinten kratzt Pöhlke mit der Harke, und die Gramlinger geht gleich einkaufen, also...?«

»Gabor, du bist ein Riesenspinner, bitte laß mich vorbei, ich schreie oder zeig dir meinen Paß.«

»Ich freue mich auf heute abend. Ich bestelle uns – wo möchtest du hin? – einen Tisch... ach was, laß dich überraschen!« Mit einem Luftsprung lief er um die Ecke, sie hörte ihn noch »Halb acht!« rufen.

Pöhlke, der versonnen seine Harke durch die Beete zog, zuckte zusammen. Schauspieler sind 'n bißchen plemplem, dachte er, kommt der Camerini auffet Grundstück und schreit halb acht. Wirft ihm, Pöhlke, eine Kußhand zu. Dett scheint 'n heißer Tag zu werden, Mann oh Mann. »Moin, Herr Camerini.«

»Herr Pöhlke, das Leben ist schön!« Damit verschwand Gabor in der Haustür. »Wenn Sie meinen«, dachte sich Pöhlke und wandte sich wieder seiner Arbeit zu.

Gabor war so guter Laune, daß er direkt ins Schwimmbad ging, wie ein junger Seehund durch das Wasser tobte, zur Freude von Alfie Tögel und zum Ärger der Gramlinger, die in ihren Bahnen gestört wurde. Jugend! Naserümpfend entstieg sie den Fluten, vergessend, daß auch sie einmal dazugehört hatte. Dabei war die alte Gramlinger Bertha offiziell noch gar nicht so alt.

»Einen schönen Tag, Frau Gramlinger«, rief Gabor ihr hinterher.

Was heißt »schöner Tag«, dachte sie, ich habe Wäsche, mindestens drei Maschinen. Was hat Pöhlke gesagt? »Allet Asatzhandlungen.«

Was ziehe ich zur Hochzeit auf der Insel an? Welche Farbe, Kostüm – Kleid? Anna setzte sich auf die Leopoldstraße, ließ sich durch vorbeifließendes Münchner Leben ablenken, genoß ihren Cappuccino.

München ist eine sehr schöne Stadt, dachte Anna, ich bin froh, mich für diese Stadt entschieden zu haben. Die Menschen lagen ihr. Sie waren grantlig, herzlich, ehrlich. Auch unter der Bussibussi-Schicht schlugen richtige Herzen, nicht auf den ersten Blick erkennbar, hörbar. Man muß auch nicht immer im Leben alles gleich sortiert und übersichtlich serviert bekommen. Leben, das heißt mitleben, durchleben, erleben, philosophierte Anna über dem tosenden Verkehr, zwischen den vorbeieilenden Menschen.

Ich kaufe nichts, entschied Anna, ich mache mir einen schönen Münchner Tag. Anna folgte ihren Füßen durch den Englischen Garten zum Residenzgarten, bummelte durch die Maximilianstraße, ging vorbei an der Oper in Richtung Odeonsplatz; unter der Kastanie vor der Galerie in der Brienner Straße saß Wastl mit der *AZ*, das Funktelefon hatte er auf das Kopfsteinpflaster gelegt.

»Anna, was machst du denn hier?«

»Wenn ich das wüßte«, war ihre ehrliche Antwort. »Ich habe München ein bißchen erbummelt, jetzt bummle ich in umgekehrter Richtung zurück. Ein Tag ohne Uhr.«

»Hast du Lust, heute ins Theater zu gehen?« fragte Wastl.

»Bedaure, heute bin ich schon eingeladen.«

»Schade, Anna, sehr schade; ich habe schon die Karten. Es ist Premiere in der *Komödie*. Kannst du wirklich nicht?«

»Wastl, ich bin zum Essen verabredet, eine Überraschungseinladung. Es geht nicht. Ich habe es Gabor versprochen.«

»Dem Schauspieler? Der auf deiner Etage?«

»Jaa, wieso?«

Ein Ehepaar ging in die Galerie, Wastl mußte folgen.

»Ich habe heute frei«, lächelte Anna. »Tschüß, Wastl.«

»Das paßt mir gar nicht!« rief er noch.

Zu Hause im Briefkasten lag eine bunte, sehr bunte Urlaubskarte aus Mallorca. Wer ist auf Mallorca? Anna fiel niemand ein. Sie las:

»Sehr liebe Frau Sander, herzliche Urlaubsgrüße. Ich hoffe, Sie haben sich gut eingelebt, wir waren leider noch nicht wieder in München, immer woanders.« (Jetzt wurde die Schrift kleiner, weil der Platz, wie auf allen Postkarten der Welt, nicht ausreichte.) »Aber bald, bis dahin mit lieben Grüßen, Ihre Alma u. Egon Butenschoen.« Seitlich stand: »P.S. Fritze ist mit seiner Campingkiste in Dänemark.«

Egon Butenschoen, Fritze Hamann, zwei Männer in meinem Leben, die ich nicht missen möchte. – Oben angekommen, klebte sie die Karte an ihren Kühlschrank; nun blühten Egons farbige Grüße in ihrer Küche weiter.

Unten setzte Pöhlke das Grundstück unter Wasser, es hatte seit Wochen nicht geregnet; nicht nur die Natur schien auszutrocknen, die Menschen auch. Sommer, Sonne, Wärme sind schön, aber seit Wochen … Anna freute sich auf den Wind ihrer Insel; nur noch zwei Tage.

Philipp war schon oben, ebenso Maxi sowie Vera und Maria. Lorenz wollte mit Sybille fliegen. Großmama Sander nahm morgen den Zug ab Hamburg-Altona. Günni und Klausi waren schon in Kampen, halfen Inken, die das Zepter, besser gesagt: den Kochlöffel, schwang. Frau Garber, die Mutter von Vera, machte sich im Haus nützlich oder saß im Garten und polierte Silber, während ihr Mann dort werkelte.

Wir machen das schon, war die Devise von allen, damit hatten sie Christiane und Rainer in Büroverbannung geschickt. Nur zwecks Kundenbetreuung, zu den Mahlzeiten oder um ans Meer zu gehen, hatten sie »Freigang«.

Fiete stand nur im Weg, er machte daher öfter als gewohnt seine Ortsrunde, schnüffelte sich von Baum zu Baum; auch ein Hund muß sich beschäftigen. Seit neuestem ging er schon einmal allein ins Haus *Odin* zu *Leysieffer*, Reste abstauben. Seine Methode war sehr einfach, er setzte sich neben einen der Tische und hielt seinen Kopf schief. In neun von zehn Fällen klappte es.

Die Familienmitglieder, die vorbeikamen, haben ihn verleugnet, den peinlichen Hund. Nur Maxi nicht: »Greizdeifi, i werd di scheicha, i siech ois, di werd i waidahaiffa!« Er hat wie wild gepfiffen und Fiete mitgenommen an den Strand, ins Wasser, das war für Fiete außer Fressen, Pinkeln und Streicheln das schönste.

»Ich hab kein Wort verstanden«, sagte eine Dame zu ihrer Tischnachbarin, »das war bestimmt Tirolerisch oder so.« Die Hanseatin schaute Fiete und Maxi hinterher. »Aber so ein Tier versteht ja wohl alles.«

»Das war ein Tiroler Wiesen-Almler«, erläuterte Philipp, der die Bemerkung im Vorbeigehen aufgeschnappt hatte. »Und der ist sehr selten.«

»Vielen Dank, junger Mann, der Mensch lernt nie aus.«

Damit widmete sich die Dame wieder ausgiebig der hausgemachten roten Grütze.

Philipp, Maxi, Vera und Maria machten lange Spaziergänge am Strand, schütteten die Mädchen mit ihren Max-Philipp-damals-Geschichten zu. Sie kannten jede Ecke, jede Klippe und waren traurig, wenn von Jahr zu Jahr mehr von ihrem Kinder-Ferienparadies weggespült wurde.

Beide, der Maxi und der Philipp, haben Urlauber, die durch die Dünen stapften, in denen das mühsam gepflanzte Gras Halt suchte, niedergemacht. Max hat die bayrische Sau rausgelassen und Philipp auch seine Erziehung in den Wind geschrieben, wenn es darum ging, ihre Insel zu verteidigen. Es ist auch mehr als empörend, überall bat man mittels Hinweisschildern, doch BITTE aus den Dünen wegzubleiben.

Zuerst konnte Maria nicht richtig verstehen, worum es ging, warum sich Maxi und Phipps so aufregten. Dann hat ihr Vera erklärt, was mit der Insel Jahr für Jahr passiert. Wieviel Land sich pro Jahr und Winter das Meer holt. Wie man auf der Insel darum kämpft, sie so zu erhalten.

Die nächsten Dünenwanderer traf es nun auch noch italienisch.

Christiane rief bei Anna an. Sie wollte sichergehen, daß Anna und Wastl pünktlich loskämen, nicht durch einen Öl- oder Aquarellschinken, der noch verkauft, beziehungsweise geliefert werden mußte, aufgehalten würden.

Wastl hatte für die Woche auf Sylt einen Freund gebeten, die Galerie zu betreuen. Somit war offensichtlich alles geregelt.

»Wir freuen uns sehr, Christiane, wir werden ganz

pünktlich bei euch sein. Heute abend gehe ich noch mit Gabor, meinem Nachbarn, essen. Ich erzähle dir alles live und in Farbe, wenn wir uns sehen. Sei umarmt, ich freue mich.«

Lachend legte sie auf.

Radio Charivari spielte »Always look at the bright side ...« Das tue ich, sagte Anna zu sich, zumindest gebe ich mir Mühe; ach VW ...

Sie schenkte sich ein Glas Weißwein ein, hatte noch eine Stunde für sich, bis Gabor läutete. Anna Sander, was tust du! Du lachst Heinrich wegen Klein Gaby aus. Und du? Heute gehst du mit Gabor zum Essen ...

Mein Gott, man geht zum Essen, nicht zu einer Exekution! ... Er ist allenfalls neunundzwanzig, und du, Anna ... na ja ... also ... er sieht irrsinnig gut aus ...

Das ist nicht von Bedeutung ... Sieht er aber! Er ist nur ein paar Jahre älter als Philipp ... Spießerseele Sander ... Geküßt hat er mich ... über den Beutel mit Friedemann ... zauberhaft ... Ja, Anna Sander, und gefallen lassen hast du's dir auch! ... Einmal ... gut, zweimal ... Jedenfalls kannst du dir nicht erlauben, dich auch nur ein winziges bißchen in ihn zu verlieben ... es wäre lächerlich ...

Ich werde ihm gegenübertreten und ihm meinen Standpunkt ... Hast du einen, Anna?.... Keinen großen, aber Standpunkt ist Standpunkt ... oder ... »Not a word in Spanish«, sang Elton John in ihre Gedanken hinein. Oh Gott, ich muß mich anziehen, auch wenn es sehr heiß ist, ist für diesen Abend das Badetuch wohl kaum die richtige Bekleidung.

Anna wählte weißes Leinen, trägerlos, Kreolen in die Ohren, die Sandaletten und fertig. Da läutete es schon an ihrer Tür ... Sag es ihm gleich und sofort, daß dein Standpunkt – na, du weißt schon, Anna, wie du dich ausdrücken wirst ...

Anna öffnete die Tür. »Gabor, ich muß dir ... Ihnen sagen ...«

Sie guckte hoch, da stand er, sah aus wie Redford zu seinen besten Zeiten und hielt eine Rose in der Hand ... »... daß ich mich sehr auf unseren Abend freue«, vollendete sie ihren Satz.

Im Treppenhaus begegneten sie Biggi, Franck und Leo, der schlafend im Buggy lag.

»Biggi?« staunte Anna.

»Wir gehen in den Biergarten essen«, strahlte Franck. »Biggi kam zufällig vorbei, ab morgen ist sie sowieso da, da gehen wir eben heute schon mal essen.«

»Redet nicht so laut«, pschte Biggi.

Sie wünschten sich gegenseitig einen schönen Abend.

Sie fuhren zu *Roy*. Gabor hatte einen kleinen Tisch, »für zwei«, kicherte Roy, reserviert. Er fragte nach ihren Wünschen. – »Oder soll ich für euch ein kleines Menü zusammenstellen?«

Er sollte, man war bei ihm immer gut aufgehoben. Er brachte erst mal zwei Gläser Champagner »mit der Empfehlung der Direktion«.

Gabor sagte: »Ich habe ihn noch nie schlecht gelaunt oder muffig erlebt, er liebt seine Gäste und seine Gäste ihn. – Anna, ich freue mich, daß ich Sie, ich meine dich überreden konnte mitzukommen. Auf dein Wohl.«

»Die netteste Erpressung meines Lebens. Auf dein Wohl.«

Zwischen den Gängen haben sie sich unterhalten, Gabor hat von den Theaterproben berichtet, von seiner

Luise, die privat eher ein Erdmuthe-Strickliesltyp war, in ausgesessenen Pullovern daherkam, aber im Gegensatz dazu eine recht gute Schauspielerin sei. Anna erzählte, daß Pöhlke anläßlich eines ihrer Hofgespräche gesagt hatte: »Die Schauspiela, Frau Sanda, haben keenen Glämmer mehr, nur noch Schnürschuhe mit schiefe Hakken. Allet in Schwaaz und vawaschn. Früher wäre det janz anders gewesn, aba heute, da spieln se ja auch Hamlet inne Latzhose. Nisch für mich, nee. Ick kieke da lieber in de Glotze, da kann ick uffn Knopp drücken un muß nich in meinen besten Anzuch über drei Stunden mir watt anhören, wo ick Mühe habe, de Ogen offenzuhalten.«

Gabor lachte, denn Anna hatte Pöhlke-Original-Ton gesprochen. »Anna, du bist begabt, ehrlich.«

»Fürn Vareinsabend bei Schnelle Molle wird et reichen, aba nich weita. Prost, Gabor.«

Der Hauptgang wurde serviert: Lammcarrée auf Blattspinat. »Immer, wenn wir uns sehen, gibt es Blattspinat«, lachte Anna.

»Nur jedesmal anders gewürzt«, ergänzte Gabor.

Anna war bereit, drei Stunden über Blattspinat und andere Belanglosigkeiten zu reden, je länger sie mit Gabor zusammensaß, der wirklich und wahrhaftig hinreißend aussah ... Ein Mann, der hinreißend aussieht ... ist das so erstrebenswert, neben jemand zu sitzen, der hinreißend aussieht? ... Um mit ihm mithalten zu können, mußt du in der Gefriertruhe übernachten ... Der Mensch besteht nicht nur aus optischen Highlights wie heute abend, Anna Sander ... jeder kleine Schnupfen würde einer Katastrophe gleichkommen ... NEIN!!! ... Den Hof dürfe er ihr machen, aber nicht das Bett!

»Anna, du bist so in Gedanken. Weißt du, daß du dabei wundervoll aussiehst?«

»Gabor, Lieber, genau darüber habe ich eben auch nachgedacht. Laß uns gute Freunde werden, bitte. Mach nicht in Liebe mit mir. Auf Dauer würde es mich älter machen als ich bin.«

Was hatte Biggi damals gesagt...? Augen wie das Wasser vor den Seychellen... ja, so muß es aussehen! Mit eben diesen Augen sah Gabor Anna an. Alle Verzweiflung, jedes Touché darin. Ich werde nicht schwach...

»Gabor, ich bitte dich, sieh mich nicht so an; vor allem nicht mit solchen Augen. Bitte laß uns Freunde sein... die besten der Welt... aber bitte kein Liebespaar...«

»Sagt mal, Kinder«, funkte Roy – dem Himmel sei Dank – dazwischen. »Was macht eigentlich Biggi Burger? Sie war ewig nicht hier.«

»Biggi bekommt ein Kind«, antwortete Anna.

Roys Augen waren Fragezeichen, zwölf auf ein Dutzend, und Anna hat ihm das Wie und Was und Wieso erklärt.

»Biggi!« Er konnte es nicht fassen, die verrückte Biggi. »Ich bewundere sie sehr, grüße sie von mir, Anna. Sie kann auch mit Baby-Buggy kommen.« Er verschwand, lachte. »Biggi-Baby-Buggy-Burger.«

»Anna, mir ist es sehr ernst mit dir. Sehr.«

»Laß uns Freunde sein, Gabor. Bitte Freunde.» Anna küßte ihn, wie man einen Menschen küßt, der zu einer intakten Familie gehört. Familienzärtlichkeit ohne Sex.

Für Gabor Camerini war es einer der schönsten, melancholischsten Abende seines Lebens. Was er noch nicht wußte, Anna würde für ihn unvergeßlich bleiben. Sie wußte es. Manchmal ist ein Nein aus vollem Herzen schöner als ein dahergeplätschertes Ja.

Beim Espresso haben sie ihre Hände ineinander gelegt, nicht geredet. Anna dachte an VW, schickte ihm ihre ganze Zärtlichkeit, wo immer er war. VW, ich liebe dich ...

In der Einfahrt standen, nachdem das Taxi abgefahren war, Gabor und Anna und umarmten sich.

»Danke, Gabor, es war ein wunderschöner Abend.«

»Für mich auch, Anna.«

Hinter ihnen, auf der Mauer zur Garage saß jemand. Beide waren sehr erschrocken. Jetzt sprang dieser Jemand hinunter, kam auf sie zu ...

»Wastl?! Hast du mich erschreckt.«

»Mich gleich mit«, sagte Gabor.

»Ich denke, du bist im Theater, oder ist es schon zu Ende?«

Wastl sagte kein Wort, stand stumm vor ihnen.

»Ich geh schon einmal vor, bis gleich.« Gabor verschwand im Haus.

»Wastl, sag was, warum bist du hier, ist etwas passiert?«

»Das weiß ich nicht, das wollt ich herausfinden.«

»Ja ... und? Hast du es herausgefunden?«

»Hab ich. Gute Nacht, Anna.« Er umarmte sie flüchtig. »Du riechst nach *Obsession*.« Damit verschwand er.

»Gute Nacht, Wastl.« Anna schüttelte den Kopf, sie verstand rein gar nichts. Die Nacht war lau, Anna fühlte sich angenehm »in den Reben des Herrn«; in einer Nacht wie dieser sollte man nicht denken, vor allem nicht nachdenken. Und oben auf der Etage stand als Schattenriß Gabor in seiner Haustür.

»Oh, der Prinz ... gute Nacht, mein schöner Begleiter ... schlaf gut ...« Sie küßte ihn. »Du riechst nach *Obsession* ...«

Ihre Tür klackte ins Schloß.

Anna setzte sich noch ein bißchen für ihre eigene

Stimmung unter den nächtlichen bayrischen Himmel ... morgen fuhr sie auf die Insel!

Mittags kam Biggi mit Sack und Pack und zog bei Anna ein. Das hübsche Gästezimmer wurde für Klein Leo hergerichtet. Nach einer Stunde intensiver Biggi-Arbeit hatte man das Gefühl, es sei nie etwas anderes als ein Kinderzimmer gewesen. Auf der Kommode – immerhin irgendein Ludwig, die Christiane Anna günstig besorgt hatte – stand Babycreme, Puder, Öl, Tips und Wattebäusche. Biggi hatte es leogemäß auf himmelblauen Frottee verteilt. Überwacht wurde das Ganze von einem Riesenteddy, Biggis Welcome für Klein Leo. Dem Teddy hatte Biggi eine weißblaue Seidenschleife umgebändselt. Standesgemäß. Bayernbär mit Bayernschleife.

Die Hälfte von Biggis Sack und Pack gehörte inzwischen sowieso schon Leo. Biggi hatte zum Rundumschlag ausgeholt, sie war mit Ute, Lena, Helga und Ina die »nötigsten« Sachen einkaufen gegangen. Jede hat gekauft. »Laß, Biggi – bitte – es macht so viel Spaß.«

Nun war Leo der Zweite ausgerüstet mit allem, was ein Baby so braucht und meistens zuviel hat. »Anna, wo bleibe ich mit dem Kratzemist?« hatte Biggi gefragt und hob mit zwei Fingern den Wollsack hoch. »Das traut sich doch kein Mensch in die Altkleidersammlung zu werfen, diesen gestrickten Folterkrempel.«

»Biggi!«

»Ist doch wahr.«

»Kommst du mit dem Vater von Leo zurecht?« wollte Anna wissen.

»Annachen, Männer waren – wie du weißt – noch nie mein Problem, warum sollte ich jetzt damit anfangen? Er ist pfundig, steht zwar noch leicht unter Ökoschock, ist aber reparabel. Seine Zwetschge ist abgedüst nach, frag mich ... ich komm nicht drauf, aber sicher ›Abteilung Kärglich‹. Anna, wenn Müslis sterben, keimen die dann oder zerbröseln die normal wie andere Menschen auch?«

»Biggi!«

Franck, Biggi und Anna haben abends gemütlich auf dem Balkon gesessen, später kam Gabor noch dazu. Anna stellte vor, Biggi nahm wahr, aber nicht zur Kenntnis.

»Wenn ihr mich braucht oder wenn irgend etwas ist, ruft mich an, jederzeit.«

»Ja, Mutter«, sagte Biggi. »Wir kommen schon klar, Franckie, was? Mein Erster-Hilfe-Stab steht geschlossen wie ein Mann hinter uns. Es kann nichts schiefgehen! Und«, hier kickte sie Franck in die Seite, »zusammen sind wir stark.«

»Biggilein, die schönsten Grüße von Roy, du darfst jederzeit mit Buggy-Baby kommen, Sondergenehmigung – wie sagen die Bayern? –, weil das du bist.«

Später sind alle an Leos Bettchen gegangen. »Aber wehe, ihr weckt ihn mir auf«, raunzte Biggi, sie sah den Kleinen an. »So etwas Süßes hat einmal Friedemann geheißen, da sind wir Gott sei dank noch zur rechten Zeit gekommen, was Franck«, flüsterte Biggi und sah zärtlich auf Klein Leo.

Am nächsten Morgen um neun Uhr wollte Wastl kommen, um Anna abzuholen. Sie hatten nur noch telefoniert nach Wastls nächtlichem Sitzen auf der Garagenmauer. Gesehen haben sie sich nicht; Wastl hatte noch in der Galerie zu tun. Noch immer lief der Hoche sehr gut, allein schon deswegen hielt Wastl es für nötig, die Galerie offenzuhalten. Auf den jungen Mann, Sohn von Freunden, konnte er sich verlassen, also in Ruhe auf die Insel fahren.

Anna hatte mit Biggi & Co KG noch zu tun, deshalb konnte sie nicht mehr in die Brienner Straße; also blieb nur das Telefon zur Kommunikation. Wastl erklärte, er freue sich auf Kampen, auf die Reise und die Hochzeit, erwähnte aber mit keiner Silbe, was und vor allen Dingen warum er etwas klären wollte, wie er sich vor zwei Nächten ausgedrückt hatte. Anna hat nicht nachgefragt.

Biggi Burger, Münchens Nachteule Nummer eins, hatte, als Anna erwachte, bereits Klein Leo gefüttert, gebadet und draußen in der Sonne den Frühstückstisch gedeckt.

Leo quiekte vor Freude und Freiheit. Biggi hatte ihm aus der Auflage der Gartenliege eine Unterlage gemacht, von der er alles überblicken konnte. – Ach, Biggilein, dachte Anna gerührt. –

»Trödel nicht, Anna Sander, ich habe Hunger, die frischen Semmeln sind auch schon da, Franck hat sie an die Tür gebaumelt. Er ist schon im Sender.«

Beim Frühstück erklärte Anna Biggi, daß sie sich den Einstieg in die fremde Stadt viel schwerer vorgestellt habe, aber es sei alles so leicht geworden, dank der vielen netten Menschen um sie herum. Depressionen konnten gar nicht erst aufkommen.

»Die, meine liebe Anna, können wir uns absolut nicht erlauben. Die gehen in die Gesichtszüge und verbleiben da! Mir ist Klein Leo über den Weg gelaufen, zum Glück, stell dir vor, ich würde zu Hause sitzen und ungarisch heulen. Hättst mich doch spätestens nach vierzehn Tagen wegwerfen können. Nix is mit Trauer.« Sie lachte, strich sich daumendick Butter auf die Semmel. »Was, Anna? Der Himmel meint es gut mit uns.«

Da saß Biggi, fast Natur, nur leicht geschminkt, ein

Hauch Lippenstift stand ihr gut, Biggi kannte man sonst nur unter den neuesten Trend-Make-ups, schwimmender Estrich, der sämtliche Gesichtszüge lahm legte. Aus ihren vielen Locken glitzerten und funkelten sonst Kämme aller Größen, heute trug sie wieder nur eine schlichte Schleife in den Haaren. Die nicht aufgemandelte Biggi Burger wirkte jünger, viel jünger.

Natürlich haben Anna und Biggi sich so verquatscht, daß Anna beinahe nicht fertig geworden wäre.

Wastl läutete.

»Biggi, paß auf dich und alles andere auf.«

»Gute Reise, Anna, grüß mir den Wastl.« Sie umarmten sich und Anna raste nochmals zu Leo.

»Tschüß, mein Kleiner, sorge für Ordnung, ich verlaß mich auf dich.« Sie warf ihm eine Kußhand zu. Leo freute sich zahnlos retour.

Reisetasche, Mantel für den Notfall und raus. – In seiner Etagentür stand Gabor. »Ohne Aufwiedersehenumarmung laß ich dich nicht weg.«

»Alles Liebe, bis bald.« Anna eilte nach unten.

Wastl strahlte, nahm Anna das Gepäck ab, ging mit ihr zum Auto. Hinter der Garageneinfahrt werkelte Pöhlke.

»Jute Reise, Frau Sanda, kommen Se heile zurück. Viel Spaß auffe Insel.«

»Danke«, winkte Anna, woher wußte Pöhlke ...? Ist wurscht. Hausmeista wissen allet. »Wiedersehen, Herr Pöhlke.«

»Wastl ... ich freue mich. Ich bin aufgeregt, als wäre es meine eigene Hochzeit.«

Er schaltete das Radio ein ... C'est Venise, sang Toto Cotugno ... Pour l'éternité ... Venise qui pleur jamais ...

VW ... Venedig ... auf immer und ewig ... Anna empfand Freude und Angst, wenn sie an ihn, an Keitum dachte... Per la eternita...

»Anna... Anna, wo bist du mit deinen Gedanken?«

»In Venedig, Wastl... in Venedig.«

Nein, sie kenne Venedig nicht, antwortete sie auf seine Frage. Beinahe wäre sie hingefahren, aber...

Wastl meinte, Venedig wäre ein MUSS, es läge doch vor der Münchner Haustür, jederzeit könne man einen Wochenendtrip dahin machen. Venedig wäre zu jeder Jahreszeit schön.

»Auch im Winter, Anna, mit dicker Wollmütze über die Seufzerbrücke.«

»Und in Moonboots über die Piazza San Marco«, antwortete sie.

Mehr oder weniger schweigend sind sie die ersten hundert Kilometer gefahren, der Verkehr war in Richtung Norden nicht sehr stark. Auf der Gegenseite kroch eine Urlauberkarawane in den Süden, mit Fahrrädern auf Dachgepäckträgern, seitlich abenteuerlich verkantete Surfbrettern und greinenden Kleinkindern auf dem Rücksitz, denen die Hitze zuviel wurde.

Im Verkehrsfunk warnte man vor erhöhter Waldbrandgefahr, denn es war der heißeste Sommer seit zwanzig Jahren. Dem Himmel sei Dank!, Wastls Wagen hatte eine Klimaanlage.

»Anna, wen oder was stellen wir als nächstes aus, denn ewig läuft unser Hoche auch nicht. Hast du nicht eine Idee.«

»Franzosen würde ich bringen.«

Was war das, nun war er ratlos; beim letzten Mal, wie sie über die Franzosen gesprochen haben, hatte sie herzzerreißend geweint. Er hatte nie nachgefragt, sie hatte es nie erklärt. »Franzosen, Anna?«

»Ja, Wastl, wenn wir von der Insel kommen, können wir darüber reden, bitte nicht jetzt und heute. Aber Franzosen würde ich ausstellen.«

In Kirchheim machten sie Rast. Anna hat Wastl von ihrem letzten Besuch mit Egon und Fritze erzählt. Dadurch erfuhr er, daß Anna per Möbelwagen nach München gekommen war. Er hat sehr gelacht bei der Vorstellung, daß sie im Motel übernachtet hatte.

»Es war reines Überlebenstraining, Wastl, und das war gut so.«

Auf der Weiterfahrt Richtung Hamburg hing Wastl seinen Gedanken nach... Was hatte Anna erlebt? Die Scheidung konnte es nicht sein. Sollte sie etwas ähnlich Furchtbares erlebt haben wie er...? Sein Leben wäre ohne den Tag im Juli '72 mit Sicherheit anders verlaufen. Im Kreise seiner Freunde galt er, das wußte er längst, als ein an Frauen desinteressierter Mann.

Unauffällig homosexuell oder leicht angetuckt sagte man über Wastl von Dannenberg. – Sie hatten keine Ahnung.

»Dannenberger, du bist so still, ist etwas?«

Wastl verneinte. Diesmal hatte er seinen Gedanken nachgehangen. Ab Hamburg wollte Anna das Steuer übernehmen, falls Wastl sie ließe. Die Strecke bin ich einmal gefahren, aber ich weiß bis heute nicht, wie, erzählte sie. Auf Wastls Nachfrage hat sie ihm die ganze Geschichte erzählt, von Altwarmbüchen, von Gaby und daß sie von Heinrich getrennt in positiver Scheidung lebe. »Es muß bald soweit sein. Heinrich hat dann freie Bahn für sein neues Schicksal.«

Anna erzählte auch von Christiane, wie lange sie sich schon kennen, wie sie sich kennengelernt hatten.

Elbtunnel-Ausfahrt 7 Kilometer. Die Zeit von Kirchheim bis Hamburg war im Eiltempo vergangen. Anna hatte viel erzählt, nur VW hatte sie für sich behalten. Vielleicht würde sie Wastl im Laufe der Zeit ein wenig erzählen können, doch das hatte Zeit …

Durch den Elbtunnel ging es im Schneckentempo, es geht immer durch den Elbtunnel im Schneckentempo, wahrscheinlich zählen die Leute die Kacheln. Es ist ein unerklärliches Phänomen, aber es ist so.

An der nächsten Raststätte war Fahrerwechsel, sie tranken eine fade, halbwarme Limonade. »Entschuldigen Sie, wir kommen mit dem Kühlen nicht hinterher.«

»Hätten wir bloß nichts getrunken, ich fühle mich, als hätte ich in Plüsch gebissen«, quengelte Wastl.

Anna kam mit zwei Äpfeln aus dem Tankstellenshop, sie waren auch warm, aber entplüschten Wastl.

»Guck mal, Anna, Schafe zur Linken.«

Bester Stimmung ging es weiter; noch gut eineinhalb Stunden, dann wären sie in Niebüll. Sie hatten sich für keinen bestimmten Autozug festgelegt. In der Saison fahren sie laufend.

Ob Sonne, Regen, Schnee und Wind, der oder die Tütenzustecker vor dem Autozug sind immer da! Wastl kramte neugierig darin herum. Zeitschriften von anno Knipps, Prospekte, Proben und Pröbchen waren der Inhalt.

»Was soll ich denn damit?«

»Dir die Zeit vertreiben, wenn wir auf dem Autozug sind, Wastl.«

»So ein Schaas, da rede ich doch lieber. Es ist übrigens eine schöne Fahrt mit dir, Anna.«

Sie wurden oben – oben! – eingewiesen. Nach nicht zu langer Wartezeit setzte sich der Zug ratternd, mit aneinanderknatschenden Puffern in Bewegung. Sie erreichten Klanxbüll.

»Guck mal, Schweine zur Linken.«

»Und was bedeutet das, Wastl? Schafe zur Linken kenne ich, aber Schweine?«

»Das bedeutet Glück. Ist eine Spontanerfindung von mir. Gut, oder?«

Sie verließen das Festland über den Hindenburgdamm. In der Ferne lag Keitum. St. Severin. Annas Herz fing an zu flattern. Am liebsten wäre sie umgedreht. Sie hatte Angst, schloß die Augen, wie wenn dadurch die Erinnerung weniger weh tun würde. Alles schoß Anna wieder durch den Kopf.

»Wastl, bitte halt mich fest.«

»Anna ... mein Gott, Anna.«

Mit Ankunft in Westerland war sie wieder ruhiger. »Es geht schon wieder«, sie nickte Wastl zu und lächelte zaghaft.

»Wastl, bitte fahre vor – nach Kampen, alte Dorfstraße, du kennst es ja. Ich komme nach, in einer Stunde, sagen wir, in eineinhalb bin ich da. Nicht fragen warum, okay? Du kannst mich allein lassen, es ist sehr wichtig, daß ich ein bißchen für mich bin.«

Sie stieg an der Straße aus, winkte ihm hinterher und ging zum Taxistand vor dem Bahnhof.

»St. Severin, bitte.«

Der abendliche Sommerwind strich mit warmer Brise durch Heckenrosen und Holunderbüsche, wirbelte Annas Haare durcheinander. Sie ging über den Vorplatz, öffnete die leicht quietschende hohe Pforte, nur langsam ging sie weiter. Das Herz schlug ihr bis zum Hals, Kies knirschte unter ihren Füßen, nur eine Drossel, aufgescheucht durch eine vorbeistreunende Katze, schilpte laut in die Stille.

Wenn jetzt die Erde explodiert ...

Sie explodierte nicht. Annas Herz raste, ihre Schritte wurden langsamer, ihre Hände krampften sich in den Taschen ihres Rockes zusammen ...

Ottoardo Fernando von Weißenfels, geboren ... Annas Blick verschwamm, ihre Knie zitterten. Sie hockte sich seitlich auf die Steine, die den Weg befestigten und weinte; pausenlos liefen Tränen über ihr Gesicht, bildeten Tautropfen in ihren Wimpern.

I love you as I love you, ging Anna die Melodie durch den Kopf. Das war der Song, bei welchem sie zum ersten Mal in seinen Armen gelegen hatte ... irische Seele, feelings only ... Sie wußte nicht, wie lange sie bei ihm gesessen hatte.

Ein alter Mann in gebückter Haltung ging an ihr vorüber; er grüßte, unter den einen Arm hatte er einen Blumenstrauß geklemmt, in der Hand eine Gießkanne, mit dem anderen Arm stützte er sich auf einen Stock ... Wie lange mochte er schon allein sein ... Wie sahen seine Tage, seine Nächte aus ... Anna mußte daran denken, wie sie aufgefangen worden war von Christiane, Inken, Philipp, Maxi, Rainer, wie sie Anna umsorgt und ihre Trauer geteilt haben.

Anna schniefte herzhaft in die Volants des Sommerrocks. Sie lächelte. Ja, VW, jetzt hättest du gelacht, daß die Vögel aus den Nestern geflogen wären; Anna Sander, du bist hinreißend unmöglich, hättest du gesagt und mich umarmt ... ich schicke dir meine ganze Zärtlichkeit, VW, paß auf mich auf ... ich liebe dich ...

Langsam ging Anna zum Ausgang, in der Quietschepforte drehte sie sich um, warf ihm einen Kuß zu ... auf morgen.

Am Watt entlang stapfte Anna, die Schuhe in der

Hand, bis Kampen. Vor dem Haus an den Friesenwall gelehnt stand Wastl. Wortlos nahm er sie in seine Arme.

Nachdem Annas Seele ausgeatmet hatte, sind sie ins Haus gegangen, den Rest Traurigkeit hatte Fiete mit Gebell und nasser Schnauze aus ihrem Gesicht geholt. Angelockt durch Fietes Gebell strömte alles, was Beine hatte, den beiden entgegen. Herzlich willkommen zu Hause!!!

Fiete tobte durch das Getümmel, um das Getümmel herum, wie wenn er eine Herde Lämmer zusammenhalten mußte. Wastl und Anna wurden von Arm zu Arm weitergereicht, Maxi reihte sich an und hatte bereits drei Umarmungen hinter sich, bis den anderen auffiel, daß sie ihn im Eifer der großen Begrüßung mitgeküßt hatten. »Ihr hättet ruhig noch weiterküssen können, bis ich dran war«, maulte Günni.

»Komm, Burschi, ich bin in Geberlaune.« Maxi wirbelte Günni durch die Luft.

»So geht das hier seit Tagen«, strahlte Inken, »ich habe das Gefühl, Flohzirkusdirektor zu sein.«

Anna bekam viele Komplimente über ihr Aussehen. Philipp und Vera hingen rechts und links an ihren Armen. »Anna, wie schön, daß du da bist.«

Rainer stellte seine Eltern vor, die aus Frankfurt angereist waren, er bat zum Begrüßungsschluck auf die Terrasse. Gläser klangen aneinander. »Ich habe mich sooo auf euch alle gefreut«, strahlte Anna in die Runde.

Später sagte Klausi: »Auch euch, meine Lieben, sei gesagt, ich habe es allen bereits mitgeteilt – mir sogar von gewissen Anwesenden« – hier guckte er Max und Phipps an –, »schwören lassen, daß nichts und niemand auf die idiotische Idee kommt, mit Porzellan zu werfen.

Diesen Polterabendquatsch bitte nicht. Hier ist alles so schön ordentlich, wir wollen auch ab übermorgen wieder barfuß laufen können, danke.«

»So, und nun muß ich in die Küche; Inken, ich komme.« Er tänzelte davon.

»Alice und Ellen Kessler aus Inken Bahnsens Salatküche!« wieherte Philipp.

Oma Sander war mit Wastl durch den Garten des Bendix-Hauses geschlendert, hatte ihn mit dem Grundstück vertraut gemacht, denn Anna saß mit Christiane auf der Bank vor dem Haus.

Auf dem Rasen war ein Zelt aufgebaut, dies hatten Rainer, Maxi und Philipp übernommen.

Eine Tafel erstreckte sich über die gesamte Zeltlänge.

»Heute nur kleine Oper, aber morgen werdet ihr euch wundern«, lachte Maria zu ihnen hinüber.

Die Freundinnen genossen es, nebeneinander zu sitzen, dem Treiben der anderen zuzuschauen.

»Ich soll dich von VW grüßen, Christiane.«

»Ach Anna... darauf habe ich gewartet... kann uns bitte einer noch ein bißchen Wein bringen, wir müssen auf etwas sehr Schönes einen herzhaften Schluck nehmen.«

Vera kam mit der Flasche, schenkte nach und verschwand. Anna und Christiane sahen sich an, ließen Gläser aneinander klingen, sie brauchten keine Worte.

Wastl bog mit Großmama Sander um die Ecke. »Na, Wastl, was sagst zum Haus?«

»Es ist genauso, wie Anna es mir beschrieben hat. Sie malt mit der Stimme, mit den Worten, es konnte und mußte so schön sein.«

Die Gartenpforte knarrte leise, so leise, als wenn jemand sie extra darum gebeten hatte, möglichst lautlos zu stören. War das nun eine Fata Morgana oder war das Heinrich Sander, als Fata Morgana verkleidet?

»Heinrich? Du?« sagten dreistimmig die Frauen.

»Ja, ich.« Langsam kam er näher. »Ich hoffe, ich störe euch nicht.«

»Ist etwas passiert?« wollte seine Mutter wissen.

»Komm doch erst einmal näher!« lachte Christiane, indem sie ihn unter die Markise winkte, und Anna ging auf ihn zu, um ihn zu begrüßen. Nur Wastl saß angenagelt auf der Friesenbank.

»Ich werd verrückt, Phipps, der Noch-Ex von deiner Mutter ist da!« rief Max ins Haus.

»WAAS?« rief Philipp zurück.

»Komm raus, Sander!« rief er erneut. Philipp erschien.

»Paps, du?«

»Könntet ihr bitte etwas weniger staunen, es macht mich ja ganz verrückt«, sagte Heinrich.

»Oh, Herr Sander, das ist ja schön, Sie auch hier.« Inken bog mit einer riesigen Schüssel Salat um die Ecke. Nur Rainer verhielt sich menschlich am normalsten, indem er Heinrich ein Glas Wein in die Hand drückte. »Prost, Heinrich.«

Lorenz und Sybille kamen vom Strand. Anna ging ihnen entgegen, erstens, um sie zu begrüßen, zweitens, um zu sagen, daß sie nicht überrascht sein sollten; Heinrich sei angekommen und wäre völlig irritiert, warum wüßte sie auch noch nicht, aber es wäre nur noch eine Frage von Minuten.

Wastl hatte sich von der Bank gelöst, war Anna hinterher gekommen; nur halbherzig begrüßte er Lorenz und Sybille. »Anna, was bedeutet das?«

»Wir werden es gleich wissen, es macht einen ja ganz

verrückt.« Sie wandte sich ihm zu. »Heinrich, ist irgend etwas passiert, was wir alle wissen sollten?«

»So mögest du jetzt hervortreten und reden oder für immer schweigen«, gab Maxi noch seinen Senf dazu.

In diesem Moment kamen Günni und Klausi im Gleichschritt mit zwei großen Platten um das Haus.

»Huch, Herr Sander, was machen Sie denn hier.«

»Ist Ehemaligentreffen«, gackerte unqualifiziert Günni dazu.

»Rote Karte«, sagte Max.

»Sind jetzt alle da oder fragen noch irgendwelche Mitglieder des Hauses, was ich hier will?« sagte leicht entnervt Heinrich.

Fiete und die Eltern von Vera wären noch nicht anwesend, aber sie kämen sicher gleich, sowie Herr und Frau Wolfson, beantwortete ihm Phipps die Frage.

»Nun denn, soll ich warten oder gleich und jetzt?« Heinrich schaukelte sich langsam in die Mir-ist-alles-wurscht-Phase hinein.

»Junge, was ist los?« insistierte seine Mutter.

Heinrich bat Rainer ihm nachzuschenken, nahm einen herzhaften Schluck: »Ich bekomme ein Kind.«

»Von wem?« Es war eine Frauenstimme, die das gefragt hatte; wer, war nicht mehr auszumachen, weil alle gelacht haben. Günni und Klausi blickten sich vielsagend in die Augen. Es war Anna, die die Wogen glättete.

»Heinrich, sicherlich nicht du, sondern – laß mich raten – deine Gaby?«

»Ja, so ist es.« Endlich war es gesagt. »Anna, kann ich allein mit dir reden, bitte?«

Sie schlug ihm vor, eine kleine Runde durch den Garten zu drehen.

Die Familie wandte sich wieder anderen Dingen zu,

lediglich Wastl und Großmama Sander hockten sich ratlos nebeneinander auf die Bank.

»Anna, das habe ich nicht gewollt«, versicherte Heinrich ihr, »wirklich nicht.«

»Heinrich, über die Sache mit den Bienen bist du, nehme ich an, informiert, also wundere dich nicht. Freu dich doch. Ich finde, du solltest dich freuen.«

Er könne sich nicht freuen, denn er hätte nie geglaubt, daß Gaby und er länger als ... ach, du weißt schon, Anna.

»Gar nichts weiß ich, lieber Heinrich. Ich sage dir jetzt in aller Offenheit und Deutlichkeit, du hast mir im vorigen Jahr sehr weh getan; ich war verzweifelt, todunglücklich, es ist wahrhaftig nicht einfach zu verkraften, wenn man nach zwanzig Ehejahren ausgewechselt wird wie eine alte Übergardine, deren Muster man überdrüssig geworden ist. Ich war für dich nicht mehr aktuell. Jahrelang hast du mit Gaby dein Messekröschen gehabt; jetzt, mit unser aller Segen, macht es dir keinen Spaß mehr. Heinrich, du kommst mir vor wie ein Kleinkind, das seinen Teddy aufgeschlitzt hat und sieht, es ist nur Holzwolle darin. Näh dir deinen Teddy wieder zu und mach das Beste daraus. Laß uns Freunde sein und bleiben.«

»Anna, ich dachte, wir ...«

Sie fuhr ihm in die Parade. »Nein, Heinrich, wir nicht mehr. Freunde, sehr gute Freunde ... mehr nicht; so, nun komm, hier wird Hochzeit gefeiert; du wirst Vater, ist doch wunderbar. Übrigens, wo ist Gaby?«

»In Altwarmbüchen; sie wollte es ihren Eltern erzählen. Na ja, da habe ich gedacht, ich könnte zu euch auf die Insel. Ach Anna, ich bin so durcheinander. Ich fühle mich wie der leicht schusselige Hauptdarsteller in einer Komödie.«

»Das bist du auch! Die anderen warten. Komm.« Sie hakte ihn unter. Wastl fragte später, ob es Komplikationen gegeben hätte.

»Heinrich trägt einen geistigen Schador, Sehschlitze engen seine Optik ein. Es ist ausschließlich sein Problem. Schluß, ich bin nicht die Klagemauer oder der Erzbischof von Paderborn. Ich bin zur Hochzeit hier, hol mir bitte ein Glas Wein.« Sie küßte ihn auf die Wange.

Ein strahlender Wastl stand vor Rainer, der hat nur gelächelt. »Es wird schon werden.«

»Unsere Salate verwelken schneller als eine Hollywood-Diva. Kommt bitte, bitte zu Tisch«, flötete Günni.

»Sind auch mit warmer Hand angerichtet, Günnimaus.« Maxi legte seinen Arm um den schmalen Günni, der laut verkündete: »Ich schaffe es nicht, diesem bayrischen Urviech Maximilian böse zu sein, dabei beleidigt er mich, wann und wo er nur kann.« Er wandte sich Christiane zu: »Bitte, können Sie mir beim Einfangen der Familienmitglieder behilflich sein?«

Zehn Minuten später saßen sie im Schein Dutzender Windlichter an der schön gedeckten Tafel.

Sie haben einen schönen Abend gehabt, alle miteinander. Das Ehepaar Wolfson aus Frankfurt reihte sich nahtlos in die Truppe ein. Sogar Heinrich war nach leichten Startschwierigkeiten wieder ganz der alte. Er fremdelte nicht mehr.

Nur langsam schluckte das Bendix-Haus seine Bewohner, einer nach dem anderen zog sich zurück.

Maria, Vera, Maxi und Philipp haben aufgeräumt, Lichter gelöscht, alle Türen geschlossen. Dann gingen auch sie. »Braut bleibt Braut und Blaukraut bleibt

Blaukraut«, murmelte Max fehlerfrei, dann ist er eingeschlafen.

Das Standesamt der Insel Sylt liegt in Westerland, direkt über dem Spielcasino, allerdings mit getrennten Eingängen. Va banque rechts. Va banque links.

Die Trauung fand unter dem Dach in einem winzigen Raum statt. Die Fensterbänke standen voller Topfblumen und Setzlingen, was Philipp zur Bemerkung veranlaßte: »Viel los ist hier wohl nicht.« Er zeigte mit dem Daumen auf die Fensterbänke. Vera hat darüber furchtbar gekichert und fing sich seitens ihrer Mutter ein strenges »Vera!« ein. Der schmalbrüstige, in Schwarz gekleidete Standesbeamte faßte sich ununterbrochen an die Bügel seiner Hornbrille. So viele Menschen war er hier nicht gewohnt.

»Wir hocken übereinand«, sagte Maxi dem Kohlraben, der nun erst recht Bahnhof verstand.

»Wer unter den vielen Menschen hier sind nun die Brautleute?« verschaffte er sich mutig Gehör.

Christiane und Rainer haben sich brav und wortlos wie in der Schule gemeldet, Vera fing schon wieder an zu giggeln. Rainer und Christiane wurden zwei gepolsterte Stühle zugewiesen. Der Rest nahm Platz auf den zusammenkombinierten Stühlen des Rathauses Westerland. Geschurre, Geschiebe, dann saßen auch sie.

Günni und Klausi sahen aus wie das doppelte Lottchen, beide im weißen Zweireiher. Auch das reizte Veras Lachmuskeln erneut, dazu machten die Herren Gesichter, als handele es sich um ihre Trauung. Sie guckten aufmerksam nett, verständnisvoll auf den Herrn in Schwarz. Was diesen wiederum zum erneuten Bügelgreifen veranlaßte.

»Wenn wir den zwischen Günni und Klausi setzen, haben wir eine Elster«, flüsterte Phipps seiner Vera zu.

Eine Lachkaskade klackerte durch den Raum. Alle guckten zu Vera; erst der Ellbogen, den ihre Mutter ihr in die Seite rammte, ließ sie verstummen.

Darauf konnte endlich der ernste Teil folgen. Alle waren gottsfroh, die Sache ohne weiteren Lachschaden überstanden zu haben.

Oma Sander fixierte sehr auffällig Max und Philipp. Max ging am Ende der Zeremonie ans Fenster, sah Margarethe Sander an, den Daumen nach oben. Zufrieden lächelte daraufhin die Dame. Einem Bienenschwarm gleich umsummten alle das Brautpaar. Ängstlich sah der Standesbeamte zu seinen Topfpflanzen, er ruckelte schon wieder an seiner Brille.

Über hochglanzgebohnertes Linoleum ging es treppab. Haltet euch bloß fest, paßt auf, komm, faß mich an, hallten die Rufe durch das Treppenhaus. Oben stand der Herr in Schwarz, er hatte Schweißperlen auf der Stirn.

Gott sei Dank, jetzt war Ruhe.

Just in diesem Moment des Ausatmens seinerseits intonierte eine Blaskapelle »Treulich geführt« und schepperte, daß die Scheiben klirrten. Von diesem Tag werde ich mich nicht so schnell erholen, dachte der Standesbeamte, nahm sicherheitshalber die Brille ab, sonst hätte er noch die Bügel abgebrochen: Heiliger Vater!

Unten auf dem Vorplatz stand die Freiwillige Feuerwehrkapelle, brachte dem Brautpaar das von Oma Sander, Max und Philipp ausgeheckte Ständchen.

Das zweite Stück war ein Choral, der den gesamten Frauen wieder das Wasser in die Augen trieb: »So nimm denn meine Hände.« Da aber für drei Stücke bezahlt war, wollte die Kapelle auch drei spielen, als Zugabe ihrerseits spielten sie das allseits beliebte »So ein Tag, so wunderschön wie heute«.

Mit letztem Ton der Kapelle und dem Beifall der Anwesenden warf Christiane ihre Blumen hinter sich in die Luft.

Anna hat sie vor Schreck aufgefangen.

»Es war ein Reflex, bitte entschuldigt.«

Erneut Beifall und Gelächter. Anna konnte sich nicht erklären, warum das so komisch sein sollte, denn links von ihr stand Günni und rechts Klausi.

Vor und in dem Bendix-Haus standen dienstbare Geister, von Inken engagiert, und warteten auf die Rückkehr der Gesellschaft. In der Diele türmten sich die Geschenke.

Um elf Uhr dreißig war Champagnerempfang für Freunde, Kunden, Handwerker und Lieferanten angesagt. Wolfson und Wolfson gaben sich die Ehre.

Fast lückenlos ging es zur Torten- und Kuchenparade über. Das Abendessen war für zwanzig Uhr dreißig angesetzt, so daß ein bißchen »Ruhepause« für alle dazwischen lag.

Maxi, Philipp, Vera und Maria gingen joggen, um Platz für das Abendessen zu erlaufen. Lorenz und Heinrich sowie Herr Garber schlossen sich an, bildeten aber sehr bald die Nachhut. Sybille machte einen großen Strandspaziergang mit Frau Garber und dem Ehepaar Wolfson. Inken wollte ein bißchen die Beine hochlegen.

Christiane und Rainer zogen sich mit einem kleinen Champagner zurück, sie hatten endlich Zeit, Herr und Frau Wolfson zu sein ...

Anna legte sich auf die Gartenliege hinter dem Haus, Fiete legte sich dazu, aber der Sonne wegen unter die Büsche.

»Störe ich oder darf ich, Anna?« fragte Wastl.

»Hol dir eine Liege, aber bring uns bitte Zeitschriften mit, Wastl.«

Das Bendix-Haus döste in der Nachmittagssonne vor sich hin. Erst gegen neunzehn Uhr erwachte es wieder aus seinem Dornröschenschlaf. Die Duschen rauschten, erweckten die Schläfer zu neuem Leben. Nach und nach tauchten alle wieder im Garten auf... So ein Tag... »Ruhe, wer war das?«

Es war ein Abend der Sonderklasse. Das Wetter war wundervoll, so daß sie nur unter dem Dach des Zeltes saßen, die Wände waren mittels starker Kordeln an die vier Pfosten gebunden, an denen büschelweise weißblaue Ballons sich zum Himmel reckten. Die Windlichter waren frisch gefüllt, die Tischdekoration war auch in Weißblau gehalten; Seidenschleifen, weiße Rosen und blaue Rispen von Glyzinien; Inken hatte das Arrangement getroffen.

Noch wurden einige Gäste erwartet, auch Gerda von Weißenfels hatte zugesagt.

Jeder hatte sich festlich sommerlich angezogen. Christianes Heckenrosen im Haar harmonierten mit ihrem schlichten weißen Kleid aus Madeiraspitze, das ihre sonnenbraunen Schultern umspielte.

»Lawrence of Arabia goes Turgenew«, stellte Heinrich beeindruckt fest, nachdem er Zelt und Braut in Augenschein genommen hatte. Langsam kam sein alter Witz wieder durch. Ihm war etwas wohler, er hatte mit Gaby telefoniert. Mit anderen Worten, sein Kloß im Hals war weg... So ein Tag... »Heinrich, bitte.«

Gerda von Weißenfels nahm Anna, nachdem sie Christiane und Rainer gratuliert hatte, wie eine langjährige Freundin in die Arme. »Anna, wie schön, ich freue mich, Sie zu sehen.«

Während des Essens hob Anna ihr Glas in Richtung Gerda und prostete ihr zu. Gerda erwiderte, dann hielt sie ihr Glas erneut in die Höhe; Anna lächelte, tat das gleiche, beide prosteten in den Nachthimmel.

Das Essen hat mindestens zwei Stunden in Anspruch genommen. Launige Reden unterbrachen die einzelnen Gänge.

Nach dem Kaffee waren die Youngsters nicht mehr zu bremsen; endlich konnten sie tanzen, doch Christiane und Rainer sollten die Party mit einem Tanz offiziell eröffnen.

»Aber bitte nicht so etwas Wildes.«

»Wie wäre es mit ›So ein Tag, so wunderschön . . .‹« Das war mal wieder Max, wie es lacht und kracht, aber Maria legte »Lady in Red« von Chris de Burgh auf. Christiane warf ihr dafür einen Kuß zu.

In und um das Bendix-Haus herrschte fröhliches Getümmel, überall waren Menschen, die sich unterhielten, die tanzten, den Tanzenden zuschauten. Fiete hat sich mit voller Wampe hinter den Geräteschuppen zurückgezogen. Er brauchte seine Ruhe. Überfressen hatte er sich auch.

Günni und Klausi tanzten einen Mambo, der zu Begeisterungsstürmen hinriß. »Ach Gott, man kann, was man kann, gell?« zwitscherte Klausi.

Margarethe Sander tanzte Tango mit Veras Vater. Sie hatte nichts verlernt; Walzer mit Lorenz, Chachacha mit Maxi. Mit rosigen Wangen saß sie, heftig nach Puste ringend, unter dem Zeltdach, aber glücklich!

»So, nachdem ich hier fast alle Damen betanzt habe, gestatten Sie, Frau Sander.« Artig verbeugte sich Wastl vor Anna.

»Plaisir, Monsieur«, antwortete Anna und erhob sich.

Sinatra sang sein »My way«; eben noch war die Tanzfläche fast leer, füllte sich sofort, nachdem der Schmusesong über die Lautsprecher kam. Eigentlich kann man gar nicht danach tanzen, man geht einfach melodisch zu Fuß, aber es ist schön ... I did it my way ...

Kurz vor Sonnenaufgang gingen die letzten ins Bett, unter einer Dusche trällerte jemand leise, übermüdet, angeschwipst: »So ein Tag, dadidadadida ...«, ein leichter Wind wehte durch das verlassene Festzelt, spielte mit der restlichen Dekoration, machte sich an den Seitenschleifen zu schaffen, blähte das Tafeltuch in die Höhe und pustete unter die Blumen, ließ die Blüten über den Tisch kullerten. Einige Frühaufsteher unter den Spatzen pickten dazwischen ihr Frühstück ... After-the-ball-Stimmung, in und um das Haus ...

Der Frühstückstisch war durchgehend bis fünfzehn Uhr unter dem Zeltdach gedeckt, dann kamen auch die letzten, frisch und munter, aus dem Haus.

»Ich habe keinen Tennisarm, ich habe einen Kaffeefilterarm.« Inken scherte erneut mit einer Riesenkanne um das Haus.

Vergeblich hatte Christiane ihr eine Kaffeemaschine in die Küche gestellt. Nach zehn Minuten hatte Inken sie gleich wieder ordentlich verpackt und in den Keller gebracht. »Nee, nee, hier wird anständig Kaffee gekocht, wir sind doch kein Großraumbüro.«

Tja, nun hatte die gute Seele ordentlich zu tun, kam aus der Filterei nicht heraus; aber es duftete herrlich und belebte schon, bevor man etwas getrunken hatte.

Die ersten saßen noch immer am Frühstückstisch, unterhielten sich mit den später Dazukommenden. Frühstück durchgehend.

Später saß Großmama Sander mit Frau Wolfson und Frau Garber unter einem Sonnenschirm, um Bridge zu spielen. »Unsere Zockmäuse beim Glücksspiel in freier Natur«, lachte Max.

Herr Wolfson senior verstand sich sehr gut mit Heinrich, der der Bequemlichkeit halber per Auto eine Inselführung machte, während Lorenz mit dem bayrischen Wasserfrosch Sybille schon wieder den Strand bevölkerte. Jeder relaxte, döste, spazierte, klönte oder las sich durch den Tag.

Wastl und Anna haben ebenfalls einen langen Spaziergang gemacht, in Richtung Wenningstedt, bis nach Westerland und zurück.

Auf dem Rückweg schlug Wastl vor, bei *Leysieffer* etwas Kaltes oder einen Espresso zu trinken.

Zuerst wollte Anna abblocken. Stell dich, Anna Sander, das Leben geht weiter, du kannst nicht um Orte zeitlebens einen Bogen machen oder nur mit deiner Erinnerung allein dort hingehen. – Sie nahmen Kurs auf *Leysieffer* und trafen Alfred Tögel aus München.

Die Welt ist ein Dorf. – Mit unendlicher Grazie polkte er in seinem Rosinenstrudel, auf seinem Handgelenk verfingen sich die Sonnenstrahlen in den Brillis der Rolex. Das Hemd offen, auf der Brust baumelte ein Goldkreuz, das jedem Weihbischof zur Ehre gereicht hätte, während die Bermuda sein flottes Altherrenknie freilegte. »Herr Tögel, Sie auf Sylt«, staunte Anna. Wastl war ein wenig irritiert; wer war denn diese schräge Tucke?

»Darf ich bekannt machen, Herr von Dannenberg.« Um Haaresbreite hätte sie Pailletten-Alfie gesagt, rechtzeitig genug signalisierte ihr Hirn: »Herr Tögel aus München. Wir wohnen in einem Haus.«

»Enchanté, enchanté.«

»Man sieht sich.« Damit zog Wastl Anna in das Innere zu *Leysieffer*. »Bei dem holt man sich beim Handschlag Brandblasen, und außerdem redet er mir zu laut. Du hast doch nichts dagegen, wenn wir drinnen sitzen, Anna, oder?«

Anna berichtete Wastl, daß Herr Tögel aus der Modebranche käme und man ihn »Pailletten-Alfie« nannte. Es ging lange das Gerücht, daß er mit einem Kurzwarenladen angefangen hatte, um später, mittels einer Singer-Tretmaschine, die ersten Modelle in seinem Hinterzimmer zusammenzuschustern. Langsam und beständig hatte er sich durch kontinuierliches Treten der alten Singer sozusagen hochgetreten. Aber Alfie war ein Fixpunkt in der Modeszene. Auch diese Informationen kamen von Pöhlke.

Wastl lachte über Annas Ausführungen zum Thema Tögel, dieser »gefönten Soubrette«, wie er ihn nannte.

Wider Erwarten tranken sie in aller Ruhe ihren doppelten Espresso, um dann zum Haus zurückzuschlendern. Vor ihnen bog Alfie um die Ecke, neben sich etwas Rambobreites mit blonder Tolle.

»Heute abend vergnügliches Beisammensein mit Resteessen, anschließend auf Wunsch Tanz. Beginn neunzehn Uhr!«

Ein großes Papplakat hing an der Haustür, die Schrift kam Anna sehr bekannt vor, obgleich Philipp sich sehr viel Mühe gegeben hatte.

Inken, Maria und Vera hatten ein kaltes Buffet gezaubert, Günni und Klausi es dekorativ aufgebaut und durchgestylt, die Hühnerbeine mit Rosetten versehen und auf die Salate, die nicht mehr ganz ansehnlich waren, fingerdicke Petersilienteppiche gelegt; dazwischen dufteten in wilder Ordnung Heckenrosen, über den Tisch verstreut. Auf geht's zum fröhlichen Kehraus.

Im Gegensatz zu den anderen verließen Christiane und Rainer zwei Tage später die Insel, via New York. »Wer so ruhig wohnt wie wir, muß ab und an Trubel und Hektik um sich haben, sonst verinseln wir.«

Täglich reisten Freunde ab. Die Ferien waren zu Ende, Termine mußten wahrgenommen werden. Alles Liebe. – Kommt gut nach Hause. – Fahrt vorsichtig. – Guten Flug. – Bis nächstes Jahr spätestens. – Auf ganz bald.

Am Schluß gab es nur noch Anna und Wastl sowie Inken, die das Haus hütete, und nicht zu vergessen Fiete.

Täglich ging Anna zu VW, brachte ihm eine frische Heckenrose. Es ging von Mal zu Mal besser. In der Sonne sitzend hielt sie stumm Zwiesprache mit ihm. Langsam wurde ihr Herz ruhiger und tat nicht mehr so weh.

Gerda von Weißenfels hatte die Insel vor einigen Tagen verlassen. Anna und sie hatten sich noch mal bei *Leysieffer* getroffen, um sich voneinander zu verabschieden. Sie waren Freundinnen geworden, auch ohne viele Worte.

Heinrich wurde mit allen guten Wünschen von Anna Richtung Gaby geschickt. Rainer und Lorenz hatten zusätzlich mit ihm gesprochen, das Gespräch mit einer guten Flasche Wein abgesichert. Er war leichteren Herzens wieder abgefahren. »Mensch, Heinrich, du bist der einzige von uns, der das Glück hat, Vater zu werden. Genieß es, Junge.«

»Anna, wir bleiben Freunde?« hatte er sie zum Abschied gefragt.

»Die besten, Heinrich.« Sie nahm ihn in die Arme. »Ich wünsche dir alles Gute. Auf Wiedersehen, Heinrich.«

Winkend bog er über den Gartenweg zu seinem Wagen. Das war also der Mann, mit dem ich fast zwanzig Jahre meines Lebens verbracht habe, glücklich gewesen bin, gelacht und geweint habe, ohne den ich nicht leben konnte und mit dem ich einen Sohn habe; gemeinsam haben wir Masern, Keuchhusten, die Windpocken durchgestanden. Nachts seine Fieberhändchen gehalten ... Heinrich, ich will alles tun, daß wir sehr gute Freunde werden können, dachte sie ... Paß auf dich auf, Heinrich Sander ...

»Wie verbringen wir unseren letzten Abend auf der Insel?« fragte Wastl; er holte Anna aus ihren Gedanken.

»Ich würde gern bis zum Ellenbogen spazieren, dann gemütlich mit dir und Inken essen und den Abend bei einem Glas Wein draußen auf der Terrasse ausklingen lassen.«

Inken war begeistert. »Kinder, ich richte was Leckeres, lauft euch erst einmal richtigen Hunger an.«

Barfuß liefen Wastl und Anna durch den Heideweg, über die Holzplanken zum Strand.

Dort herrschte abendliche Aufbruchstimmung. Schaufeln, Eimer, Formen wurden gesucht, zusammengetragen, verpackt. Mütter zogen müde Kinder an der Hand in Richtung Strandweg. Strandkorb um Strandkorb leerte sich. Ein letztes After-sun auf krebsrote Stellen, bevor mutig T-Shirts darüber gestreift wurden. Väter stemmten sich gegen festgefahrene Baby-Buggys und eilten auf einen Drink – während die Kinder ins Bett gebracht wurden – ins *Gogärtchen*. Die Stunde, die den Vätern allein gehört.

Je weiter Anna und Wastl das Strandkorbareal hinter sich ließen, um so ruhiger wurde es. Möwen piekten mit langen Schnäbeln durch den angespülten Tang, erhoben sich in die Luft, wenn die beiden zu nahe kamen. Das Meer rollte ruhig, fast bedächtig an den Strand, im Rhythmus der blauen Stunde. Mit Wastl kann man schön schweigen, dachte Anna, mit Gabor waren es immer 2000 Volt. Wieso dachte sie an Gabor? Was wohl Biggi machte? Ob sie mit allem zurecht kam?

Wastl ergriff Annas Hand.

Die vertrauensvolle Geste tat ihr gut. Hand in Hand gingen sie weiter.

»Wir machen eine schöne Ausstellung zusammen, Anna.«

»Ich bin sicher, Wastl.«

Wieder im Haus zurück, wurden sie mit gedecktem Tisch von Inken erwartet. »Nach Hause kommen zu Ihnen ist schön, Inken, danke.« Wastl nahm sie in die Arme.

»Ach Sie, Herr von Dannenberg«, sagte Inken schüchtern. Zu Anna gewandt: »Er macht sich hier aber gut unter all unseren Leuten, was, Anna?«

Fiete hörte, daß sich unterhalten wurde, schwanzwedelnd kam er um die Ecke. Alles roch für seine Hundenase so gut, daß ihm die Zunge schräg aus dem Hals hing. Hoffentlich sah es bald einer der Herrschaften, lange konnte er nicht so verharren, es war ihm zu anstrengend. »Fiete, komm!« rief Anna. Er ließ erst wieder von Anna ab, als Wastl ihn mit einem größeren Stück kalten Braten bestach.

Später, während des Essens, lag er als hundgewordene Blockade unter dem Tisch, so daß keiner seine Beine ausstrecken konnte. Was soll's, Fiete gehörte dazu!

Sie saßen draußen, bis die Fledermäuse um ihre Köpfe flogen, erzählten aus Kinderzeiten von Maxi und Phipps, ließen die Hochzeitstage an sich vorüberziehen, sie lachten viel ... über das Standesamt mit allem Pipapo ... und über so ein Tag, so wunderschön ...

»Anna, versprechen Sie mir, daß Sie bald wiederkommen, oder noch besser, Sie versprechen mir, die Anna bald wieder auf die Insel zu bringen, Wastl – ich darf doch Wastl sagen ...?«

Gute Nacht ... Bis morgen ... Danke für die schönen Tage ...

Erst grummelte es nur leise, dann kam es immer näher, wurde lauter, Blitze erhellten die Umgebung mit fahlem Licht, denen gewaltige Donnerschläge folgten. Regen klatschte an die Scheiben.

Anna saß ängstlich im Bett, verfolgte das Unwetter. Sie hatte die Gardinen aufgezogen; ein Gewitter hinter geschlossenen Gardinen ist noch viel unheimlicher. Peng! Das war ziemlich in der Nähe. Ob Inken noch wach war? Anna zog den riesigen Frotteebademantel an, der an der Tür hing, ersoff fast darin. Max Melchingers »Extralarge«. Sie lüftete den Saum, um nicht kopfüber die Treppe hinunterzupurzeln, die nur von dem zuckenden Licht der Blitze erhellt wurde. Mutig tappste Anna von Stufe zu Stufe. Endlich hatte sie die Dielen des Wohnraumes unter den nackten Füßen.

»Nicht erschrecken, Anna, ich sitze hier im Sessel vor dem Kamin«, sagte eine Stimme.

»Wastl, meine Nerven! Das Gewitter, ein zu großer Bademantel, eine steile Stiege UND eine Männerstimme im Dunkel, das ist zu viel für 'n einzelnen, puuh.« Sie ließ sich in einen Sessel plumpsen, den sie im Licht des letzten Blitzes ausgemacht hatte.

»Wo ist Inken?« fragte sie.

Wastl antwortete, daß sie wahrscheinlich tief und fest schlafen würde, sie sei sicherlich Gewitter dieser Stärke gewöhnt, auch gewöhnt, sie zu überhören. Er säße schon seit fast einer Stunde hier. Gewitter machten ihn immer unruhig, er könne nicht schlafen, er habe ein gespaltenes Verhältnis zu den Naturgewalten, seit damals.

»Wollen wir etwas trinken, für die Nerven und für die Gesundheit?« fragte er.

»Ja bitte, rot und schwer.«

Da saßen Anna Sander und Wastl von Dannenberg im Schutz des Bendix-Hauses und hingen ihren Gedanken nach, während draußen das Unwetter tobte.

Langsam rollte das Gewitter mit seinen Blitzen und Donnern über das Meer davon.

»Danke, Anna, daß du bei mir gesessen hast.«

»Ich muß danke sagen, Wastl, Gewitter machen mir immer wieder Angst. – Also, dann werd ich mein Frottee raffen, die Stiege wieder hinaufsteigen. Gute Nacht, Wastl, schlaf gut.«

»Anna … ich sollte dringend mit dir reden … aber vielleicht ist es besser bei Tageslicht, wenn wir ausgeschlafen sind und nicht vor dem bizarren Hintergrund eines verklingenden Gewitters. – Gute Nacht, Anna, soll ich dir Licht machen?«

»Untersteh dich, Wastl, lieber breche ich mir den Hals.«

Ich weiß, wie ich aussehe, dachte sie.

»Schlaf gut. A domani, Wastl.«

Anna hangelte sich die steile Stiege wieder nach oben, während sie leise fluchend mit der Tücke des Bademantels kämpfte. Unten stand, an den Kaminsims gelehnt,

Wastl. Hätte sie geahnt, daß er sie noch sehen und hören konnte, so hätte sie zumindest versucht, ein wenig mehr Grazie beim Erklimmen der oberen Etage zu zeigen oder weniger geflucht.

Deine Feststellung, die du auf dem Garagensims für dich gemacht hast, neulich in München, die stimmt, Dannenberg, sagte er sich.

Der nächste Morgen zeigte sich strahlend, als ob nachts keine Naturgewalten über die Insel gebraust wären. Inken hatte den Frühstückstisch draußen gedeckt, der Kaffee wartete unter einer dicken Mütze, auf die ein fröhliches Guten Morgen gestickt war. Inken hatte schon frische Brötchen sowie Sylter Schwarzbrot vom Bäcker geholt.

»Das war ja ein teuflisches Unwetter heute nacht«, meinte eine Dame in der Bäckerei.

»Wo? Bei uns?« fragte Inken. Sie hatte alles verschlafen.

Ein letzter Blick auf den Kaffeetisch, er war perfekt. Marmelade – hausgemacht –, ein bißchen Leberwurst! – alles stand bereit. Nun mußten die beiden kommen, sonst lief die Wurst davon.

Eine Viertelstunde später saßen sie fröhlich am Tisch. Fiete, es war nicht anders zu erwarten, darunter. Schatten und menschliche Nähe, was wollte eine Hundeseele mehr.

Knapp dreißig Minuten später war bereits Aufbruch. Während Wastl die Reisetaschen verstaute, dankte Anna Inken für die Fürsorge um VW. Es ist selbstverständlich, meinte sie und nahm Anna in die Arme. Damit der Abschiedsschmerz in Grenzen gehalten werden konnte, rief man Fiete – er lenkte ab, saß aber still daneben.

Auf Wiedersehen. Gute Reise. Eine letzte Umarmung und für Fiete ein Kraulen. Danke für alles. Wastls Wagen bog um die Ecke. In der Einfahrt zurück blieben Inken und Fiete im Gegenlicht.

Wastl fuhr in Richtung Keitum. Anna dachte sich nichts dabei, es gibt zwei Möglichkeiten, nach Westerland zum Autozug zu kommen. Braderup, Munkmarsch, von weitem links sah man St. Severin. Er fuhr seinen Wagen auf den Parkplatz neben der Kirche. Anna war irritiert. Wollte er sich jetzt am Tag der Abfahrt noch die Kirche ansehen?

»Sag ihm auf Wiedersehen, Anna, ich warte.«

»Du weißt . . .?«

Wastl nickte: »Geh nur, Anna, wir haben Zeit.«

Er griff auf den Rücksitz und drückte Anna den Brautstrauß, den sie mitgenommen hatte, um ihn zu Hause zu trocknen, in die Hand. »Du hast keine Blumen . . . nimm.«

Am frühen Mittag bekamen sie den Autozug, standen oben mit freier Sicht. Sie hatten die Fenster geöffnet, um Inselluft auf Reserve zu tanken. Der Zug näherte sich Keitum.

»Ich paß auf sie auf«, winkte Wastl in Richtung St. Severin. Anna legte ihren Kopf an seine Schulter. »Danke, Wastl, du bist wunderbar.«

Rechts, bereits auf dem Festland stehend, waren vom Hindenburgdamm Dutzende Generatoren zu sehen, die wie überdimensionale Windmühlen aussahen.

Windmills in my mind, dachte Anna . . . Wieso wußte Wastl . . . wer hatte es ihm erzählt . . . wie behutsam er mit mir war . . . was hatte er in der vergangenen Nacht gesagt . . .? Ein Erlebnis, das mit einem Gewitter zusammenhängt ... hatte er auch ...? Wer bist du, Wastl von Dannenberg ... was wußte sie von ihm ... Je länger sie darüber nachdachte, um so klarer wurde ihr, sie wußte nichts ...

»Anna Sander, hier gibt es Schweine UND Schafe zur Linken«, funkte er in ihre Gedanken.

Die Zeiger der Bahnhofsuhr zeigten zwölf Uhr achtundvierzig, ein letztes Ruckeln, der Zug stand.

Gegen fünfzehn Uhr könnten sie in Hamburg sein.

»Wenn nicht rasender Verkehr ist, könnten wir über die nächste Ausstellung während der Fahrt sprechen.«

»Immer und zu jeder Zeit, so dick ist es ja nicht mit dem Verkehr.«

Anna erzählte von Calvet, dessen Bilder sie in Mougins gesehen hätte, über die Maler der Gegend um St. Paul de Vence. Berichtete über den von ihr favorisierten Mocci, mit welch frechem Strich er seine Bilder, die eine ungewohnte Farbintensität besäßen, malte. Sie schwärmte von der Côte d'Azur mit allem, was dazugehört.

»Wastl, fahr hin, tue es, tue es bald, du mußt dir die Bilder ansehen, bevor ein anderer auf die Idee kommt, sie auszustellen. Ich halte hier die Galerie geöffnet und verhökere dir die ungarischen Reste.«

»Du würdest nicht mitkommen?« fragte er vorsichtig.

Anna schüttelte den Kopf. Das könne sie noch nicht, aber darüber reden, das ginge schon. Sie schlug ihm vor, wenn er nicht allein fahren wollte, den jungen Mann mitzunehmen, der zur Zeit in der Galerie sei. Sie habe den Eindruck, er verstünde eine Menge von Malerei und von Bildern.

»Und wie schon gesagt, zu zweit ist es viel schöner und lustiger, glaub mir.«

»Ich glaub es dir gern, Anna, aber was soll ich ausgerechnet mit einem Mann in Frankreich.«

»Es würde dir keinen Spaß machen?« fragte sie zögernd.

»Nee, mir nicht, vielleicht dem Tögel, dem kannst damit eine Freude machen, aber doch nicht mir.«

Anna blieb stumm. Wastl lachte schallend.

»Bingo, ich weiß, worauf du hinaus willst. Du hast den Familientratsch gehört, stimmt's.«

Anna saß mitten im Fettnapf. Es gab nur eine Möglichkeit, zügig durchschwimmen.

»Du bist nicht ... oder leicht ...« Nein, das konnte sie nun doch nicht sagen, sie ließ sicherheitshalber die Worte in der Luft hängen.

»Du meinst, ich wäre eine Tucke oder leicht ›angetuckt‹«, wie die Familie sich ausdrückt? Nein, keine Spur.«

»Gott sei Dank«, entfuhr es Anna.

Beide lachten, das entkrampft so schön, wenn es aus dem Bauch kommt, ehrlich und herzlich ist. Und dann haben sie geredet, geredet und geredet. Anna erfuhr: Wastls Vater sei Arzt, er habe eine kleine Klinik im Oberbayrischen für Gestreßte und Schnapsnasen, wie Wastl es locker formulierte. Der Vater sei natürlich Bayer, die Mutter Österreicherin. Eine Großmutter, hoch in den Neunzigern, gäbe es auch noch, sie säße mit einer ebenso alten Haushälterin in einem wunderschönen Haus mit Hanglage in Kitzbühel. Seine Schwester Katharina lebt verheiratet in Norwegen.

»Dann muß es eine Liebesheirat gewesen sein, kein normaler Mensch würde doch sonst nach Norwegen ... oder nicht?« Wastl hat sehr über Annas Formulierung gelacht, es gäbe auch noch einen Bruder Florian, der mache sich politisch in Brüssel wichtig.

Die Warnblinkanlage der Benzinanzeige blinkte rot, noch roter, immer roter vor sich hin, von Wastl und Anna, die in ihre Gespräche vertieft waren, unbemerkt.

Urplötzlich bemerkten es beide. »Das Benzin!«

»Der Gesprächsstoff geht uns nicht aus, aber das Benzin«, lachte Anna.

»Wir werden wohl einen Eimer voll holen müssen, bevor es weitergeht.« Wastl war sicherheitshalber im Leerlauf auf den vor ihnen liegenden Parkplatz gerollt.

»Und wo sind wir???«

Sie sahen sich an; Schulterzucken und Lachen.

»Das ist mir noch nie im Leben passiert. Ich wußte noch immer, wo ich mich befand.«

»Ich finde es heraus.« Mit eiligen Schritten ging Anna zu einem geparkten Brummi. Wastl sah, daß aus der Tür des Fahrerhauses ein erklärender Arm herausragte, der wilde Zeichen durch die Luft machte.

»Wir sind kurz vor Fulda, ungefähr noch zehn Kilometer.«

Der Brummi war behilflich, Gott sei Dank, der Wastl spendabel.

Eine halbe Stunde später standen sie an einer richtigen Tankstelle.

Es war später Nachmittag oder früher Abend, wie man wollte. Wastl und Anna saßen bei einem Kaffee, oder wie man das nennen sollte; alle Kaffees an Raststätten schmecken gleich, nur nicht nach Kaffee, eher wie die unter der Maschine liegenden Lappen. – Sie beratschlagten über den weiteren Verlauf des Tages – entweder durchzufahren und spät anzukommen oder gemütlich bis Würzburg, um dort zu übernachten, den Tag ohne Streß ausklingen lassen, um morgen ausgeruht und frisch nach München zurückzufahren.

Anna war mit letzterem einverstanden, sie wollte auch nicht zu nachtschlafender Zeit bei Biggi und Leo aufkreuzen. Sie rief Biggi an, um sie zu informieren.

»Anna, mach dir um uns keine Gedanken, ich muß dir viel erzählen. Laß dir nur Zeit, uns geht es blendend, also auf Morgen, Anna, Bussi.«

Wastl hatte zwischenzeitlich ebenfalls telefoniert. Strahlend kam er Anna entgegen. »Unser Kleiner, der hat sage und schreibe eine Plastik verkauft, die, die dir so gar nicht gefiel und die du die Bulemische genannt hast, sowie 3, in Worten drei Bilder. Betrachte dich als eingeladen. Es ist sozusagen ein Betriebsausflug.«

Gegen neunzehn Uhr saßen Anna und Wastl beim Aperitif auf der Terrasse des Schloßhotels. Zu ihren Füßen breitete sich Würzburg aus, trutzig, barock die Residenz gegenüber. Über Bahnhof und Schienen haben sie hinweggesehen, bitte noch keinen Alltag.

Auch hier machte der Wettergott es möglich, daß ohne Zugluft draußen gegessen werden konnte. Mit Einbruch der Dunkelheit stellte die Bedienung ein Windlicht auf den Tisch, unter ihnen illuminierte sich langsam die Stadt.

Die Vorspeise hatten sie gegessen, jetzt wählten sie das Hauptgericht. Sie ließen sich Zeit, es war keine Jagdveranstaltung.

»Wie wäre es mit Kalbskotelett auf Blattspinat, Anna?«

»Nein, Blattspinat esse ich ausschließlich mit Gabor, es ist sozusagen unsere Spezialität«, erklärte Anna, indem sie weiter die Karte studierte. Sie sah hoch. »Ich nehme Wild.«

»Gabor, das ist doch dieser Schauspieler? Was ist mit dir und diesem Schauspieler?« fragte Wastl leicht grantig.

»Mit diesem Schauspieler, wie du dich auszudrücken

pflegst, habe ich – ich hoffe, du kannst mir folgen – eine Fatal-Attraktion auf Blattspinat. Grün, aber schön«, vollendete sie ihren Satz und lächelte Wastl mit einem Lächeln an, das ihn völlig durcheinander brachte, auch das lag in ihrer Absicht.

Mit viel Vorsicht brachte Wastl einen weiteren Läufer ins Spiel. »Und dieser Gobrecht, wer ist das?«

»Mein Nachbar im Parterre links, rechts wohnt eine Stewardeß, aber die ist meistens in der Luft«, vollendete Anna Wastls Frage mit Pöhlkes Worten.

»Sag, lieber Wastl«, preschte nun ihrerseits Anna vor, »was wolltest du für dich klären oder besser, worüber wolltest du dir nächtens auf der Garagenmauer sitzend Klarheit verschaffen? Was war so wichtig, daß du darüber hinaus zwei Premierenkarten hast verfallen lassen?«

»Das kann ich dir im Moment nicht erklären, es liegt alles unter Blattspinat.« Nach kurzer Pause: »Bist du –« Er wollte schon wieder »dieser Schauspieler« sagen – »bist du mit dem Blattspinat... ich meine, seid ihr... befreundet?«

»Dicke«, sagte Anna und stopfte sich genüßlich von dem ofenwarmen Brot in den Mund.

Wastl strich vorerst die Segel. Zum Glück kam das Essen. Anna wechselte das Thema, brachte Wastls dahinwelkende Laune wieder auf Vordermann, indem sie geschickt auf die Galerie, die geplante Ausstellung und die Art der Präsentation zu sprechen kam.

Nach dem letzten Schoppen roten Hausweins gingen sie schlafen.

»Es war ein schöner Tag mit dir, Wastl, danke.« Anna umarmte ihn. »Mit dir auch, Sanderin, bis auf den leidigen Blattspinat.« Wastl hielt Anna in seinen Armen: »Sag ihm, die Konkurrenz schläft nicht... Ich habe auf dem

Garagendach gesessen, weil ich mir klarwerden wollte über dich, über mich, über uns. Ich glaube, ich liebe dich, Anna Sander, mit allem, was dazugehört.«

Dann hat Wastl sie geküßt, mindestens eine halbe bis viertel Stunde. Er ließ sie los, stapfte den Korridor hinunter und verschwand in sein Zimmer. Kaum geschlossen, riß er die Tür wieder auf, rief der verdatterten Anna zu, die noch immer wie weiland Lots Weib an derselben Stelle verharrte: »Dees dearfst dir scho mearka, dea ungarische Preiß mit seim Spinat, dees is need dea Mo, den woasd gsuachd hasd! Eich wear i in d'Schuah neihäiffa! Spinativer Saubea! Ausgschambda!«

Wastls Tür wurde endgültig geschlossen.

Hätte er chinesisch gesprochen, hätte Anna ihn eventuell, vielleicht wenigstens teilweise, verstanden.

Jetzt hatte sie eine ganze Nacht mit der Übersetzung zu tun. »Gute Nacht, Wastl«, schusselte sie ihm verdattert hinterher.

Mit fröhlichem Guten-Morgen-Gesicht erschien ein gutgelaunter, ausgeschlafener Wastl am Frühstückstisch.

Anna war nicht so ausgeruht, ihr war zu viel durch und um den Kopf herumgegangen.

Ihr fiel, welch ein Glück, ein herrlich neutraler Satz ein, um den Tag zu beginnen.

»Wastl, ich wußte gar nicht, daß du so gut bayrisch sprichst.«

»Anna, ich wußte gar nicht, daß du so gut küßt. Guten Morgen.« Wastl setzte sich. – Anna warf den Orangensaft um.

»Liebes, laß es nicht zur Gewohnheit werden.«

Sie lachten, sie frühstückten, fuhren zurück nach München. Anna hätte ihn nur allzugern nach der deutschen

Fassung, sie meinte Übersetzung, seines bayrischen Gute-Nacht-Grußes gefragt; aber sicherheitshalber traute sie sich nicht.

München hatte sie wieder. Wastl sollte Anna nur absetzen, sie käme schon mit dem bißchen Reisetasche allein zur Tür.

»Nix is, damit dir die Spinatwachtel helfen kann!« Entschlossen parkte er den Wagen und nahm Reisetasche plus Anna.

»Frau Sanda, ick werd nich wieda, Sie sehn aba doll aus, wie'n Indianermechen, wird man uff Sylt so braun?« Er schob die Mütze nach hinten.

»Na klar, Herr Pöhlke, rundherum«, antwortete Wastl.

Pöhlke setzte die Schubkarre ab. Anna knuffte Wastl in die Seite.

»Sie ist rundherum erholt, Herr Pöhlke«, rief er ihm zu. Pöhlke schob die Mütze nach vorn und schüttelte Ordnung in seinen Kopf.

»Bring mir meinen Pöhlke nicht durcheinander, Wastl. Auf Wiedersehen. Danke, es waren wunderschöne Tage.«

Wastl blieb stumm, er gab Anna einen Handkuß, lächelte und verschwand.

Wenn wir nicht da sind, sind wir:

Im Englischen Garten – *am Seehaus* – Schwäne füttern – unten in der Wohnung – Shopping mit dem Hühnerhof – oder wir holen Franck vom Sender ab. Irgendwann sind wir wieder zu Hause.

Bussi, Biggi. P.S. Schön, daß du wieder da bist.

Dieser Zettel klebte außen an Annas Tür. Unterhalb von Biggis P.S. stand mit eiliger Schrift:

Herzlich willkommen! Warte mit Champagner heute abend.

Bin zur Probe, Kuß, Gabor.

Willkommen daheim, Anna Sander, sagte sie sich und schloß die Tür auf.

Biggi hatte die Wohnung voller Blumen, aus allen verfügbaren Vasen strotzten die dicksten Blumensträuße. Ein üppiger Sommerstrauß, ansonsten Rosen, Rosen nochmals Rosen. Na ja, Biggi. Noch immer Verehrer wie Sand am Meer.

Die Wohnung war so ordentlich wie eine Wohnung in der Fernsehwerbung. Anna traute sich kaum mit Schuhen hinein. Unter anderem schien Biggi ein innigminnigliches Verhältnis zu Meister Propper zu haben. Wer hätte gedacht, daß sie so ganz nebenbei eine gute Hausfrau war, nicht nur die Königin der Münchner Nächte.

Klein Leos Zimmer war mittlerweile ein Disneyland, es mickey und mouste, wohin das Auge fiel. Auch hier war alles schön und sehr liebevoll arrangiert.

Anna duschte, zog sich um, ging hinunter und läutete bei Gobrecht ohne Bindestrich.

Ein junges Mädchen öffnete ihr, blonder Kurzhaarschnitt, in abgeschnittenen Jeans und barfuß.

»Anna, wie schön, wir sind eben in der Tür.« Das junge Mädchen umarmte sie.

»Biggi ... Biggi, bist du das?«

»Wieso nicht. Klar. Komm rein, schön, daß du da bist. Franck!« rief sie nach hinten. »Anna ist da, total frisch gestrichen, ich meine, sie ist superbraun. Anna, toll siehst du aus.«

»Na, und du erst, Biggi. Irre jung. Die kurzen Haare – also fabelhaft. Kompliment!«

»Weißt du, Anna, wenn man ehem-ehem Jahre alt ist, ist es albern, noch mit Wallawallamähne herumzulaufen. Von hinten versprichst du alles, von vorn ist nix. Bevor sich die Leut bekreuzigen, wenn ich mich umdreh, mußten sie runter, die Locken.«

»Biggi, du siehst viel jünger aus.«

»Genau das wollte ich auch erreichen, denn nichts macht eine Frau älter, als wenn sie sich jünger macht.« Sie kniff ein Auge zu. »Komm, Vater und Sohn sind auf dem Balkon.«

Auch in Francks Wohnung hatte sich einiges verändert. Hier hatte Biggi in den wenigen Tagen Generalstabsarbeit geleistet, das konnte Anna beim eiligen Durchschreiten der Wohnung bis zum Balkon feststellen.

Franck kam ihnen mit Leo auf dem Arm entgegen, der Kleine streckte seine Ärmchen in Richtung Biggi.

»Ja, mein Kleiner. Komm.« Biggi nahm ihn und plazierte ihn auf die Hüfte.

Anna wollte wissen, wie es ihnen ergangen wäre, nachdem sie Franck herzlich begrüßt hatte, ob alles gut gelaufen wäre.

»Sieht man doch«, strahlte Franck, nahm Biggi und Leo in die Arme. »Meine zwei« – er sagte meine zwei –, »haben mich täglich vom Sender abgeholt.«

Biggi hat eine Familie, dachte Anna plötzlich, und Franck die richtige Frau ...

Anna entschuldigte sich, sie hätte noch einiges zu erledigen, sie käme später wieder.

»Auf einen Kaffee wird es sich doch ausgehen, Anna, besorgen mußt du nichts, der Kühlschrank ist voll. Die Blumen sind versorgt, übrigens, der Sommerstrauß ist von uns, die roten Rosen sind von Gabor, die rosa Rosen von Heinrich und der Rosenstrauß in allen Farben, das weiß ich nicht, ich war in Eile, wir mußten weg, Franck abholen, die Karte hab ich nicht gelesen. So, erst gibt's Kaffee, Rosenreslie!« lachte Biggi.

»Einverstanden, ich bin gleich wieder unten, ich will nur schnell die Karte lesen.«

Anna rannte aus der Tür. Sie hatte geglaubt, daß alle Blumen Biggi gehörten. Nein, sie gehörten alle ihr.

Anna ritschte den Umschlag auf:

Hoffentlich ist mein Strauß vor uns da, herzliche Würzburgerschloßhotelkorridorgrüße.

Anna fiel in den Sessel vor Glück, sagte laut: »Das Leben ist schön, Anna Sander!«

Zwei Lebensgeschichten, die zu einer Liebesgeschichte werden

Ein Mann und eine Frau, Henk und Laura, auf der Suche nach sich selbst, auf der Suche nach Liebe und Erfolg, ein Mann und eine Frau, die sehr verschiedene Wege gehen, bis sie endlich so frei sind, ihre Liebe zu leben.

nymphenburger